BuddhAll

U0539973

BuddhAll.

All is Buddha.

BuddhAll

地藏菩薩大傳

地獄救度之王

洪啟嵩——著

獻給

法界中一切如母的有情

並祈願 一切的母親及

地藏菩薩早日成佛

安適的住在　地藏菩薩的心中
安適的住在　地藏菩薩的大願中
地藏菩薩的誓言
是安適的菩提
讓我們在生生世世的法界
無悔的向前菩薩行去
地藏菩薩已成了
我的心跳
雖會停止
但將　時時再來
地藏的心在我的心的跳動
我的願在地藏的願中圓滿
嗡……

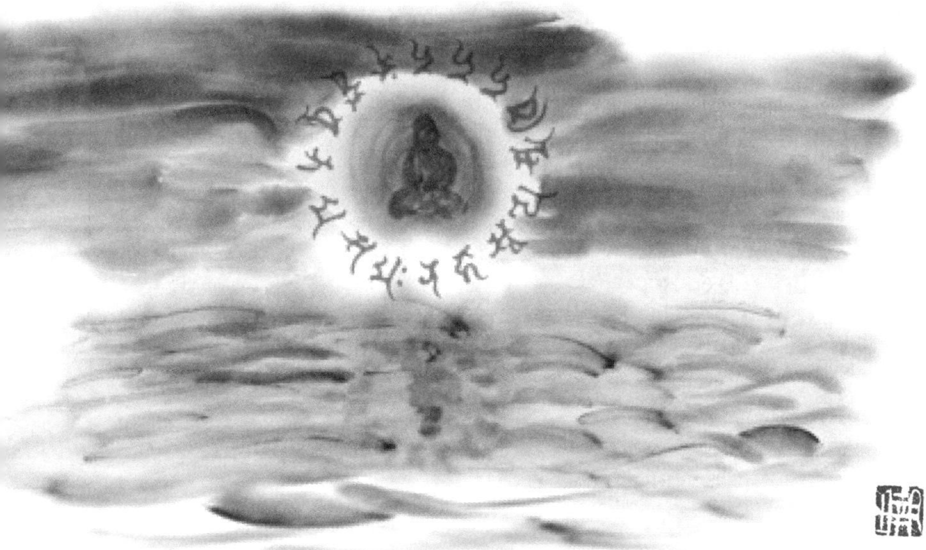

序

地獄不空誓不成佛

地藏菩薩是一位悲願特重的菩薩，他在六道中示現，在一切無佛世界中，救度苦難的眾生，使得所有的眾生，獲得解脫安樂。

尤其在最為苦難的地獄中，他更以「地獄不空，誓不成佛」的偉大誓願，恆久安住於地獄，讓大眾心生讚嘆景仰。

他是一切無依無怙的黑暗世界眾生，最為仰敬的怙主。

地藏菩薩是一位具有廣大吉祥功德的菩薩，因此，一切眾生禮拜瞻仰地藏菩薩，除了在出世間的修行，能獲得廣大的加持之外，並能遠離一切的災障，增益善果，得到無盡的福德利益。

有人以為，供養地藏菩薩只能使亡者獲益，這是完全不理解經教而產生的錯誤看法，其實我們生者供養、修行地藏菩薩法門，更能獲得廣大利益與福德。

地藏菩薩在每日晨朝之時，必定入如恆河沙般多的三昧禪定，觀察眾生的機緣，而予以救度。他在忉利天時，受到釋迦牟尼佛的付囑，在釋迦佛滅度之後，彌勒佛未來之際，二佛中間的無佛世界，救度教化一切六道眾生；所以他更是我們當前世間的大恩依怙！

《地藏菩薩本願經》〈囑累人天品〉中說道：「吾今日在忉利天中，於百千萬億不可說不可說，一切諸佛天龍八部大會之中，再以人天諸眾生等未出之界，在火宅中者付囑於汝，無令是諸眾生墮惡趣中一日一夜。」

而《地藏十輪經》中釋迦牟尼佛說：「此善男子於一一日每晨朝時，為欲成熟諸有情故，入殑伽沙等諸定，從定起已，徧於十方諸佛國土，成熟一切所化有情，隨其所應，利益安樂。」

由於地藏菩薩的大悲願力，任何眾生如果至心如法，念誦地藏菩薩的名號，都可獲致無邊的利益。地藏菩薩有著無量不可思議的殊勝功德，他自從發心修行以來，殷勤修行，發起廣大無邊的悲願，已經過無量數的時劫。

他的智慧、功德，早已與佛同等，入於等覺菩薩之位，依照常理，他應該早已成佛。但是，由於他的悲願高遠，要度盡一切眾生之後，方成佛果，所以至今還是示現菩薩之相，而沒有成就佛果。

在《地藏菩薩本願經》中說道：稱念地藏菩薩，或供養他的圖像，不只能離諸憂苦，而且能獲得二十八種利益：

一、天龍護念。二、善果日增。三、集聖上因。四、菩提不退。
五、衣食豐足。六、疾疫不臨。七、離水火災。八、無盜賊厄。
九、人見欽敬。十、神鬼助持。十一、女轉男身。十二、為王臣女。
十三、端正相好。十四、多生天上。十五、或為帝王。十六、宿智命通。
十七、有求皆從。十八、眷屬歡樂。十九、諸橫銷滅。二十、業道永除。
二十一、去處盡通。二十二、夜夢安樂。二十三、先亡離苦。二十四、宿福受生。
二十五、諸聖讚嘆。二十六、聰明利根。二十七、饒慈愍心。二十八、畢竟成佛。

可見地藏菩薩的聖德廣大無邊，能使眾生獲得廣大利益。

地藏菩薩所示現的身相，雖然有在家相也有出家相，但一般以出家相為主。常現出家相的地藏菩薩，與常現在家造型的觀音、文殊、普賢等菩薩的不同，特別示現他雖以大乘教法為中心，但同時護持聲聞、緣覺等小乘教法的特質。他也特別重視救濟苦難特深的地獄眾生，並提倡教導，教人如法超薦祖先，教導眾生敬信三寶、深信因果，使中國佛教界對其有至高的崇仰，並成為超薦先靈時的主尊。

在《地藏十輪經》中宣說：地藏菩薩「安忍不動猶如大地，靜慮深祕猶如祕藏」所以尊名為地藏，代表一切諸佛的佛性與眾生的如來藏，也代表能出生一切眾寶的大地體性。在密教中，他的密號為「悲願金剛」或「與願金剛」；表現了他如大地之厚載，深祕不住六道的不可思議境界。

地藏菩薩的偉大悲願與圓滿的行證，是每一位眾生心中最光明的典範。他在一切黑暗世界中，不畏艱難的永恆濟助，其實是一切菩薩的典範，乃至世間社會工作者的最高理想。

秉於對地藏菩薩的恭敬讚嘆，現在歡喜的將他的無私情懷，以傳記的方式表達，雖然不能宣說其少分的功德，但也是一片無上的仰敬。

希望這一本地藏菩薩的傳記，能使一切眾生得到利益，最後圓滿成佛，所有仰信地藏菩薩的修行人，能圓同地藏菩薩一般，廣度眾生。

最後，祈願您能歡喜這一本書的一片熾誠，雖然不夠圓滿，但也是地藏菩薩教法大海中的一滴水。希望這一滴水，能讓大家體會地藏菩薩的心。

目錄

序 006

人物介紹 016

第一話——救母 027

神通第一的目犍連尊者，以天眼觀察到母親在餓鬼道中受苦，哀痛欲絕。佛陀為其開示救度三惡道眾生之勝法，也開啟了宣說地藏菩薩本生的因緣……。

第二話——往事 055

在覺華定自在王如來時，地藏菩薩過去生為婆羅門女，因尋找亡母而遊歷地獄，見到地獄無量受苦哀號的眾生，而發願要解脫一切眾生的痛苦。

切善巧方便，使其安住在一切智慧大海。

第七話——十種佛輪 193

在混亂的末世中，如何轉動佛輪，破除眾生宛如金剛堅固的煩惱？佛陀為地藏菩薩開演十種佛輪成就。

第八話——無佛的世界 229

無佛的世界，十種惡輪出現於世，只要具足一種，就能摧毀往昔所修集的一切善根。佛陀諄諄告誡大眾，當遠離此十種惡輪。

第九話——清淨的堅信 257

地藏菩薩為淨堅信菩薩，宣說利益末世眾生的木輪占卜相法。

第十話——善與惡 289

地藏菩薩為想占察三世中受報差別的眾生，宣說一百八十九種差別輪。

第十一話——菩薩的道路 315

地藏菩薩，不厭其煩地牽引著末世的眾生，從最初的祈求世間福報而修學善法，到最後不知不覺走上了成佛的道路。

第十二話——忉利天上 337

佛陀在忉利天上為摩耶夫人說法，地藏菩薩也因為她的祈求，而略說各種地獄的慘狀，以及如何遠離惡道的方便。

第十三話——地獄 363

地藏菩薩為末世惡行眾生，宣說地獄各種可怖的慘狀，使他們遠離罪惡，皈命於佛。

第十四話——閻羅王的疑問 385

地藏菩薩既然有如此不可思議的神力，為何眾生卻不依止善道，永取解脫呢？閻羅天子說出我們心中的疑問。

第十五話——佛陀的囑咐 405

佛陀在忉利天中，將所有未出離三界，而身在火宅中的有情眾生，付囑給地藏菩薩。

第十六話——金地藏 431

菩薩的悲願，從久遠時空，映現於中國。新羅的金喬覺王子，來到九華山，建立了地藏菩薩在中國的化城。

相關人物介紹

目犍連

佛弟子中神通第一者，與智慧第一的舍利弗是好朋友。因為要救度投生於餓鬼道的母親，而開啟了世尊宣說地藏菩薩本生的因緣。

舍利弗

佛弟子中智慧第一者，與目犍連尊者是好朋友。當初因為聽聞阿說示尊者所說之因緣法而悟入。舍利弗善體各種深妙法要，所教化之佛弟子眾多。

阿說示尊者

佛陀最初的弟子，五比丘之一，即馬勝比丘。舍利弗因為看見其威儀莊嚴，而心生仰慕，並因聽聞其所說之因緣法而證得法眼淨的境地。

釋迦牟尼佛

娑婆世界的教主，歷經累劫勤苦，從一個平凡的生命，圓成佛陀，為我們做了最實際的示現。此次，由於目犍連救母的因緣，佛陀宣說地藏菩薩的因緣。

憍陳如

佛陀最初的弟子，五比丘之一。他看見舍利弗和目犍連初到僧團時，先向阿說示尊者頂禮，感到非常不解。佛陀告訴他，這是因為兩人從阿說示處得到法眼淨，所以對其感恩禮敬。

頻毘娑羅王

古印度摩揭陀國的國王，深深皈信佛法，後為其子阿闍世太子囚禁於牢中時，受世尊的教化，證得三果境界。目犍連救母的故事，傳遍了印度各國，頻毘娑羅王也以七寶造盆，如法供養佛陀及大德僧眾，而他的七世父母，也獲得了超升。

婆羅門女

地藏菩薩往昔本生之一。她不但外相具足莊嚴姝好，而且智慧宿福的心中，時常流露出清淨的光華。她為了尋找亡母而遊歷地獄，

悅帝利女

見到地獄無量受苦哀號的眾生，而發願要解脫一切眾生的痛苦。婆羅門女之母，其生前喜好談論邪怪而無正念之事，對三寶僧眾惡口詈罵，對女兒的勸念視若無睹。往生之後落入無間地獄受苦，但因女兒供佛的功德，而蒙超拔。

覺華定自在王如來

過去世不可思議阿僧祇劫以前時代的如來，婆羅門聖女即生在覺華定自在王如來的像法時期。已經涅槃的如來，應於聖女之憶念，並感念其孝心倍於常人，而示導聖女其亡母投生之處。

夜叉

夜叉 (yakṣa) 又名藥叉，意為捷疾鬼，勇健或能噉，具足空行的威力，有時在地上或空中，成為食人血肉的惡鬼，有時則是守護正法的善神，屬於天龍八部或鬼神八部之一。

無毒鬼王

在地獄裏迎接婆羅門聖女者，亦是學佛的修行人。為已具足了信、戒、多聞、捨、智慧、慚、愧等七種財寶的財首菩薩本生。

師子奮迅具足萬行如來長者子

久遠不可說時劫前，地藏菩薩本生為長者子時，因為見到這位佛陀的莊嚴相好，而發願修行。

地藏菩薩本生，因其夙具慧根，因此具足因緣，而前往參禮師子奮迅具足萬行如來，見到如來具足三十二相八十種好的千福莊嚴，而發心要修習如同佛陀的大悲福德。

大悲一闡提

一闡提，是指永遠不得成佛的根機。其中又可分為兩類，一是焚燒一切善根，而無法成佛。另一種是菩薩憐愍一切眾生，不忍見到眾生流轉輪迴生死，而發願度盡一切眾生的菩薩，因而無法成佛，亦不涅槃，而成大悲一闡提。

國王菩薩

很久以前有兩個國王，他們都是一心向佛的偉大菩薩。其中一個國王發願要早成佛道，度盡為惡眾生，此即現今之一切智成就如來。另一位發願若不先救度罪苦眾生，使其得到安樂並圓證無上菩提，就不願成佛，此即現今之地藏菩薩。

蓮花目如來

在過去無量阿僧祇劫時，出現於世間的佛陀，光目女即是生於此時代。

光目女供養之阿羅漢

蓮花目佛像法時代的聖者，感於光目女之孝心，入定觀察，發現其亡母墮在地獄中受苦，即教光目女以志心憶念供養蓮花目如來，使生者與亡者都獲得善報功德。後來這位羅漢發起無上的菩提心，成為現今的無盡意菩薩。

光目女

蓮花目如來時代的孝女，她希望以供養阿羅漢的功德來救拔母親，聖者教她憶念供養清淨蓮華目如來。光目女為了救拔其母出離三惡道，而發願在無盡時劫，一切世界當中，要救度一切罪苦眾生遠離惡道。

光目女之母

其生前因為造下廣大的殺業，而墮在惡道中受苦。後因光目女供佛之功德，投生於女婢之子。命終後本來應受短命惡道之報，但因其女發心之功德，而出生為無憂國的沙門。即現今的解脫菩薩。

四大天王

即護世四天王，東方持國天，南方增長天，西方廣目天，北方多聞天。此四天王居須彌山四方，常守護佛法，護持四天下，令諸惡鬼神不得侵害眾生。在此佛陀為其宣說地藏菩薩在人間生死道中救拔度脫一切眾生，所做之方便眾事。

帝釋天王
無垢生

釋尊與諸聖眾，在佉羅帝耶山中宣說勝法，大眾忽然聽聞不可思議法輪轉動之音，及手中出現如意寶珠等種種瑞相。佛陀因無垢生帝釋天王的請問，而宣說地藏菩薩的因緣不可思議。

好疑問菩薩

地藏菩薩功德廣大，世尊恐一切世間天人眾生聽聞之後無法信受，本不願宣說，但因好疑問菩薩殷勤祈求，方才宣說其中少分。

大吉祥等
一萬八千天女

此等天女於地、水、火、風等四大種，都已得到自在，但卻未能如同地藏菩薩一般，能了知四大種中的初始、中間及後續生滅違

文殊菩薩

順現相的密意。

梵名曼殊室利，意為妙吉祥，為菩薩中智慧典型的代表。佛陀在忉利天上說法時，文殊菩薩說：即使以其神力觀察，經過千劫測度，也無法得知到忉利天宮集會大眾的數目。

摩耶夫人

佛母摩訶摩耶(Mahamaya)，意為大幻化、幻術，又稱摩耶夫人。她在生下佛陀七日之後就去世了，投生於忉利天上。地藏菩薩本願經，即佛陀在忉利天上為佛母及三十三天天眾說法所成。

普賢菩薩

普賢菩薩，意為遍吉菩薩，最常見之造像為與文殊菩薩共為釋迦牟尼佛之二脇侍，乘白象侍佛陀之右側，為菩薩中大行之典範。普賢菩薩在忉利天上，為末世惡行眾生請問地獄眾事，使其心生警覺，不再行惡。

普廣菩薩

佛陀為其演說地藏菩薩利益人天之事，後世眾生稱念、瞻仰、禮敬、供養地藏菩薩，功德不可思議。

堅淨信菩薩

在佉羅帝耶山上，堅淨信菩薩請問佛陀如何開導末世眾生，佛陀敕命「善安慰解說者」，具有演說深法特德的地藏菩薩，為其說法，而宣說了《占察善惡業報經》。

大辯長者

此長者已久證無生法忍的境界，化度十方的眾生，他在法會中向地藏菩薩請問：在南閻浮提的眾生，在命終之後，眷屬為其修習功德，勤造善因，如此亡者所得善利為何。

閻羅天子

「地藏菩薩既然有如此不可思議的神力，眾生為何暫脫罪報，但不久又墮入呢？」閻羅天子在忉利天中請問佛陀。

主命鬼王

主管閻浮提世間的人命出生及死亡的時間。因為大慈心的緣故，願在生死中守護眾生，令其在生時死時皆獲安樂。

堅牢地神

地神，為主掌大地之神，世間土地皆是蒙其守護，乃至萬物皆是從大地所滋生。堅牢地神功德廣大遠超過一般地神，因為佛陀成道時，即是其從地踴出，為佛陀證明。

在此堅牢地神宣說在居所供養地藏菩薩之十種利益。

觀世音菩薩

為菩薩行者中以大悲著稱之菩薩，與大勢至菩薩同為西方極樂世界阿彌陀佛之脇侍，並稱為西方三聖。佛陀為觀世音菩薩宣說地藏菩薩不可思議功德，並咐囑其以神力流布地藏菩薩本願經。

虛空藏菩薩

虛空藏菩薩，即福、智二藏無量，等如虛空，廣大無邊之意。經中描寫他是：禪定如海，淨戒如山，智如虛空，精進如風，忍如金剛，慧如恆沙，諸菩薩幢，涅槃者導。

金地藏

新羅國的金喬覺王子，相傳為地藏菩薩的化現。金地藏棄絕了王子的身分，落髮出家，渡海來到中國，領眾於九華山苦修。當時慕其道風而來者，絡繹不絕。金地藏於西元七九四年入滅，住世九十九年。

閔讓和長者

青陽縣人士，感佩金地藏苦修。當金地藏向閔公乞一袈裟之地，

諸葛節與諸長老

道明法師

閔公歡喜應允。金地藏將袈裟展開，投於空中，竟遍覆九華山，於是閔公也全部喜捨了。後其子亦從金地藏出家修行，即道明法師。

青陽縣人士，偶登九華山時，看見金地藏莊嚴晏坐的法相，及其在山中的苦修若此，遂發願建寺，堅請金地藏住持。此事轟動了九華山附近的村民，近山的人紛紛回集於化城，大家伐木取石，加入建設的行列。

閔公的兒子，跟隨金地藏出家。相傳他曾因不能適應山上的苦修生活，而一度向師父告假回家。金地藏同意了，但他也了知道明是法器，終會歸山修行。

地藏菩薩畫作　洪啟嵩

第一話——救母

母親！

永遠不能忘懷那慈柔的身影

母親！

永遠不能忘卻　那慈柔的心意

美麗的心　串成了無邊的彩虹

蓋覆了整個法界的山河大地

豁然間　竟然消失了您的蹤影

待我用心眼仔細的觀照宇宙

卻只見到了您的眼淚垂滴

母親！

您　竟在何方

且讓我用生生世世的無盡性命

永恆的守護著　您

當目犍連用天眼徧觀三界六道時，竟然看到亡母投生在餓鬼道中，沒有任何的飲食可喫，而且身體皮銷骨立，瘦得骨頭與皮膚幾乎都黏在一起了……

1

舍衛國祇樹給孤獨園中，風神拂動著樹梢，枝葉婉約的交奏著難以言喻的悲歌。

仔細看，目犍連尊者的眼眶，竟然泛出了晶瑩的淚光。

而在這淚光中，竟然還隱隱的帶著一絲的微紅，這是怎麼回事呢？

這一位證得神通第一的大阿羅漢，為何會如此的傷心呢？

天上的龍神，也滴下了眼淚，淅淅瀝瀝的輕擊著地神的胸膛，引得大地也哭成了一團。

所有的天龍八部、鬼神精靈，為何都如此的哀傷？

或許，應該說是父母恩重難報吧！父母的慈恩，是每一位大修行人，心中最感懷難忘的。

這樣的因緣景像，是那麼的動人心魄，竟讓人不知不覺的憶想起了往昔不可思議時劫前的因緣。

在偉大的覺華定自在王如來的教法時代，地藏菩薩的過去生中，不也曾經為了亡母，而同樣的如此哀傷嗎？至孝的心境，畢竟古今都是相同的。

2

目犍連是古印度摩揭陀 (Magadha) 國的人，當時的國王，是佛陀的弟子頻毘娑羅王，定都在王舍城。而目犍連就住在離王舍城不遠的拘離迦 (Kolika) 村內。

拘離迦村臨近那爛陀 (Nālandā) 地方，此地的菴沒羅園是釋迦牟尼佛常來的處所，後來建立為有名的那爛陀寺。這裏的附近有一座那爛陀 (Nālandāgrāma) 村，則是舍利弗尊者的故居。

目犍連的出身為婆羅門種姓，自幼與住在那爛陀村的舍利弗相交莫逆，兩人的智慧無雙、才氣相仿，是親如兄弟的好友。

有一次，兩人參與離王舍城不遠，有名的五山施設大會。

這五山分別是：第一座是王舍城西北的鞞婆羅跋恕山，也就是現在的鞞婆羅山。第二座是城南的薩羅般那求訶山，即七葉窟山，為佛經第一次集結的地方，現在稱為索那山。第三座是帝釋窟山，又多為因陀羅勢羅求訶山，即現在的克里也克山。第四座是城東北的薩簸恕崑底迦山，即現在的費普拉山。第五座是耆闍崛山，即佛教的第一聖山靈鷲山。

在這五山施設大會中，該處聚集了廣大的大眾，象馬車乘從十方前來聚集。

王舍城

此時，舍利弗也邀請了目犍連，前往五山大施會中遊歷。

舍利弗見到了與會大眾，唱歌舞蹈嘻戲，忽然之間，心中感受到一陣無常之感。

他心中想著：「在百年之後，這些大眾們將無任何一人仍然存在著。」

舍利弗心中生起難忍的悲楚，便從座位上起身，去到遠處空閒的樹下，安坐了下來，攝受起眼、耳、鼻、舌、身、意等六根，一心的坐禪了。

也在同時，目犍連見到大眾歡愉地喧鬧，卻莫名地與舍利弗生起了同樣的苦澀心情，他的心中也想著：「現在這些大眾，經過一百年後，他們的美好面容，是否還存在呢？」思及此，心中不禁生起了極大的憂苦。

於是，目犍連就起座尋找舍利弗，遠遠地看見他一人孤獨地坐在樹林中，於是目犍連緩緩來到他的身邊坐下。

「舍利弗，你看起來似乎不大歡喜，在這兒一個人獨坐，到底是想些什麼呢？是否心中有苦惱呢？」

「目犍連啊！你見到這種同樂大會，是否會感覺奇怪呢？這些與會的人，過了一百年後，沒有一人會再存在了，但卻沒有人自覺，眾人的貪愛愚癡，真是無可救藥啊！」

「我的心念也是如此。好友，你有什麼打算？」

「我看唯有出家修行，追求殊勝解脫的甘露，才是唯一的道路了！」

「舍利弗，就如同你的心意，我也隨喜。現在，我們不如趁著今天還沒有歸家之際，就直接出家了，你看如何呢？」

「好友！這是不行的，我們應當了知時節因緣。現在我們也是大眾的領首知識，如果家中不允許我們出家，誰又能度化我們呢？所以，還是要先徵求父母的同意，如此才恰當的。」

於是他們就各自返家，請求父母的應允。

舍利弗和目犍連兩人，以智慧誠摯勸說雙親，終於使父母同意他們出家修行了。

於是他們就歡喜地前往王舍城中六師外道之一的波離闍婆珊闍耶，跟隨他出家了。由於他們兩人道德高尚，智慧也十分的聰敏，於是珊闍耶就將各種技藝，所有醫方藥草、禪定方法，完全傳授給他們。

舍利弗和目犍連，對珊闍耶傳授的教法，竟然在短短的七日七夜中就完全通達，立刻成為這個教團中，擁有五百弟子的教授師了。

但是，他們的心中尚有未安之處，因此私下相約，在未來修道的歷程中相互提攜。

3

因緣終於到了。

這一天，佛陀最初的弟子，五比丘之一的阿說示尊者，在晨朝時，著衣持鉢，從竹林精舍前往王舍城乞食，正好遇到了舍利弗。

舍利弗見到阿說示尊者威儀莊嚴、進退舉止有方，巧妙攝受諸根、安心諦視，並且思惟著諸法，正念直行，舍利弗心中不禁生起了甚深的仰慕之心，認為他必定是聖者之流。

舍利弗心想：「如果世間有眾阿羅漢、一切聖人或是成道者，這一位大德，應當算是其中之一吧！我應當向他問明心中的疑惑。」於是就跟隨他的身後，察訪他的去處。

當阿說示尊者托鉢乞食完畢後，持鉢出城，到坐禪之處吃飯時，舍利弗十分恭敬的來到他的身前。

「大德！您是否是一位尊師呢？」舍利弗問道。

「噢！不是的，仁者！我別有大師指導我。」阿說示答道。

舍利弗十分驚奇地問：「大德的老師是誰呢？」

「仁者啊！有一位大沙門，大家稱呼他為佛陀，他是天人的導師、四生（胎、卵、濕、化生）的慈父，或稱為世尊，他是我的老師。」

「尊者的導師是一個怎樣的人呢？他容顏的端正，是否超勝於您？所具有的道德技藝是否也勝過您呢？」舍利弗十分疑惑地問道，好似很難想像，世間竟有比阿說示尊者，更加莊嚴殊勝。

阿說示尊者聽到他這樣驚奇的疑惑，不禁微笑了起來。就說：「仁者啊！你可能還不瞭解這一位人天的導師——佛陀！

我怎麼能夠跟他相比呢？如果要用言詞來比喻形容的話，我就用下面的偈頌來比喻給你聽吧！」

於是，阿說示尊者就用偈頌說道：

「如同芥子相對於須彌大山，

如同牛的足跡相比於大海，

如同蛟蛇相比於大鵬金翅鳥，

我與佛陀相比就是如此啊！」

接著阿說示尊者又說道：「我們這些佛陀的聲聞弟子，雖然已經成就解脫，而成為阿羅漢，但是還是無法入於佛數，與佛陀世尊的威德相比，真是千差萬別了。

佛陀世尊，他的威德是天人之師，對於過去、現在、未來的三世教法，完全明瞭，已得證無礙的智慧，是一切人天的教主，一切諸法都已圓滿成就了。」舍利弗這時有些難以置信地問道：「尊者！您的導師都說了些什麼教法？談論些什麼事情呢？」

「仁者！我的年齡尚未耆年，也是剛學佛法而已，所以少知少聞，豈能廣說教法呢？現在只能稍微略說而已！」

「太好了！請尊者為我說明！」舍利弗仰渴地說道。

「仁者！我們大師所說的法是因緣法，所談的事是解脫道。他所說的因緣法是：

諸法從因而生者，

彼法也會隨因而滅，

因緣寂滅即是正道，

大師如是宣說！」

舍利弗一聽聞到了這因緣法之後，如同在暗夜之中見到了電光一般，在當下竟立即遠離了塵垢，窮盡了煩惱的根源而開悟了，獲得了法眼清淨的境界，證入了聲聞的初果聖境。他澈見世間中有為的諸法，都為寂滅之相，不再對諸法有所疑惑，是非分別之心也盡滅了，得證無畏的心地。

舍利弗得法後，趕緊向阿說示尊者頂禮致謝，然後迅疾前往目犍連尊者的處所，告知這無比的喜訊。

4

目犍連遙見舍利弗前來，只見他的面色神采飛翼，儀貌顯得那麼光澤清淨，心中便有譜了。

「舍利弗！見你今日的諸根已淨，皮膚光澤，面目清淨，與前日迥然不同，是不是已證得了甘露解脫之道了呢？」

「目犍連啊！確實如此，我已經值遇了解脫甘露的勝法，得到了甘露大道了。」

「你從那裏得到呢？」

「我從沙門佛陀的弟子身上得到。」

「他是宣說何種的教法？論說何種的事？為何能得到究竟甘露之道呢？」

「他是宣說因緣法、談論解脫道，他還告訴我：

諸法從因而生者，

彼法也會隨因而滅，

因緣寂滅即是正道，

大師如是宣說！」

沒想到，目犍連聽到了這偈頌之後，也和舍利弗一樣，剎那遠離塵垢煩惱，開悟得證法眼淨的聲聞初果了。同樣也具足面目清淨光澤，有了初悟解脫的氣象。

於是，兩人就前往他們的老師珊闍耶前告辭，想追隨人天導師佛陀的教誨。雖然珊闍耶一再挽留，但也無法改變他們的心意。

他們二人領著五百位弟子，前往竹林精舍。

當佛陀遙見他們到來時，就告訴弟子們說：「你們是否見到這二人呢？他們二人將來在我的聲聞弟子當中，一位是智慧第一，另一位則是神通第一。是我聲聞弟子當中，最殊勝的二位弟子！」

當舍利弗與目犍連到達佛前，先見到了阿說示尊者正在樹下安坐，他們立即到他身前頂禮他的雙足。

這時，憍陳如尊者就向佛陀說道：「世尊，這二個人的心真是奇特，他們竟對阿說示長老致上最尊上的禮敬。」

「是的！憍陳如啊！有智慧的人，會向他得到智慧的善知識之處，生起報恩的心，並繫念不忘。即使是只得到少許的恩惠，他們也都常憶念而不忘失，何況是許多的恩德呢？舍利弗與目犍連從阿說示處得到法眼淨，所以他們才如此的恭敬啊！」

接著，他們兩人就帶領著弟子眷屬，前來頂禮佛足，求請出家修道。佛陀世尊就告訴他們說：「善來！比丘！進入我的法門之中，自證此法，實踐清淨的梵行，窮盡一切的苦惱。」於是他們就剃除鬚髮，出家受了具足戒了。

舍利弗出家後，經過半個月，就窮盡根除了各種煩惱結縛，現證了神通力，並證得了三明六通，成為大阿羅漢。而目犍連則只經過七日，就證得了三明六通，成為大阿羅漢了。

他們二人，果然成為佛陀身旁，智慧第一與神通第一的弟子，舍利弗此後，常侍於佛陀的右側，而目犍連則侍於佛陀的左側。

5

目犍連尊者此時正隨侍著佛陀，安住在舍衛國祇樹給孤獨園。

這座園林又稱為祇園精舍，位在印度古代憍薩羅國首都舍衛城南五六里處。而舍衛城則近於尼泊爾的南境，位在拉普提 (Rapti) 河南岸的沙赫特馬赫特 (Sahet-Mahet) 二村。

這座園林總稱為祇樹給孤獨園 (Jetavanānāthapiṇḍadasyārāma)，其中祇樹是指波斯匿王的太子祇陀的園林；而給孤獨則是舍衛城的長者，波斯匿王的主藏吏須達的別號。

這座精舍的土地原為祇陀太子所有，須達長者想要購買這塊土地，建立精舍來奉獻給佛陀。於是依著太子所提出的條件，以黃金布滿園中的土地，太子受他的誠心所感，也布施園林中所有的林木，兩人合建精舍，所以稱為祇樹給孤獨園。

祇樹給孤獨園

目犍連現在已是得證天眼、天耳、他心、宿命、神足與漏盡等六種神通具足的大阿羅漢了，此時他的心中，回想起父母的哺育之恩，不禁深深地感念著。

他本是家中的獨子，不僅容顏端正，智慧聰敏，而且在世間的學問技藝，書畫歌舞無不精通，父母對他在世間的發展，本來就有很深的期許，但最後還是順從他的心意，讓他出家修行了。

他回想當天祈求出家的情形。

他從五山的施設大會中，回到家中，向父母請求說：「父親、母親，請您們允許孩兒，出家修行。」

他的父母苦惱地說道：「孩子啊！我們只有你這麼一個寶貝孩兒，心中懸念著的也只有你一人，有時稍微看不到你的人影，我們心裡都十分憂心了，何況是允許你出家呢！」

「父親、母親，您們以前可有發過誓言的啊！凡是我所做的事，您們都不會反對的；凡是我所希望的，您們也都會圓滿我的心願；現在請您們遵守承諾誓言。」

目犍連的父母親兩人對望，默然無語，心想：或許這聰慧的孩子的決定是對的。心中雖然萬般難捨，最後也只好依他的決定。於是說道：「孩子，我們答應你的請求，讓你出家修行，但是要記得，千萬要小心照顧自己啊！」

想起父母對自己的信任與關愛，目犍連心中不禁一陣溫暖，但現在父母正在何處呢？

於是，神通第一的目犍連尊者，就以天眼徧觀世間，這一觀察，不禁使他心如刀割，縱是具足解脫神通的大阿羅漢，定慧無雙，心中也如海濤般洶湧，雙眼微泛淚光了。

他的心念感通到山河大地、鬼神大眾，剎那間，整個祇園之中，充滿了哀戚之感。

原來，當目犍連用天眼徧觀三界六道時，竟然看到亡母投生在餓鬼道中，沒有任何的飲食可喫，而且身體皮銷骨立，瘦得骨頭與皮膚幾乎都黏在一起了，看來十分的痛苦。

目犍連看到這種情形，心中十分的哀傷，立即以鉢盛飯，運用神通力，前往餵食他的母親。目犍連的母親得到了盛著飯的鉢後，便立即用左手持鉢，急忙抓起飯塞入口中，但沒想到，食物還沒有化入口中，就化成了火炭，而無法喫食。目犍連運用了無窮的神通威力與廣大福德，依然無法讓母親喫得半點的飲食。

目犍連尊者不禁大叫悲號哀泣，哀痛欲絕，只好以神通力，馳還給孤獨園中，向佛陀哀告這樣的情形。

這時，佛陀的慈目端注著目犍連，十分悲憫的告訴目犍連說：「目犍連啊！你的母親由於罪根深結，業障極重，所以並非你一個人的能力所能救度的。

現在雖然你大孝的音聲已經驚動天地了，但是就算所有的天神、地神、邪魔、外道，乃至修道士及四天王鬼神等，全心施力營救，也是無法改變這個事實。現在，只有依靠十方僧眾的威神之力，才能解脫你母親的痛苦。」

「佛陀，那我應當如何做，才能救度我母親呢？」目犍連憂心如焚地問道。

「目犍連啊！你不用心急，我現在將為你宣說救度你母親的妙法，使她能遠離一切的憂苦，罪障消除，也令一切的眾生能夠離苦得樂。」

目犍連尊者恭敬的注視著佛陀，並安坐一旁，端正一心的聽聞佛教。

佛陀告訴目犍連說：「目犍連啊！在每年七月十五，僧眾自恣日時，是一個最吉祥的日子。」

七月十五僧眾的自恣日，是指印度佛教僧團每年雨期結夏安居的末日，僧團大眾就結夏安居期間，所有的目見、聽聞及所疑的事，無諍的自己舉發，或相互指出罪過，並懺悔修福，使大家能清淨吉祥的日子。

所謂結夏安居的制度，從每年的四月十六日開始，七月十五日結束。這是因為印度在這三個月之間為夏季的雨期，正好是萬物萌發，生機盎然的時候，為了避免僧眾外出時，會在無意中踩殺地面的小蟲，及草樹的新芽，違背了佛法慈悲的根本精神，所以規定僧眾在雨期必須聚集修行，不得外出，如此一來，既可防止殺生，又可使僧眾專心講經修道。

當安居圓滿後，大眾由於一心修行，並反省了日常的行為，相互懺悔，這時修行成就者，也是最多之時。所以自恣日，又稱為佛歡喜日，僧眾法臘也增加一歲了。因此，佛陀才會告訴目犍連，這是吉祥的日子。

「當僧眾自恣日時，應當為過去七世的父母及現在世的父母，在厄難中的人消災祈福。

祈福之時，應當以具足各種妙味的飯食、五果、香油、灌盆、床敷、臥具等各種上妙的供養品，置於盆中，來供養十方的大德眾僧。」佛陀仔細地告訴目犍連供養祈福的方法。

「佛陀，為何特別選在七月十五日這一天，來供養十方的大德眾僧呢？」

「目犍連啊！在七月十五日自恣日時，一切的聖眾經過結夏安居，有些在山間修得禪定，有些是得證聲聞的四種道果，有的在樹下一心經行，或是得證六種神通自在，以教化聲聞或緣覺等小乘的修行者；而有些則是十地的菩薩大士權巧化現為比丘的模樣。

不管是大乘、小乘的聖者，他們在這時，由於三月的專注修行，修證特別圓滿，並且都會共同一心的來受用這些供養。」

「供養這些大德聖眾，能獲致何等的功德呢？」

「目犍連啊！具足清淨戒行的聖眾，他們的道行功德宛如汪洋般廣大深遠，如果能夠供養這些自恣清淨的僧眾者，他現在的父母、過去七世的父母、六親眷屬，都能夠出離，免除畜牲道的血塗、餓鬼道的刀塗及地獄道的火塗等三塗的痛苦。他們應時即能解脫，自然獲得衣食。」

「世尊，如果祈福者的父母還在世呢？」

「如果祈福者的父母還在世間的話，能夠使他們的父母在世時受得福樂。而過去世已亡的七世父母，則能上生於天上，自然化生為天人，具足福報，受用無量的快樂。」

6

這時，佛陀慈悲的注視著目犍連及大眾，同時也似乎在向十方法界昭告著：「此時，我也會勅命十方的大德眾僧，都應當先為想祈福的施主的家中發心祝願，讓他們的七世父母及現在父母離苦得樂，之後行禪入定，然後才受用供養的食品。而這些僧眾在接受供養盆時，應先將供盆安立在佛塔之前，經眾僧咒願完畢後，再自行受食。」

這時，目犍連尊者及大會中的菩薩及僧眾等，聽聞了佛陀的教法後，心中都十分的歡喜。天地中悲啼哭泣的聲音，也釋然除滅了。

目犍連救母的孝心，開啟了佛陀宣說地藏菩薩本生的因緣。

而在七月十五日時，目犍連的母親，也在當日脫離了一劫墮生在餓鬼之中的苦難。

這時，目犍連心中充滿了感恩，雙手合十的向佛陀稟白道：「佛陀，弟子的母親，蒙受了三寶的功德之力及大德眾僧的威神之力，而獲得了解脫。

如果未來世的一切佛弟子，他們想實踐孝道的話，也應該獻奉這盂蘭盆，救度現在的父母乃至過去七世的父母，這才真正能使父母得到安穩的解脫！是不是如此呢？」

盂蘭盆 (Ullambana) 是梵文的音譯，其意原為倒懸，是指亡者在鬼趣之中，受到有如倒懸般的痛苦，因此佛陀為目犍連宣說盂蘭盆經，來救護這些亡者的苦痛。

盂蘭盆這個梵字，在中國有不同的體會與解釋，像唐朝的慧淨與宗密都認為，盆字是指供僧的器皿，救度用的器具盆鉢；但唐慧琳的〈一切經音義〉則認為盆字是梵字的尾音，其實盂蘭盆只是指救度先亡倒懸饑餓的痛苦，而不是指貯食的器皿。但不管如何這都是要救度先亡，使免除痛苦之義。

佛陀欣喜地看著目犍連說：「你能如此的請問，實在太好了，我正要為你們說明。」

佛陀接著又讚賞的說道：「善男子啊！如果有比丘、比丘尼、國王、太子、王子、大臣、宰相乃至百官、萬民庶人等，希望能行孝慈的人，都應為他們今世的現在父母及過去的七世父母，在七月十五日，佛陀的歡喜日、僧眾的自恣日，用百味的飲食，安置在盂蘭盆中，布施給十方的自恣僧眾，乞願使現在的父母能無病而長命百歲，沒有一切苦惱的災患，而過去七世父母，能遠離餓鬼的鬼趣痛苦，得生於人天之中，福樂無窮。」

目犍連心懷感恩的向佛陀頂禮，並說道：「敬受如來的教誨！」

這時，佛陀也將目光投注在所有的大眾身上說：「如果佛弟子要修行孝順之道時，應當念念之中，時常憶念父母，供養乃至於過去七世的父母。

所以，年年的七月十五日，都應當以孝順的慈心，懷念今世生身及過去七世的父母，為他們作盂蘭盆，來布施給佛陀及僧眾，以報答父母長養慈愛的恩德。」

佛陀接著又再次叮嚀道：「如果是一切的佛弟子，應當奉持盂蘭盆這法要啊！」

目犍連尊者以及所有的法會大眾，聽聞佛陀的教誨後，心中十分欣悅，歡喜的奉行這個法門。

第二話——往事

把心調轉過來　就成了
佛陀
把誓願周圓的發起　正是
地藏
這樣的虔誠
是你我往事的如幻
請注意！
敲擊著賢劫中的第四段音符
原來　地藏正在你心中憩息
呵！呵！呵！
讓他醒來　化成你的DNA
此時！此地！此人！
正需要他的幫忙

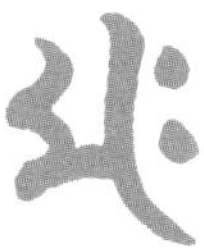

在一心寂念之中，忽然聽聞空中發出了妙聲，告訴她說：「哭泣的聖女啊！不要如此哀傷，我現在示現妳母親的投生去處吧！」

1

目犍連救母的故事，一時傳遍了印度各國。

印度的摩揭陀、鴦伽、憍薩羅國等十六大國的國王，聽聞了這個故事，也都心起隨喜。

其中摩揭陀國的頻毘娑羅王，更立即命令主寶藏的大臣，為他造下盂蘭盆，來做供養。

頻毘娑羅王決定以七寶造盆，共造了五百個金盆，盛滿著千色的妙華；五百個銀盆，盛滿白檀木香；五百個瑠璃盆盛滿紫金香；五百個硨磲盆盛滿黃蓮花；五百個瑪瑙盆，盛滿赤蓮花；五百個珊瑚盆，盛滿青木香；五百個琥珀盆，盛滿白蓮華，具足了各種莊嚴。

頻毘娑羅王如法的準備了供品之後，就立即帶領王臣大眾，前往祇園精舍禮佛奉盆，他將七寶的寶盆奉施給佛陀及大德僧眾，當他們受用之後，頻毘王才還駕歸國。而他的七世父母，也獲得了超升。

而給孤獨長者須達居士、鹿子母、二百位優婆夷及舍衛國的波斯匿王及王妃末利夫人等，都實踐這個教法。

他們並依目犍連的盂蘭盆法，各用五百個紫金盆及黃金盆，盛備百味的飯食，再以紫金與黃金的車輿，盛滿各種珍寶，先送至國王及王妃之前，波斯匿王然後就嚴駕來到佛前，敬禮供養，使他們的七世父母，得以解脫。

盂蘭盆會是佛陀歡喜的日子，經由三個月的共居修行，僧眾多了許多的成就者，而在僧眾自恣反省懺悔之下，教團也更清淨了。由於，目犍連的孝道，讓佛陀為大眾宣說了這個法門，不啻是為無邊的眾生，開啟了一個方便的解脫之門。

目犍連寂靜的以天眼，觀察未來的世界，盂蘭盆會也從印度傳到了中國。

盂蘭盆會是歡喜的供佛、供僧的吉祥日子，大眾在七月十五日舉行此會，來報答父母、祖先的恩德。在中國最早實施盂蘭盆會的是梁武帝，他就在七月十五日，於同泰寺設下了盂蘭盆齋。

後來，歷代的帝王臣民，也都實施盂蘭盆會，而成為風氣了。到了唐代的諸帝，都極為重視盂蘭盆供，首都長安城內的寺院在七月十五日盛行供養。他們作出各種的花蠟、花餅、假花菓樹等，爭奇鬥艷，各顯奇妙，在佛殿前舖設供養，傾城的士庶都爭相隨喜，競修功德。而僧眾們也是各自捐出自己的錢財，造盆供養三寶。

初唐四傑之一的詩人楊炯，也曾在武則天的大同如意元年（西元六九二年）秋天七月，寫下了一首〈盂蘭盆賦〉，述說武則天在洛陽城的南門，舉行盂蘭盆會，以會十方賢聖，並稱之為「蓋天子之孝也」，可知盂蘭盆會，代表著孝道的行為。

賦中極顯這盂蘭盆會的豪華莊嚴。武則天頭戴通天冠，身佩皇帝服飾，率領文武百官，廣作供養。只見法會現場，雷鼓八面、龍旂九旗，星戈耀日，霜戟含秋，一片肅穆莊嚴的景象。

會中供物極多，所謂的「麵為山兮酪為沼，花作雨兮香作煙。」並且「鏗九韶、撞六律、歌千人、舞八佾」奏樂歌舞，聲勢極為驚人。

在賦中，並提出了一種孝道的解釋，所謂「天孝始於顯親，中於禮神，終於法輪。」以法輪的轉動，做為至孝的終點，可以說是一個奇特而重要的看法。

由此可知，盂蘭盆會在中國，已成為重要的法會，大家以這個法會，來使親人圓滿，實在是孝道的法門。

像唐代的華嚴宗五祖宗密大師，也說他自己在每年的七月十五日，都用衣服、飲食、臥具、湯藥等四事來供養三寶。

到了宋代，盂蘭盆會的風俗，也是相沿不改，只是原本是富麗莊嚴，供養佛陀及大德僧眾的盂蘭盆供的意義減少了，而慢慢的轉成以薦亡超度為主的行事了。

「沒想到，世間的變化如此的無常啊！」目犍連十分慨嘆的想到。盂蘭盆節最後與民間信仰的中元節，竟有合流的趨勢，並盛傳此日地獄之門大開，釋放餓鬼出來，在此日大放瑜伽燄口，並備辦飲食、宴請餓鬼，誦經超度，成為中元普渡。

佛陀的歡喜節日竟成為鬼節，變化真是太大了！但是，無常的世間，根本也是與心識相應緣起的，人間大家共同的心靈意念，不也影響其他世界的演化。看來，雖然七月十五日依然是佛歡喜日，僧眾自恣日，但餓鬼眾們，或許也隨順著我們的心念，被召請出來了。

2

「雖然盂蘭盆會在後世成為了供養、超度餓鬼眾生的日子，但是依然不能忘懷，盂蘭盆節是為了孝順父母，而供養佛陀及大德僧眾，來為現世及過去世的父母祈福啊！」目犍連尊者心中不禁喑喃道。

佛陀完全解了目犍連尊者的心意，這時就微笑放光，加持著目犍連尊者。

在佛陀光明的加持之下，目犍連尊者似乎看到後世的七月法會中，隱隱有一位焰光煒煒的菩薩在住持著。他的威德莊嚴不可思議，遍滿無邊無際的法界。

目犍連尊者心中不禁疑惑：「這是什麼樣的因緣呢？」於是雙手合掌的向世尊訊問這位菩薩的緣由。

佛陀的臉上發出無比的光明，微笑地告訴目犍連說道：「目犍連啊！如果說你是聲聞眾中，孝道第一的阿羅漢，那麼在菩薩眾中，孝道最著稱的就是這位菩薩啊！

他在過去無量劫前，也曾經與你有極為相似的遭遇，為了救度亡母而用盡了無比的心力。

如果說你所請示的《盂蘭盆經》是佛法聲聞道中的孝經，那麼敘說這位菩薩因緣的經典，就是大乘佛法中的孝經了。」

目犍連這時心中不禁十分的渴仰，想知曉這位菩薩的名號及尊相。

這時，整個法界中，大地地界的力量，似乎愈來愈強大了，而目犍連尊者竟感覺身體，愈來愈堅重，鞏固難舉，卻又十分舒適喜樂。

目犍連此時心中十分的駭然，他號為神通第一，但這也是他前所未有的經驗。

他似乎隱隱約約聽聞佛陀的教誨從心中響起，告訴他說：「目犍連，你應當一心專注，體悟這位偉大地藏菩薩的往世因緣，及殊勝的境界！」

時空之輪，已經如幻的轉動了，目犍連也用他的心，浮現出地藏菩薩的殊勝妙德與廣大因緣，讓我們一起進入大地的體性寶藏吧！

3

時空的旋轉流動，像美麗的寶華一般隨緣開合；過去、現在、未來三世，更如同萬花筒一般，相互的映攝。

其實，時間與空間，不過都是我們心中所安立的一維尺度而已。就宛如電腦中的晶體螢幕一般，由軟體的設定，透過點、線、面、立體的標立，來顯示共業與個業間的相互運動。

是有情、是無情，是無有情、是無無情，因緣的世間，雖然完全如理，但這如理，並非用我們的心理，所建構出的冰冷或莽動。因緣的世間就是如實的隨因隨緣，無我、無我所，更沒有時間、空間，但在我們相互的因緣當中，如實的現成。

地藏菩薩的往世，也如萬花鏡般的顯示在目犍連的心中，十方三世，同時炳現，一切的時空因緣已合為一相，又在這一相之中，個別的相應，安立在一定的緣起。

4

無邊的光明現起了，宛如在無盡一體的時空中，開出了一個窗口。無邊的圓光當中，一位莊嚴無雙的婆羅門女，宛然的現前了。

「母親，妳何時才能生起正信，來仰信佛陀呢？」莊嚴的婆羅門女心中正為母親不肯皈信佛、法、僧三寶而嘆息著。

這位莊嚴的女郎，從外表看來，真是圓滿具足了各種福德外相，不只容貌美麗莊嚴，身相合宜，儀態端正，令人見了不覺心生歡喜。

她穿著樸素的衣裳，長髮自然垂放而下，身上並沒有特別的瓔珞珠寶裝飾，但是身相上卻現出無比的慈和光明。

她的膚色姣好，隱泛出金色的光芒，自然散發出妙香。使人瞻仰見聞，心中不易生起瞋怒毒害與貪慾的心念。

她不只外相如此莊嚴，在她具足智慧宿福的心中，時常流露出清淨的光華，讓人心無欲念，而目不暫捨，常生欽敬；在行、住、坐、臥之間，更自然有著諸天護法的衛護，使她一切吉祥安好。

這一天，婆羅門女又來到母親身前，向母親請安問好，並以善言巧語，來勸使母親敬佛、敬僧。

「母親啊！今天天氣十分的晴朗，我們是否趁這良辰佳時，到佛寺中禮佛，並觀賞風景呢？」

「女兒啊！妳真是有孝心啊！但我今天剛好有事，不想外出，就改天再去吧！」

每次要帶母親前往佛寺禮佛，她總是推托不前，卻喜歡與隔鄰的婦女們，一起閒言閒語，論人是非，或是談論一些邪怪離奇，沒有正念智慧的事，這確實令婆羅門女傷透腦筋，卻一點辦法也沒有。

如果碰到要供佛齋僧的事，或有比丘僧眾前來乞食，婆羅門女總是欣喜雀躍，用著自己平常儉省的財物來供施。

但她的母親，也不知是從那裏聽來的邪理，見到三寶僧眾，就嘀咕著說是多麼不吉利的事，不只不去供養，甚至口造惡業，把前來的僧眾，罵得十分難堪。

這位婆羅門聖女就廣說各種方便，來勸說她的母親敬信三寶，使她心生正見。

她的母親往往嘆口氣說：「好吧！女兒啊！看在妳的孝心，我總會敬信三寶的，但現在因緣還沒有到啊！這總要等我老了、身體無法活動時，再來談佛法吧！否則會讓別人笑話的。」

「母親啊！信仰佛法是智慧的事，有見識的人，誰敢笑妳啊！何況，人生無常、佛法難聞，趁著現在，妳應該多多修習正法！」

「女兒啊！妳是說我年紀大了，不中用了嗎？」

「母親，孩兒千萬不敢有這種想法。」

「好了，好了！我以後會念佛修行的，妳不用操心，我現在身體好得很，而且還有一些有趣的事，正忙著呢！」

聖女用盡各種辦法，就是沒有一字一句，能打進她母親的心中，讓她正信佛法，所以她也只有擔心著。

5

這是過去世不可思議阿僧祇劫以前的時代了，此世為地藏菩薩的過去生，為婆羅門的聖女，正生處於覺華定自在王如來的時代，這一位佛陀的壽命極為長遠，有四百千萬億阿僧祇劫。

雖然佛壽是那麼的長遠，但聖女出世時，覺華定自在王如來已涅槃了。這時已進入這一位佛陀的像法時期。

所謂像法是佛法分期的一種方式，將一個佛陀住世的時期，分為正法、像法、末法三個時期。

所謂正法時期，是具足教義、實踐、證悟三者的時期。在正法之後，進入像法時期，所謂像就是相似之義，雖然與正法類似，有教義、實踐，但卻沒有證果的人。而末法時期則是像法之後，是僅存教法，卻沒有實踐與證悟者的佛法衰退時期。

雖然，婆羅門聖女的宿福深厚，眾所欽敬，但畢竟修行成就、解脫生死，還是個人的事，也無法改變她的母親，邪知邪見輕視三寶，廣造不善惡業的事實。

生命無常，因緣別離時間到了，聖女的母親，不久之後就命終了。由於聖女的母親在生前，不只邪知邪見，還造下了極重的惡業，所以死後竟然墮入了無間阿鼻地獄之中，受苦無間。

婆羅門聖女生前雖然知曉母親在世時，不信因果，造了惡業，因此心中預感她必定隨著業力因緣，而出生於惡道之中。但是，她卻萬萬沒有想到她的母親，竟然會墮入最苦的無間地獄之中，這是因為她的母親更背著她造下更多其他的惡事。

孝順的聖女，為了救度她的親娘，賣了家中的田宅，廣求無數的香華以及各種的供具，來到了已滅度的先佛，覺華定自在王如來的佛塔寺院之中，大興供養，祈望用這樣的福德因緣，來尋找母親投生的因緣與救度之道。

她來到寺中，見到了覺華定自在王如來的形像，安立在佛寺當中，整座佛像威容端嚴，妙相畢備，非常圓滿，瞻仰之際，令人目不暫捨。

婆羅門女端立在佛像之前，瞻禮尊容，心中倍生敬仰，心中暗自憶念道：「佛陀名為大覺，具足一切智慧。假若佛陀在世之時，當我母親死後，儻若前來問佛，必定能夠知道她投生的處所。」

聖女心中想念著母親，憶念著佛陀；想著，想著，不知不覺地跪在地上，垂泣良久。她的心中此時一心一意地憶念著如來，不覺契入了念佛三昧之中了。

這時，婆羅門女在一心寂念之中，忽然聽聞空中發出了妙聲，告訴她說：「哭泣的聖女啊！不要如此哀傷，我現在示現妳母親的投生去處吧！」

婆羅門女在一心中聽聞了空中的妙聲，在不捨定心之中，合掌向空中而問道：「請問是何等的天神大德，慈悲的使我寬懷憂慮呢？我自從母親逝去之後，晝夜的憶念，卻無處可問知母親投生的世界。」

「聖女啊，我並非任何的神德，而是妳所瞻禮、已經圓寂涅槃的過去佛——覺華定自在王如來。由於見到妳憶念母親的心念，倍於一般眾生常情之分，感念妳的孝心，所以特別示現來告訴妳妳母親的生處啊！」空中的清淨梵音，慈藹地告訴婆羅門女。

聖女聽聞這個話語之後，悲欣莫名的舉身自撲，竟然驚喜的昏倒在地上，左右的侍婢，將她扶侍而起，經過良久之時，才逐漸甦醒。

她雙手合十，一心頂禮，向空中敬白道：「佛陀啊！願您慈愍，趕緊宣說我母親所投生的世界，我現在心急如焚，這樣的身心看來也是不能長久存活了。求佛慈悲，趕快告訴我母親的生處吧！」

「聖女！不用擔心，妳必能夠得知妳母親的投生處所。當妳供養完畢之後，就及早返回家中，端坐思惟我的名號，就能了知妳母親所投生的去處了。」──覺華定自在王如來委婉地安慰著婆羅門女，並告訴她尋找母親生處的方法。

原來，持名念佛也有如此的廣大妙用，能讓行者了知亡親的生處。因此，憶念釋迦牟尼佛，阿彌陀佛，乃至地藏王菩薩摩訶薩，應該也有同樣的妙用吧！

6

婆羅門女喜出望外，立即頂禮佛陀，供養畢後，馬上返回家中。她心中先清明專注的憶念母親，心中向佛祈願，願知母親的投生之處，接著端坐憶念著覺華定自在王如來，一心持誦著佛陀的名號。

聖女一心不亂的地念誦著佛名，一日一夜快速的過去了，忽然之間，她竟見到自己來到了一座大海海邊。

這大海的海水，迴異平常，竟然是上湧沸騰，直冒著水泡。在大海之中，還有各種的惡獸，都是以鐵為身，牠們飛走在海上，東西快速地疾馳追逐。

聖女由於定心所持，所以心中一點都不恐懼；這時更看到了有百千萬數的男子與女人，載浮載沉的出沒在大海之中，被這些惡獸們爭相噉食。

聖女看到這些情形，心中惻然，不禁悲盈淚滿，雙手合十的念誦：「南無覺華定自在王如來。」念佛的光明，普照著大海，苦痛的大眾，痛苦似乎獲得了減輕。

聖女心想：「這些加害有情眾生的鐵身惡獸，到底是有情的眾生，或僅僅是業力所化的幻相呢？」她一時之間，也不能理解。

此時，許多的夜叉出現了。

夜叉 (yakṣa) 又名藥叉，意譯為捷疾鬼，勇健或能噉，他們具足空行的威力，有時在地上或空中，成為食人血肉的惡鬼，有時則是守護正法的善神，屬於天龍八部或鬼神八部之一。

現在這些夜叉眾們，有著各種令人感覺十分怖畏的形像。這些夜叉有的首如牛頭，有十隻耳朵，耳中又出生各種鐵箭，身上衝出猛熾的赤色烈燄，頭上長有十八隻利角。

有的夜叉首如狐頭，有十千隻眼，眼上的睫毛十分長大，宛如霹靂火燄，而頸項上還有口，口中吐出烈火，身上的毛髮，猶如利劍一般。有的則是倒住空中，有十二隻腳，在足根之上有一千隻刀輪，頭如泰山一般，在頭上有五百棵劍樹，樹頭上有火燄生起。

有的則是婉轉用腹部爬行而走，身上負著大山。有的則是一頸多頭，口中有著千隻舌頭，在舌上生著棘刺樹，毛鬣上衝，毛端尖銳，吐刺疾走，騰空而至。

這些夜叉，或是多手、多眼、多足、多頭，口牙外露，十分的兇惡，手上拿著利刃刀劍，發出忿怒如雷的鉅吼，驅逐惡人，使他們貼近鐵製的各種惡獸，讓這些惡獸吞噉。有些則又親自搏取罪人的頭手，相就凌遲，各種恐怖的手段，讓人不敢久視。

這時，聖女一心念著佛號，因為念佛的威力，自然使她心中，只有悲憫，而毫無恐懼。

這時，有一位鬼王，名為無毒，也是學佛的修行人，發現了聖女之後，就趕緊向前稽首迎接。

他向聖女問道：「善哉！菩薩！妳到底是以何因緣，而前來此處呢？」無毒鬼王十分關心地問著。

「請問您是何人？這裡是何處呢？」聖女疑惑地問道。

「菩薩啊！這裏是大鐵圍山西面的第一重大海；而我是一名鬼王，名為無毒。」無毒恭敬而親切地回覆道。

「噢！原來這裡是大鐵圍山的第一重海啊！」聖女自言自語地說道。

須彌山

7

鐵圍山 (Cakravāda-parvata) 又稱為鐵輪圍山、金剛鐵圍山或金剛山。在佛教的世界觀中，以須彌山為中心，其週圍有七山八海的圍繞，最外側的山由鐵所成，所以名為鐵圍山。

須彌山 (Sumeru)，傳說是位於世界中央的高山，又稱為妙高山或妙光山。

這座山的周圍繞有七座金山，在七金山與須彌山中有七座海，充滿八功德水。七金山外則隔著鹹海，有鐵圍山圍繞，鹹海中有東弗婆提（又稱勝身）洲、南閻浮提（又稱贍部）洲、西瞿耶尼（又稱牛賀）洲、北鬱單越（又稱俱盧）洲等四大洲，這就是所謂的須彌四洲。而我們則居於南閻浮提洲。

而在鐵圍山之外，又有一重大鐵圍山圍繞，在二山之中，十分的黑暗，沒有光明，就是日月有著極大的威力，也不能以光明照及於此。而在兩座鐵圍山間，有著八大地獄。

鐵圍山

聖女聽說這是大鐵圍山，吟哦一會之後，就問道：「請問鬼王！我聽聞說在鐵圍山之內，有地獄在其中，這是不是事實呢？」

「是的！聖女！真的有地獄在其中啊！」無毒回答道。

「要如何才能到地獄中去呢？」

「聖女！地獄是極惡之地，一般人是無法到達的。如果要前往的話，只有兩種方法，一是由於諸佛菩薩或聖者乃至自身的威神力所加而到達，否則的話，就是因為業力的關係，由惡業引入地獄。除了這二種方法之外，終是不能到達的。」

「噢！原來如此。」聖女又問道：「這裏的海水，到底是什麼緣由，會湧起沸騰呢？為何又會有如此多的罪人及惡獸呢？」

「這是因為我們南閻浮提洲的眾生，在生前造了惡業，死後經過了四十九日，如果沒有子嗣為他廣作功德，以救拔苦難，而他生前又沒有種下善因的話，只能根據本來所造的惡業，而投生於所感的地獄之中。他們要前往地獄之前，自然會先來度過這個大海。」

接著，無毒又指著東方，告訴婆羅門聖女說：「聖女，妳看，在海的東方十萬由旬（約四十里）之處，又有一座大海，在那一座大海之中的痛苦，又超過這裏一倍。那一座大海的東邊，又有一海，痛苦又再加倍。

這些都是由身、語、意三種業力的惡因，所招感而成的，我們一般所稱呼的業海，其實就是這裏了。但就所受的苦難而言，真是名符其實的苦海啊！」

無毒鬼王這時不禁深深地嘆了口氣。

「那麼地獄在那裏呢？」

「在這三個業海之內就是大地獄。其實地獄有百千種類，並有各自的差別。而其中主要的大地獄，共有十八種，其次附屬的又有五百種，苦毒無量，再次有千百種，也是具有無量的痛苦。」

8

地獄 (naraka) 梵名稱為捺落迦，又稱為泥黎，是指眾生受到自己所造惡業的業力驅使，所投生的惡業牢獄。而十八地獄則是其中的八熱地獄與十寒地獄的合稱。

所謂八熱地獄，是指八種具有燄熱苦毒的地獄，也稱為八大地獄，包含了：一、等活地獄，二、黑繩地獄，三、眾生地獄，四、叫喚地獄，五、大叫喚地獄，六、焦熱地獄，七、大焦熱地獄及八、無間地獄（阿鼻地獄）等八種。

而十寒地獄，一般也有只分成八寒地獄的，投生於其中的有情眾生，受到嚴寒的苦迫，十分的痛苦。十寒地獄包含了：一、厚雲地獄，二、無雲地獄，三、呵呵地獄，四、奈何地獄，五、羊鳴地獄，六、須乾提地獄，七、優鉢羅地獄，八、拘物頭地獄，九、分陀利地獄，十、鉢頭摩地獄等十座甚於寒冰的地獄。

地獄

聖女又問無毒鬼王說：「我的母親死後未久，不知道她的神識應當歸於何處呢？」

「菩薩的母親，在生前不知做何行業？」

「我的母親心懷邪見，時常譏毀三寶，假如暫時起信，卻又馬上生起不敬的念頭，雖然逝去不久，但不知她的生處何在？」

無毒鬼王沉吟一會兒，就問道：「菩薩的母親，是什麼姓氏呢？」

「噢！我的父親、母親都屬於婆羅門的種姓，父親稱為羅善現，母親稱為悅帝利。」

無毒鬼王聽了聖女父母的姓氏之後，就不禁面帶微笑的說：「噢！原來如此，聖女妳可以返回人間，不用再追尋了。」

「為什麼呢？」聖女狐疑地問道。

「是這樣子的！悅帝利罪女，投生到天上已經三日了。所以聖女你可以安心的返回本處，不必再憂愁悲憶了。」

「你稱我母為罪女，是不是我的母親曾投生於此處呢？」

無毒合掌向聖女稟白道：「是的，妳的母親悅帝利，原本投生此處受苦，但是因為受承著孝順子女，所為母親陳設供養，廣修福德，布施覺華定自在王如來的塔寺。

因此，在當天，不只菩薩的母親得以解脫地獄的痛苦，而得生天上，就是應當投生無間地獄的罪人，在當日，也都受樂解脫，同樣往生天上了。」

鬼王接著又嘆了一口氣說：「唉！可惜世間的人廣造惡業，還是如此迅速，地獄還是常滿啊！」說完之後，他就合掌而退了。

婆羅門女這時就像在夢中一般，歸於家中。

她起定之後，了悟了這個因緣，便在覺華定自在王如來的塔像之前，立下弘大的誓願。

她說：「願我窮盡未來的時劫，都能應於有罪苦的眾生之祈求，為他們廣設方便，使他們得到解脫。」

這廣大的誓願，震動了法界、大地，引起了六大震動的瑞相。這個光明的誓願，直到今日，還是如實的佑護著我們，使所有的罪苦眾生，得到究竟的依估。

當時，鬼王無毒，即是已具足了信、戒、多聞、捨、智慧、慚、愧七種財寶的財首菩薩，現在他已得證了甚深的首楞嚴三昧，而成為等覺菩薩了。

而婆羅門聖女，即是偉大的地藏王菩薩摩訶薩的過去生。

第三話——光目女

眼淚 一直滴 一直滴 一直
滴 滴到了深、深、深……
的無間地獄
閻摩王竟發了呆 呦！
所有的地獄烈火
竟然化成了清淨的蓮池
眼淚 一直滴 一直滴 一直
滴啊 滴到了法界 的盡頭
所有的眾生 發呆呦！
竟然都看到自己 都成了
佛陀

阿羅漢受到光目女的供養，心存感激，想滿足她的祈願，於是就問她：「光目善女，妳有甚麼心願呢？」

佛陀的莊嚴相好，是生命中福德、智慧圓滿所示現的妙相，往往使人瞻仰讚嘆，目不暫捨。

當初，在楞嚴經中，阿難尊者即向佛陀說明他發心學佛的因緣，即是：「我見到如來的三十二相，勝妙殊絕，形體映徹，猶如琉璃一般的明淨。」因此，阿難時常思惟：佛陀的妙相，必定不是由欲愛所生，所以渴仰如來的妙相，而出家修行。

事實上，不只阿難見到了釋迦牟尼佛的妙相，而發願修行。在過去久遠不可說不可說時劫之前，偉大的地藏菩薩摩訶薩，也曾因為見到莊嚴的佛陀相好，而發願修行。

1

在這無窮的時劫之前，有一位佛陀出世，號為師子奮迅具足萬行如來。這時，地藏菩薩的過去世，是一位大長者的孩子。

這位大長者之子，夙具慧根，因此具足因緣，而前往參禮師子奮迅具足萬行如來。

長者子來到佛陀身前，稽首頂禮之後，見到了如來具足三十二相八十種好，有著千福莊嚴，不禁心中雀躍，目不暫捨。

長者子此時以無比恭敬的心，向佛陀問道：「佛陀！要修習何種的行願，才能與如來一樣，得證如此殊勝的妙相？」

佛陀告訴長者子說：「諸佛的身相莊嚴都是由大悲福德所成就的。如果要證得圓滿的佛身，必須在久遠的時劫當中，救度解脫一切受苦的眾生，才能獲得。」

佛陀的三十二相、八十種好，是用一切的福德莊嚴所圓滿的。

當一位菩薩開始學習決定成佛的道果時，就啟動了三十二相的淨業修行。從此時到達成就無上正等正覺的佛果之時，於其中間，菩薩多聞無厭，思惟修行，當他修行一一種相好的時候，就用百種福德來加以回繞莊嚴，所以名為百福莊嚴，乃至千福莊嚴。

世間所有的福德，是遠遠不及於如來的福德的。

菩薩常在無量的時劫當中，為所有的眾生，創造廣大的利益，他們一心誠意的精進勤行一切的善業，因此如來才會成就具足無量的功德。所以，這佛陀的三十二相就是大悲心行的果報。

地藏菩薩往世為長者子時，因為看見佛陀的相好，
而發心學佛。

而傳說中，轉輪聖王也具有三十二相，但那只是世間的布施福報，根本無法像佛陀那樣具有清淨妙好、分明具足的妙相，而且更不能從其中顯露出大智慧、大慈悲的風貌。

就像一只蠟人與真人相比一般，哪有真人的神氣風采呢？由此可知，兩者外相雖類似，但本質卻截然不同。

佛陀三十二相，是由清淨大悲，具足大智妙福的身、語、意淨業所成的，令人觀難厭捨。

這時，長者子對於師子奮迅佛的悲心教誨，十分的感動。於是他就在佛前誠摯的發願道：「佛陀，我現在發願：我從此之後，盡於未來際的不可計數時劫，都要為這些具有罪苦的六道眾生，廣設種種的救度方便，盡力使他們得到解脫之後，我自己方願成就佛道。」

這無比的大願發起時，剎那之間，法界完全寂靜了。似乎宇宙中所有的目光，都注照在這長者子的身上，喝采、歡欣、悲愴，似乎都無法表達出這一瞬間，大家的感動。

大地忍不住開始震動了，各種光明也不得不飛舞了出來，法界也只有隨著唱和了。

原來，偉大的地藏菩薩，就是在師子奮迅具足萬行如來之前，發了如此廣大的誓願。因此，至今已經歷了百千萬億無量無邊不可計說的時劫，直到如今尚未成佛，仍然示現著等覺菩薩的身相，這真是具足大悲的一闡提啊！

2

所謂的一闡提（icchan tika）是指永遠不得成佛的根機。

一闡提一般可分為兩類，一種是焚燒一切善根，斷捨了善根，因此沒有涅槃的體性而無法成佛。

另一種是菩薩憐愍一切的眾生，不忍見到眾生流轉輪迴生死，而發願度盡一切眾生界的菩薩。當他發出真實的誓願：「如果一切眾生不能成就佛果，入於涅槃，我也誓不成佛，不入涅槃。」時，這金剛不壞的誓願，他永遠遵循著，所以無法成佛，亦不入涅槃，就成了大悲的一闡提了。

佛陀曾在《入楞伽經》中告訴大慧菩薩：「菩薩摩訶薩一闡提，常不入涅槃。何以故？因為他能善知一切諸法本來涅槃，是故不入涅槃，所以不是捨一切善根的一闡提。

何以故呢？大慧！這些捨棄一切善根的一闡提，如果值遇諸佛或善知識等，如果發起菩提心，而生起各種善根，便證入涅槃了。

何以故呢？大慧！這是因為諸佛如來不捨一切諸眾生故。是故，大慧！菩薩一闡提常不入涅槃。」

原來，斷除善根的一闡提，還是可以修行成就的。難怪《涅槃經》會認為，一闡提的眾生也有佛性，因為佛性不斷的緣故，所以眾生皆得成佛。

想當年，鳩摩羅什的門人竺道生，宣說「一闡提也能成佛」，而受到許多人的抨擊，後來只好到江蘇蘇州的虎丘山，去聚石為徒，宣講一闡提都有佛性的道理，說到群石都點頭了，而留下「生公說法，頑石點頭」的美談。後來大本《涅槃經》完全被翻譯出來之後，大家才知道他的說法是有依據的。

但是，要勸說一位發心的大悲一闡提菩薩，放棄他的誓願理想而成佛，實在是極難的事情。

這除了諸佛的勸說之外，所有受到地藏菩薩大恩的眾生，現在，都應當一心合掌恭請：「南無地藏王菩薩，請您為了眾生的緣故，發起大悲心而勉力成佛吧！」

深重的悲心，是宇宙中最強大的力量；永恆的關懷，讓所有的生命，有了依皈的方向。宛如大地一般，永遠荷負我們的心靈，這是一顆如何感動的心呢？

時間總在幻化中流轉，深深感動著心靈的故事，永遠不斷的從法界中傳來。這至美至善的故事中，一定會有著地藏菩薩的真心。

3

我們撥動時間之輪，來到過去無量阿僧祇那由他不可說時劫之前。

在這宇宙正不知生起又幻滅了多少次數的時劫之前，有兩位國王，專心的教化他們的人民，並治理著國政。

這兩位國王，雖然國土不大，但是他們都是一心淳向佛道的偉大菩薩。他們同行著不殺生、不偷盜、不邪淫、不妄語、不兩舌、不惡口、不綺語、不貪、不瞋、不癡等十善的行為，來饒益眾生。

但是，在這兩國之中，有一個國家的人民，卻老是造惡，做盡各類的壞事。因此，讓國王苦惱不已。

於是，這兩位國王，便計議密商，希望運用各種的方便，來改善這個情形。

最後，一位國王發願說：「我希望早成佛道，要度盡這些為惡的眾生，使他們能圓滿解脫。」

而，國內有著無數造惡人民的國王，也在悲心的趣使之下發願：「我期望救度一切眾生，如果我不先救度這些罪苦眾生，使他們得到安樂並圓證無上菩提的話，我就不願意成佛。」

這兩位菩薩國王，一位是為利眾生願成佛，期望早成佛道，以無上的菩提智慧廣度眾生。

一位是眾生不度盡，不願證得無上菩提圓成佛果，祈望度盡眾生，使他們得證安樂菩提之後才成佛。雖然，兩者行徑不同，但都是具足著大悲大智的菩薩啊！

後來，發願早成佛道的菩薩，就出家修行，最後終於圓成佛果，號為一切智成就如來，具有著如來、應供、正遍知、明行具足、善逝、世間解、無上士、調御丈夫、天人師、佛世尊等如來十號，佛陀的壽命共有六萬劫。

而另一位發願，要永遠救度罪苦眾生，而未發願成佛的大悲菩薩，就是偉大的地藏王菩薩摩訶薩。

4

太陽慢慢的西沉了，菩薩端坐在菩提樹之下，降伏了自心及外相的一切諸魔，安住在甚深的金剛三昧當中，以大慈悲與大智慧澆潤著法界體性，菩薩已進入了成佛的最後階段。

他對著垂到法衣之上，菩提道樹的新芽，與滿具光明，在夕暉下發出宛若珊瑚的葉片，表示了溫柔的感恩。他在初夜、中夜及後夜，依序獲得了如來的三明智慧。

他最後，細細的觀照了法界的緣，順逆的思惟觀察，對於一切究竟的密緣，完全體悟了。

法界大地，起了六大震動，發出吉祥的歡喜吼聲，這六種震動，從東方湧起西方沉沒、從西方湧起東方沉沒、南湧北沒、北湧南沒、邊湧中沒、中湧邊沒，這吉祥的震動當中，帶引著動、湧、震、擊、吼、爆，六種妙相。

而大地震動之時，一般的人還如嬰兒臥在搖籃之中一般，不只不覺得搖籃在動，還覺得十分舒適呢！

菩薩在初睹曉星時，獲得了如來的一切智智，而圓滿成佛了，剎那時，無邊的法界，發出吉祥的呼聲，頓現無比的莊嚴。

這時，東方的世界豎起了勝利的幢幡，幢幡的光明遍照，至西方世界的邊緣。西方世界所豎立的幢幡，其光明也遍照了東方世界的邊緣，南北二方也是如此。而大地的幢幡的光明上照到梵天，梵天中的幢幡的光明也下照了大地。

大地的花果，都盛開結實了，風去除了炎熱，水出現了甘甜，清淨蓮華目如來在這世界中成佛了。

這是過去無量阿僧祇劫之時的因緣，清淨蓮華目如來出現在世間，他的壽命共有四十劫的時間。

5

正法時代過去了，當蓮華目佛的像法時代來臨時，有一位羅漢出現於世。這位阿羅漢是一位具足福德因緣的人，他以廣大福德次第的教化著眾生。

有一天，在極為莊嚴的因緣中，他遇到了一位善女人，名為光目，光目女發心，廣設供養來供養這位阿羅漢。

阿羅漢受到了光目女的供養之後，心存感激，想滿足她的祈願，於是就問她說：「光目善女，妳有什麼心願呢？」

光目女回答說：「尊者，我的母親亡故不久，我希望以她的因緣來供養，增長德福，做為救拔母親的資糧。但是不知道我的亡母投生於何處？」

阿羅漢對於她的孝心，深深的感動，也就悲愍的為她入定觀察。結果就見到光目女的母親，墮生在惡道之中，受到了極大的痛苦。

這時，阿羅漢心想：「這孝女的母親，為何會墮在惡道之中，身受這些痛苦呢？」

於是，他就關心的向光目女問道：「孝女，妳的母親在生前，到底是做了些什麼事呢？否則為何在惡道之中，受到這麼大的痛苦摧殘？」

光目女聽了之後，眼淚不禁汩汩而下了，她嘆了一口氣之後，就向阿羅漢說道：「尊者，我的母親在生前，喜歡殺生，特別喜好吃食魚、鼈之類的生命。而且在吃的魚、鼈當時，她又特別喜歡吃魚子、鼈卵，不管是用煎炒或煮食，都是肆意盡情的噉食；所以如果以殺生而言，更是又多出千倍萬倍的數量了。現在祈請尊者慈愍，告訴我如何來救度母親！」

阿羅漢聽了光目女的告白之後，不禁搖頭：「原來如此！難怪她會受那麼大的痛苦了！」

接著，阿羅漢沉吟一會兒，就交待光目女說：「妳如果要救度亡母，可以用最至誠的心，憶念清淨蓮華目如來，並且塑造或畫出蓮華目佛的形象。如此一來，這念佛與塑畫佛像的功德，會使生者與亡者，都獲得善報功德。」

6

光目女聽了阿羅漢的教誨之後，就立即依教奉行，變賣了珍寶之後，立即塑畫了清淨蓮華目如來的形象，並一心的供養。她在佛前，以最恭敬的心，悲泣瞻禮佛陀，一心的相續念佛不斷。

念佛的無邊功德，流注在這具足悲心智慧的孝女身上。她在後夜之中，忽然夢見佛陀示現了身影。

在夢中，她見到佛陀的身相，金光晃耀，宛如須彌山王一樣。佛陀的全身放著廣大的光明，告訴光目女說：「善女人，妳的母親雖然生在惡道，但由於妳念佛，並且塑畫佛像的功德，所以即將脫離惡趣，過了不久之後，就會投生於妳的家中了。」

光目女十分驚喜的問道：「偉大的世尊啊！我如何知曉我的母親，投生為誰呢？」

佛陀微笑的說：「孝女，這妳不用擔憂，到時候，妳母親所投生的孩兒，才剛能感覺到飢餓寒冷時，就會說話了，妳一定能分辨的。」

佛陀說完之後，整個金光晃耀的廣大佛身，就化成虛空，成為清淨的無雲晴空了。

光目女一覺醒來，檢點心念，歷歷如繪，完全的清晰明覺。心中了知，這夢中所見的景像，是自己一心念佛，感應道交所現，也是過去已圓寂涅槃佛陀的三摩地身，在法界中相應所現，所以也就安心的觀察因緣，等待結果了。

7

時光迅速的在心中流逝。很快的，在光目女家中，有一位女婢生了一個兒子。這位女婢的兒子，說也奇怪，在生下未滿三日的時候，就會說話了。嚇得女婢及全家老小，大驚小怪。

沒想到，這小嬰兒就要求要去見光目女，而這孝女一聽此事，心中早已有譜，看來夢中如來所說的話要應驗了。

光目女不敢讓亡母前來，趕緊前去看這小嬰兒。也是至親天性，這小娃兒一見到光目女，就領首悲泣的告訴光目女說：「女兒啊！我是妳的母親啊！」

聽到這一聲親情的呼喚，光目女的眼淚不禁奪眶而出，像決堤一般哽咽不止，「原來真的是母親啊！」光目女心中惻然地說道。

這時，只聽到這嬰兒繼續說道：「生死業緣的果報，果然是自作自受啊！我雖然是妳的母親，但生前不聽妳的勸告要一心向善，而處於冥暗之中。自從與妳生死離別之後，就墮入了大地獄之中受苦了。」說著，說著，眼淚又掉了下來。

「母親，那妳因何脫離惡道呢？」光目女關心地問著。

「孝順的女兒啊！還是蒙受妳的福德之力，我才又能受生人間，成為下賤的人。只是，我今生依舊短命，只有十三歲的壽命，壽終之後，我又復再墮入惡道之中，妳有什麼方法，能讓我脫離這個苦難呢？」

光目女聽了之後，又心急地哭了起來，就又問道：「母親啊！妳到底做了什麼事，而墮入惡道呢？」

「我因為殺害眾生及詆毀謾罵，兩種罪業而受惡報。如果不是蒙受妳的福德，救拔我的苦難，因為這些惡業的緣故，我是不能解脫的。」

「母親啊！在地獄中的罪報業事的情況如何呢？」

「罪苦惡報之事，實在太可怕了，連我現在都不敢去回憶了，就是用百千年的時間，也難將這可怕的情境說明白的。」

光目女聽聞之後，啼泣號哭，向著天空稟白道：「佛陀啊！祈願我的母親，永遠脫離地獄的痛苦。在十三歲後，不會再有重罪及經歷惡道之事了！」

接著，她懇切地發願道：「十方的諸佛，請您等慈悲哀愍於我，聽我為我母親所發的廣大誓願：如果能夠使我的母親，永離地獄火塗、餓鬼刀塗、畜牲血塗等三惡道的痛苦，並不再有出生下賤乃至為女人之身，而且能夠永劫不再容受這些苦惱。」這時，光目女雙手合十莊嚴地說道：

「如果能滿足弟子以上的願望，願我從今日，對著清淨蓮華目如來像前，之後在百千萬億劫等無盡時劫，一切世界當中，所有的地獄及三惡道的罪苦眾生，我都誓願要救離他們，使他們遠離地獄、畜牲、餓鬼等惡道。」

不只如此，光目女在最後時，堅誓地說道：「所有這些接受罪報的人都已經完全成佛之後，那時我才會成就無上的正覺。」

這真是不可思議的大願，「地獄不空，誓不成佛」的偉大願望，為了大孝的緣故，光目女發出了這令人悲嘆頂禮的大願！

光目女真是令人永遠頂禮尊敬的地藏王菩薩摩訶薩啊！

光目女這次發了究竟廣大的誓願後，在法界中寂滅的清淨蓮華目如來完全具聞了，他清淨的法性身，就以三摩地的影相現前，告訴她說：「光目！妳真是大慈悲愍啊，所以能為母親發起如此的廣大悲願。」

這時，因緣改變了，只見天空中現起了無邊的幻相，只見到光目女的母親後來成為清淨的梵志修行人，最後出生於無憂佛國的樣子。

「妳的母親，在十三歲時，此生捨報之後，會再投生。但已不是生於惡道，而是成為一位出家的梵志沙門，變成了清淨的修行人，他那一生的壽命會年滿百歲。

在梵志這一生圓寂後，會出生於無憂的佛國剎土，壽命有不可計數的時劫。後來終成佛果，廣度人天大眾，度脫宛如恆河沙般的眾生。」

佛陀幽遠的梵音，為光目女的母親授記著。

8

時輪循著法界的體性而轉動著，因緣的萬相，也依序無錯謬的上演著。

後來，幫助光目女救度母親的阿羅漢，後來迴小向大，不願只是追尋自我的解脫與涅槃，而發起無上的菩提心，修習菩薩道了，他就是現前的無盡意菩薩啊！

而光目女的母親，從此之後，斷絕眾惡一心修行，在法界中，做了最光明的示範，使一切迴心向善的人，有了依止，他就是現前的解脫菩薩。

究竟圓滿孝道的光目女，當然就是大悲大願究竟的地藏菩薩本生了。地藏菩薩從過去久遠的時劫以來，就如此悲愍的發起宛若恆河沙般的大願，廣度眾生。他一世一世的依著本心，發出如緣的廣大心願，不斷的創發，永不自限，隨著智慧、悲心的開展，不斷的開發出無數的悲願。

原來，諸佛與菩薩的大願，如同大樹一般。這一棵棵的大願之樹，從根本的大悲心佛性種子起始，受到佛陀無上菩提道智的澆潤，而發出無上菩提心，開始發芽茁長。

而在一切諸佛的宛若大日般的遍照光明及大悲土壤的呵護中，隨著時節因緣，對著一切的眾生付出永遠的悲切關懷，而在慈悲、智慧、信心、定力中得到成長。

一層層的根本大願，與無數的附屬誓願，就如樹木一般，從根本的菩提本幹，依緣而分枝茁長，枝葉茂發，而成為無上的菩提願樹，最後開花，並結成了無上的佛果。

菩薩的菩提願力，是以根本的四弘誓願：眾生無邊誓願度、煩惱無盡誓願斷、法門無量誓願學、佛道無上誓願成此四者為中心。

這四弘誓願是扣緊著圓滿眾生成佛，及莊嚴諸佛淨土的「眾生成佛願」與「莊嚴佛土願」而發出。從這二根本願與四弘誓願開始，諸佛菩薩依循著各自的因緣，成就各自不共的無上菩提願樹。

地藏菩薩的廣大恆河沙願，是面對著法界諸佛與一切眾生發出的。其實不只是他，一切的諸佛菩薩的願，都是對法界及一切眾生而發的。這些願力，都牽涉到我們的福份與圓滿。因為這些願力，都是為我們而發的。

因此，佛陀告訴我們：「在未來世中，如果有男子、女人不去行善，而去行惡，乃至於不信因果、邪婬、妄語、兩舌、惡口、毀謗大乘，這些眾生造了如此的惡業，將來必然是要墮入惡道中受生的。

如果，他們能夠遇到善知識，勸令他們在一彈指那麼短的時間中，皈依地藏菩薩，這些眾生都能獲得解脫於地獄、畜牲、餓鬼等三惡道的痛苦。如果再能志心皈敬及瞻仰頂禮讚嘆，並用香華、衣服等種種珍寶，或是用各種飲食，來奉事供養的話，在未來百千億劫之中，都能常在諸天之中，受到勝妙的快樂。如果天福窮盡了要下生人間，依然在百千劫當中，成為帝王，並能憶起過去宿命因緣果報。」

其實，這就是地藏菩薩的本願，這是他向法界諸佛，及包括我們等一切眾生，所發出的誓願，我們必然能夠歡欣受用他的本願啊！

而這也是佛陀為弘揚地藏菩薩的本誓，對我們的指示教誨。

佛陀也不斷地付囑著菩薩眾們說：「地藏菩薩有如此不可思議的大威神力，能夠廣利眾生，所以你們這些菩薩眾們，也當總持這殊勝的經句因緣，廣宣流布啊！」

現在，我們承受著佛陀的威神加持，在這裏憶念著地藏菩薩的廣大悲願，也必然推演地藏菩薩的殊勝悲願，使一切的眾生都能如理受用，廣得無量悲智功德，最後圓滿成就佛果。

這是地藏菩薩的本願。而我們也惟有如此，才能使他圓滿「地獄不空，誓不成佛」的誓願。

而這也是我們供養地藏菩薩，勸發這位大悲心的一闡提，圓滿成佛的究竟供養！

第四話——度生的疑惑

路是好長好長
於是慢慢的走著而成了佛
回首來時的路
是長是短？
路是好長好長
回首來時的路
望著地藏像個渡者一般
來回的擺渡
路依然是好長好長
於是看著　地藏菩薩的誓願
是愈來愈長愈來愈大
大過了整個法界
啊！偉大的　地藏王

豁然之間，他們竟然又各自看見自己的兩手掌中，持著如意寶珠，而從這每一顆如意寶珠之中，竟雨下了種種的珍寶。

1

地藏菩薩的廣大誓願，深深感動著法界的眾生，不只是十方諸佛無止盡的讚嘆著，他更是一切眾生的永恆依怙。無數的菩薩大眾，更以他作為學習依止的對象。

但是經由無量劫來救度無量無邊的眾生之後，為何至今還未度盡呢？有些人的心中，生起了疑惑。

在釋迦牟尼佛當年忉利天上的地藏法會中，四大天王就從座位起立，合掌恭敬地問佛陀說：「世尊啊！地藏菩薩在久遠劫來，已發了如此廣大的大願，但為何至今，依然度眾未絕，而又再更發廣大的誓願呢？希望佛陀能夠為我們宣說其中的密意！」

四大天王居住在須彌山四方，守護著人間的四方。

其中東方的守護神，名為持國天，住在須彌山東方黃金埵，率領著乾闥婆及毗舍闍神將，受佛付囑，守護東方世界。當時，持國天王隨即應允，率領著一切的眷屬保護人間東方的佛弟子，使正法得到久住。由於他能護持國土、保護眾生，因此稱為持國天。

南方的守護神，名為增長天，居於須彌山南方的琉璃埵，率領著鳩槃荼及薜荔多神將，受到佛陀的付囑，在南方承擔護持正法的使命。當時，增長天王應允了佛陀的囑付，率領眷屬保護著人間南方的佛弟子，使正法能夠久住。由於他能令眾生增長善根，所以名為增長天。

西方的守護神，名為廣目天，居住在須彌山西方的白銀埵，率領著無量的天龍及富單那等諸神眷屬，受佛付囑，守護西方世界。廣目天王承受了佛陀的勅命，率領著眷屬保護人間西方的佛弟子，使正法能夠久住。他常以清淨天眼，觀察護持人間眾生；他也經常懲罰罪人，使他們遇到艱辛後，能生起道心修行。

北方的守護神，名為毘沙門天，居住在須彌山北方的水精宮中，率領著藥叉及羅剎神將，受到佛陀的囑付，在北方護持正法。毘沙門天王受佛勅命，率領著眷屬保護人間北方的佛弟子，使正法得以久住。他是一位恆久護持如來道場，並多聞佛法的良善天神，又稱為多聞天。另外他也被視為施福護財的財神或福神，因此又稱為「財富天王」。

佛陀告訴四大天王說：「善哉！善哉！四大天王，很高興你們能詢問這個問題。

現在我就為你們及未來、現在天人眾生等的廣大利益，而宣說地藏菩薩，在娑婆世界的人間生死道中，慈悲哀愍，救拔度脫一切眾苦眾生，所做的一切究竟方便的事。」

四大天王恭敬的合掌向佛陀說道：「感謝世尊為我們解說，我們十分歡喜，願樂聽聞。」

佛陀告訴四大天王：「地藏菩薩從久遠時劫已來，迄于今日，救度解脫眾生的廣大事業，還沒有周畢滿願。但是他為了慈愍這個世界的罪苦眾生，又觀察未來的無量時劫當中，度眾因緣又將蔓延不斷，因此，他又重新發出了重願，再救度一切眾生。菩薩在娑婆世界的閻浮提人間之中，隨著因緣，不斷的相續發願，用百千萬億種方便妙法來教化眾生，這種發心是無比奧妙的。」

「原來如此！」聽了佛陀的說明之後，四大天王及大眾，此時方才明了，菩薩發願的奧義，他們可以用廣大的悲心智慧，善觀著宇宙中緣起的變化，而再發出勝願。而所再發的大願，當然與往昔的大願相融合一，而成就更廣大的誓願菩提妙行了。

2

於是，四大天王再問道：「佛陀世尊！地藏菩薩在我們這娑婆世界之中，又發了那些重願，廣設了那些微妙的方便呢？」

「四天王！地藏菩薩相應於眾生的因緣，而給予最適宜的方便教法，有時用勸慰，有時用激勵，有時說明因果報應的現象，來使眾生努力修行，離苦得樂。

因此，他如果遇到殺生的人，就為他宣說由於殺生的宿殃而導致短命的果報。

如果遇到喜歡竊盜的人，就為他宣說這會招致貧窮苦楚的果報。

如果遇到邪婬的人，就宣說雀麻、鴿子、鴛鴦等的因緣由來果報。

如果遇到謾罵惡口的人，就為他宣說家人眷屬相互鬪諍的冤報。

如果遇到喜歡毀謗他人的人，就為他宣說無舌瘡口的果報。

如果遇到常生瞋恚的人，就為他宣說醜陋癃殘的果報。

佛陀為四大天王宣說地藏菩薩久處生死，度化眾生的悲心。

如果遇到慳悋的人，就為他宣說一切所求違願的果報。

如果遇到飲食無度的人，就為他宣說飢渴咽喉疾病的果報。

如果遇到恣情畋獵的人，就為他宣說驚狂喪命的果報。

如果遇到不孝悖逆父母的人，就為他宣說天地災變殺害的果報。

如果遇到焚燒山林木，不重環保的人，就為他宣說瘋狂迷妄而死的果報。

如果遇到前後父母對待子女惡毒的人，就為他宣說將來返生之後受到鞭撻現受的果報。

如果遇到用網捕捉生雛的人，就為他宣說將來親生骨肉分離的果報。

如果遇到毀謗佛、法、僧三寶的人，就為他宣說盲聾瘖瘂的果報。

如果遇到輕視正法、憍慢正教的人，就為他宣說永處惡道的果報。

如果遇到破壞或妄用寺中共修常住物品的人，就為他宣說億劫輪迴地獄的果報。

如果遇到污穢誣指清淨梵僧的人，就為他宣說永處在畜牲之道的果報。

如果遇到用熱湯烈火斬斫傷生的人，就為他宣說輪迴遞償的果報。
如果遇到破犯齋戒的人，就為他宣說禽獸飢餓的果報。
如果遇到非理毀用物品的人，就為他宣說所求闕乏斷絕的果報。
如果遇到我慢貢高的人，就為他宣說卑使下賤的果報。
如果遇到兩舌分化鬪亂的人，就為他宣說無舌及百舌的果報。
如果遇到邪見的人，就為他宣說在邊鄙的地方受生的果報。
如此等在娑婆世界的閻浮提洲眾生，由身、口、意業的惡劣習氣所結的果，真是有百千種不同的報應，現在只是粗略說明而已。而相應於這些娑婆眾生，眾多的業感差別，地藏菩薩就用百千種方便來教化他們，使他們免於這種種的苦難。」

佛陀宣說地藏菩薩的無比悲願以及種種的救世方便之後，大眾不禁安靜的沉浸在地藏的大願方便之中，歡喜信受。

最後，佛陀再親切地告誡著四大天王：「這些造惡的眾生，受到這些果報之後，如果再墮入地獄之中，動輒經由長遠的時劫，幾乎沒有出離之期。所以你們要護人、護國，就不要使這些各種的業力因緣，去迷惑眾生，使眾生造惡，墮入惡道之中。」

佛陀懇切的教誨，四大天王低頭默然而信受了。他們的眼淚已經流滿臉龐，一心的悲嘆著苦難的眾生，他們更發願學習著地藏菩薩的精神，來救度娑婆世界的眾生。

3

傳說須彌山是屹立於世界中央金輪上的高山，這以須彌山為中心的世界，加上一個日月系統，就成了一個小世界，或許這小世界就正如現在我們所了知的一個太陽系一般吧！

這樣的小世界，如果有一千個稱為小千世界；而一千個小千世界，稱為中千世界；而一千個中千世界，又稱為大千世界。

因此，一個大千世界，是由三個三進位的千數所構成，所以又稱為三千大千世界，其實三千大千世界是形容有三個千的大千世界，也就是一個大千世界，而這是一位佛陀所教化的區域。

須彌山是一個世界中最高的山，由四寶所成，傳說北面為黃金、東面為白銀、南面為琉璃、西面為玻璃所構成。

須彌山的四週有七山八海。這七山之中，在須彌山旁邊的山，稱為佉羅帝耶山，高有四萬二千由旬，縱廣也有四萬二千由旬，山的邊際十分的廣遠，各種色彩間雜其中，是七寶所構成的。

佉羅帝耶山離須彌山有八萬四千由旬，在兩山之間純生有優鉢羅花、鉢頭摩花、俱物頭花、分陀利花等，並有蘆葦、松、竹叢生在其中，發出種種的香味，香氣充遍。

離佉羅帝耶山不遠之處又有山，名為伊沙陀羅山，高有二萬一千由旬，縱廣各二萬一千由旬，山的邊際也十分廣遠，各種色彩間雜其中，山質也由七寶所成。

佉羅帝耶山四萬二千由旬處，其間也生著優鉢羅花、鉢頭摩花、俱物頭花、分陀利花，以及蘆葦、松、竹叢中，並發出種種的香味，香氣充遍山中。緊接著，依次向外，又有樹巨陀羅山、善見山、馬食山、尼民陀羅山、調伏山等共稱為七金山。

七金山中的第一座山，佉羅帝耶山，自古以來，即有許多仙人住於此處，有些甚至是修習佛道的大菩薩。在往昔就有一位驢脣仙人住於此處，並傳下了排列一切星宿的玄象列宿法，受到諸天龍神的敬重皈依，後來又有一位光味仙人向他學習。

而此處，最重要的，則是地藏菩薩在娑婆世界中的淨土，是一切修習地藏法門的人，心中的光明聖山。

4

這一天，在佉羅帝耶山中，這個許多寂靜修行的仙人所安住的地方，從南方飄來了許多具有廣大妙香的雲朵，並帶來豐沛的水氣，雨下妙香的法雨。

接著又有廣大的花雲前來雨下如花的妙雨，大妙殊麗的寶飾雲彩，來雨下廣大殊麗微妙宛如妙寶飾的雨，大妙鮮潔的衣服雲則來雨下大鮮潔妙衣服雨。這些微妙香潔的雲雨充滿了佉羅帝耶山中，寂靜修行的牟尼仙人們的住處，讓整個山中，更加的空靈奇幻。

緊接著，從這些香花、寶飾、衣服等雲雨中，豁然演出種種百千微妙的大法音聲，這些大法音聲，從空性中發出，自然微妙，清亮和怡，宛如一曲圓滿唱合的法界交響曲。

這些妙聲有：皈敬三寶的聲音、受持戒律清淨學處的聲音、忍辱柔和的聲音、精進勇猛的聲音，降伏煩惱魔、五蘊身心魔、死魔、天魔等四魔的聲音，趣入智慧的聲音、廣大名稱遍滿三界的聲音。

勸修殊勝的意念定力總持的聲音，空、無相、無願的聲音、厭離貪欲的聲音、一切色相宛如聚沫的聲音、所有感受如同浮泡的聲音、所有想念如同陽焰的聲音、一切行為如同芭蕉的聲音、任何意識如同幻事的聲音。

無常的聲音、苦的聲音、無我的聲音、空的聲音、慚愧的聲音、遠離的聲音、護念的聲音，慈、悲、喜、捨的聲音、證得諸法的聲音、得證涅槃的聲音、趣向三乘的聲音、轉大法輪的聲音、雨大法雨的聲音、成熟有情的聲音、救度三惡道的聲音、修治圓滿六波羅蜜的聲音、善巧方便的聲音、趣入菩薩十地的聲音、遊戲神通的聲音、遊戲清淨無上大乘的聲音、不退轉地的聲音、無生法忍的聲音、灌頂受位的聲音、趣入一切諸佛大海的聲音。

這無邊無際的微妙聲音，使這座聖山，充滿了光明喜樂。

這一天，釋迦牟尼佛世尊，正在佉羅帝耶山的山中，安住在這些寂靜的牟尼仙人住處，與無數的大比丘眾及菩薩眾，共相聚會，宣說勝法。現在忽然感得如此奇妙的勝境，大家的心中都十分的歡喜。

這時，一切前來法會的大眾，都見到了如是微妙的種種雲雨，也聽聞如此奇幻的諸法音聲，他們更隨著心意所樂，也各自見到他們的身上被種種香花、寶飾、衣服等珍寶所微妙莊嚴。

豁然之間，他們竟然又各自看見自己的兩手掌中，持著如意寶珠，而從這每一顆如意寶珠之中，竟雨下了種種的珍寶。

接著，又從每一個如意寶珠中放出各種的光明，因為這些光明的緣故，每一位有情都能見到十方恆河等諸佛的世界；又因這光明的緣故，而見到在諸佛國土之中，每一位世尊都有無量的大眾參與法會恭敬圍遶。

接著，他們又因為這光明，而見到宇宙中諸佛國土的一切有情，如果是生病的人，則因為在這光明照觸之下，而眾病除愈了。如果有應當臨被殺害及囚繫的人，在光明的照注下，也獲得解脫。

如果是身、語、意粗重穢濁的人，也因為光明，而得到輕軟清淨的身心，在飢渴之中的人也得到飽足充滿。

將被種種刑罰逼切的人，因為光明注照，所以都遠離了憂苦。缺少衣服、寶飾、珍財的人，也因為光明注照故，而隨念得到滿足。如果是樂於殺生的有情，乃至於有樂欲邪見的人，因為這光明的照觸，都能歡喜的遠離殺生，乃至樂於遠離邪見。

如果有情的眾生為了種種求不得苦的事情而受逼切，因為光明注照的緣故，都能隨願滿足。

他們又因為這光明，而能見到諸佛國土中的一切有情，所受的各種眾苦，無不得到止息，所以都能歡娛的受到各種的妙樂。

因為這光明，他們又見到這些諸佛國土中，因為這光明的照觸，而遠離一切的昏雲塵霧、烈風暴雨、不善音聲，以及各種的臭穢、苦辛、惡味、惡觸、恐怖。

一切的邪業、邪語、邪意、邪曲的依皈，也在光明中遠離了。這些世界變得不寒不熱，安靜坦然，而且地平如掌，各種微妙的樂具充滿在其中。

5

這時，法會大眾的身體，忽然感覺到奇妙的變化，身體的地、水、火、風、空、識等六大之中，屬於地界的覺受竟然增強了。讓大家的身體更加的安定不動，而且也堅重難舉，卻又覺得十分的舒服。

當大眾感受到這樣的瑞相時，心中都十分的驚疑：「到底是何因何緣讓我們感受到這樣的境界呢？」

此時在法會中，有一位帝釋天王稱為無垢生，他在佛陀身旁不遠處安坐著。他立即從座位上起身，頂禮世尊之後，合掌向著佛陀，並用偈頌問道：

「具足真諦的言語、真諦的正見，
　真實善妙的安住在牟尼寂靜之中，
　能夠普為一切的眾生弘宣，
　真實究竟的堅固法門。

能使所有的諸有情之類，
滅除痛苦及苦痛的因，
到底何緣在此大會中，
示現各種微妙雲雨？
能使舉眾心生歡悅，
咸生清淨真實的信心，
普遍發心趣向大乘，
度脫懷疑生起如實正見？」

無垢生此時，觀察著大眾身體地大的界性增強，及雙手現出如意寶珠雨下眾寶的情形，又接著問道：

「所有天人大眾身相，
地界增益身心堅重，
忽然不能自行勝舉，

此相到底有何因緣？
兩手如意寶珠自現
雨下眾寶放大光明，
遍照十方除卻眾罪，
休息眾苦獲得安樂。
敢問導師又有何等因緣，
能使舉眾都能明見，
種種的妙香花鬘珍寶，
各自莊嚴己身？」
最後帝釋天王無垢生疑惑的向佛陀問道：
「天人心中普生猶豫，
不能測知到底是何因何緣？
有誰即將前來大會，

示現此等神通的威力？
到底是佛還是菩薩？
是梵天魔羅或帝釋天王？
唯願偉大的導師，
儘速為我們大眾宣說。」

6

這時世尊告訴無垢生天帝釋說：「這一切吉祥現象，是在如實的因緣，自然現起的，你們不用疑惑。

你們要了知！有一位偉大的菩薩摩訶薩名為地藏，已在無量無數的廣大時劫的五濁惡世、無佛世界當中，救度成熟有情的眾生。

現在他正與無量的菩薩一起，要來此處禮敬、親近、供養於我，而且又觀察了這個大集法會而心生隨喜，所以將與這些眷屬大眾，化作聲聞比丘的形象前來此處，而由於他的廣大神通威力的示現，所以生出了這些變化。」

大眾這時方才明瞭整個瑞相發生的原因。

於是，無垢生又問道：「世尊，這一位地藏菩薩到底有怎麼的福德莊嚴，能夠生起如此的瑞相呢？」

「無垢生啊！這位地藏菩薩摩訶薩具有無量無數不可思議殊勝功德的莊嚴，所有一切的眾生，乃至於世間的聲聞、獨覺等小乘的聖者，都無法測度他功德。」

「那我們如何體悟這一位偉大菩薩的功德呢？」

佛陀這時莊嚴的說道：「這位偉大的菩薩其實就是各種微妙功德的藏伏寶藏，是各種解脫珍寶的出生之處，是菩薩大眾的明淨眼目，也是眾生趣向涅槃的導首領袖。

他如同如意珠一樣，能雨下各種珍貴的世間及出世間財寶，隨著大眾心所希求，而都能獲得滿足。

譬如商人採集寶物的洲渚，是能夠生長善根的良田，是能盛貯解脫的樂器，也是生出妙寶功德的賢瓶。」

「世尊！地藏菩薩具足如此廣大的功德，實在令人景仰，但不知他如何幫助一切眾生呢？」

「地藏菩薩的功德無量無邊，發心在一切無佛世界中救度眾生。他發心濟助一切眾生直至成佛，而對於一切眾生的救度，我們可以用以下的譬喻來體解：

地藏菩薩，當他照耀行善的人之時，猶如朗日一般；他照明迷失正道的人，則如同明炬；他除去眾生煩惱的燥熱，如同明月般清涼。

他更如同無足的人所獲得的車乘；如同遠遊的人，所準備的資糧一般；如同迷失方向者，所逢遇的示導路途的人。

他如同狂亂者所服的妙藥；如同有疾病的人所遇到的良醫；如同羸弱衰老的人所憑恃的几杖；如同疲倦的人所依止的床座。

他是為度過見流、欲流、有流、無明流等煩惱四流的人所作的橋樑。為趣向涅槃解脫彼岸者，所作的船筏。」

「世尊，我現在能體解地藏菩薩幫助眾生的方便法門，但不知他有那些廣大的勝行，讓我們依止呢？」

「地藏菩薩的聖德妙行無量無邊，他可以說是不貪、不瞋、不癡等是三種善根的殊勝果報，是三善根本所引生的等流相應因果。常行智慧布施，如輪一般恆續轉動。持戒堅固，如同妙高山王。

他精進難壞，如同金剛妙寶；安忍不動，猶如大地；靜慮深密，如同祕藏；禪定等至的境界莊嚴端麗，如同妙花寶鬘；智慧深廣，猶如大海；無所染著，譬如虛空一樣，而他的妙果近因，更如同眾花葉一般相應開放。」

「世尊，那地藏菩薩如何降伏一切天魔外道及惡事、惡緣呢？」

「地藏菩薩具足廣大伏魔除難的威力。他降伏各種的外道，如同師子王一般勇猛無畏；降伏一切的天魔，就如同大龍象一般的蹴踏摧滅；斬除煩惱賊，猶如神劍銳利；厭離各種的諠雜，如同獨覺乘般寂靜；洗去煩惱塵垢，如同清淨的水；能除去臭穢，如同迅疾的飄風。斷除各種的結縛煩惱，如同銳利的刀劍。

他守護一切受怖畏者，猶如眾生的親友。他為眾生防護怨敵的侵擾，如同護城的城塹；救助各種危難，猶如眾生的父母；降伏各類的怯劣，猶如叢林一般滅除眾相；如同夏日遠行，所投止的大樹，給與熱渴的人，作清冷水；給與飢乏的人，作各種的甘果。

他為無衣而露形的人，作各類的衣服；為炎熱疲乏的人，作出廣大遮陽的密雲；為貧匱的人，化作如意寶珠；為恐懼的人，作皈依之處。」

帝釋天無垢生又問：「世尊，地藏菩薩是如何成為一切眾相的善緣呢？」

「地藏菩薩能為各種稼穡，作甘霖澤雨；為各種濁水，化作澄淨眾水的月愛寶珠，令一切有情的善根不壞。他示現微妙境界，令眾生欣悅。他勸發有情眾生，生起增上精進慚愧柔軟的心。

如果有一心欲求取福慧的人，菩薩就使他們具足莊嚴。

他如吐瀉的藥能除去眾生的煩惱，他能攝持亂心，如同禪定等持的境界。他的辯才無滯，如同流水激起轉輪。他攝持外境的事緣，而繫心於一境，如同觀察妙色而不動。他安忍堅住，如同妙高山王。

他總持深廣，猶如大海廣大；神足神通無礙，譬若虛空自在；滅除一切的惑障煩惱習氣，猶如烈日銷融輕薄的冰雪。他常遊四禪、四無色定等三昧正道。是一切智智的妙寶洲渚，能以無功用行，來運轉大法輪。」

「善男子！這位地藏菩薩摩訶薩，具足如此等無量無數不可思議的殊勝功德，他現在正與眷屬們要前來此處，所以預先示現了如此的神通妙相啊！」佛陀歡喜地說著。

這個勇健的法王子，讓佛陀不必再憂慮惡世的眾生無有依怙。

第五話——佉羅帝耶山

用無畏的心血
寫下宇宙中最豪放的詩篇
地獄已空
我將成佛
一切有情同入了圓覺大海
究竟的成了全佛世界　豁然
歡欣的現成了如幻的實相
我已了悟　這是
地藏王的心血　這是
大地菩薩的心血　這是
南無　三曼多　勃馱南
呵呵呵　蘇怛妙　莎訶

在許多的世界中，一切的魔王及其眷屬，忽然都生起了驚怖的心，而皈依三寶了。原來地藏菩薩在這些佛國中，證入了智力難摧伏定，由這定力引發了如此殊勝的因緣。

1

世尊宣說了地藏菩薩的各種功德之後，大眾都一心渴仰，欲求見這位具足廣大福德的地藏菩薩。

這時，地藏菩薩摩訶薩就與無量的菩薩，用神通力示現為聲聞相，從南方世界來到佛陀之前安住。

他與這些眷屬大眾，恭敬頂禮世尊的雙足之後，右遶佛陀三匝，然後在如來身前合掌而立，並以偈頌讚嘆說：

「福慧兩足尊的佛陀導師，
用歡悅的慈心常普覆眾生，
安忍猶如大地一般，
遍除一切瞋忿的心念。
具足殊勝的相好，
莊嚴一切的佛國，
能以真實的大慈大悲，
充滿一切國土之中。
永絕所有貪愛的網，
如實善妙安住，
捨棄一切清淨的國土，
救度染濁的無邊眾生。
本願攝取垢穢的國土，

成熟所有惡性的眾生，
生起堅固正勤，
久修一切的苦行。
從久修一切苦行之中，
讓人聽聞生起悚懼精進的心，
善修各種布施、持戒、忍辱波羅蜜，
以及精進、禪定、智慧等六度的妙行。」

2

微妙的梵音，將大眾拉回遙遠的時劫之前。

這時，釋迦牟尼佛過去世在無邊穢惡的國土中，救度眾生的因緣浮現在眼前，如同在《悲華經》中，世尊的過去生為寶海梵志時，他看到了大眾各自選取著清淨的佛土，卻棄捨了垢穢的世界的眾生。於是他悲心滿溢的向寶藏佛說道：「世尊！有許多眾生，他們多行貪婬、瞋癡、憍慢，應當以聲聞、緣覺及菩薩等三種教法來調伏他們。但這些眾生即將被棄捨了。

這些眾生有著厚重的煩惱，於五濁惡世中做出了殺父、殺母、殺阿羅漢、出佛的身血及破壞和合僧眾等五逆重罪，毀壞正法、誹謗聖人，並實行邪見，遠離七種聖財，不孝父母，對於所有出家沙門及修行人心無恭敬，不行眾善，行於眾惡。遠離善知識，不知道應當親近真實的智慧，而墮入於三界的生死牢獄中，隨著生死之流，沉沒在無明的灰暗大河之中。

被愚癡遮蓋而盲目了，遠離各種善業而專行惡業。這些眾生，是諸佛世界所不容受的，所以被擯除來聚集在這個世界中，因為離棄善業，行不善業及邪道，所以重惡之罪積集宛如大山一般。」

寶海梵志這時心中萬分哀傷的說道：「世尊！我現在的心，悸動的宛如緊束的芭蕉一般，心中生起極大憂愁，身心憔悴。

世尊啊！這些菩薩雖然心生大悲，但卻不願攝取這五濁的惡世，使這些眾生墮入無邊的黑闇，無所依怙。

世尊啊！在未來世中，我願使自己久處生死之中，忍受各種痛苦，也不捨棄這些眾生。」

這種大悲的行持，與地藏菩薩是那麼的相同，他們都是大悲種姓的族人，都是在垢穢世界中修行的聖者。

3

地藏菩薩又讚歎著：

「曾經供養事奉無量無數，

諸佛、菩薩、聲聞，

以及濟助無邊的有情，

瀕臨飢渴病死的生命。
從往昔本生為其他的有情，
自行捨棄眾多的身命，
本生以來，為了正法之故，
捨棄眾多骨骼、血肉、身、皮，
捨棄自己的安樂，
悲愍一切有情眾生，
專為一切的有情，
精勤修習，斷裂疑惑的大網。
善巧守護於眼、耳、鼻、舌、身、意六根，
常恆遠離一切的貪欲，
觀察世間有為眾事的無常，
都是苦、空、無我的體性。」

4

地藏菩薩觀察著眾生各種苦業的增長，都是以貪愛為因，所以必須先於六根之上，永斷各種的貪欲。

而偉大的佛陀世尊，他普於一切有情眾生界，常生起安住於大悲的心，永遠的予以救度，所以雖然得證了殊勝的無上菩提，還是不曾捨棄本願，永遠的濟助眾生。

當佛陀隨因隨緣見到了有情眾生，受到眾苦的逼迫，隨即生起最勤精進的心，勇猛的濟拔他們，使其勤修布施、持戒，忍辱、精進、禪定、般若等六波羅蜜，正如同母親對於獨子，用最慈愛的心意來養育他。

地藏菩薩一面觀察佛陀的無邊智慧悲願，心中生起廣大的讚歎，接著又讚頌道：

「佛陀本於有情之類，

常住於普遍的慈心，
所以速證無上菩提，
度脫無量的眾生。
本修的菩提妙行，
無不為了一切眾生，
所以現在於有情大眾，
永不捨於六度妙行。
往昔常於末世之時，
求證無上菩提，
現在還在末世之中，
速成無上正覺。」

這時，世尊的身上現起了無邊的光明，他的大悲威力，調伏了所有的惡見，天龍人類及藥叉大眾，都安住於正法，而能斷除疑惑，最後終能成就金剛不壞的聖道。

佛陀的功德無量無邊，以究極的智慧神通，在無邊的世界，以無量的身形，授與無量有情的記莂，使他們獲得殊勝的無上菩提記，最後終成就為如來應供，眾生的導首，成為最無上的良善福田。世尊真是最殊勝的無等侶者，普遍攝覆一切的眾生，無量的大名聞於法界，充滿著十方世界之中。

所以，一切的菩薩大眾，為了成就自利、利他自證菩提的大事，都共同前來皈依於偉大的釋迦牟尼佛足下了。

菩薩大眾聽聞佛陀所宣說的妙法，都生起歡喜的心，生起究竟增上正勤精進，修習無上菩提的妙行。在釋迦牟尼導師的法力加被之下，都能速證無上菩提。

現在這位偉大的導師，即將示現未曾有的大集法會了！

5

偉大的菩薩們，在如來的教化下，證得無上的菩提，而惡性的眾生也是如此的受到如來的教化。

地藏菩薩觀察到有十三兆的藥叉大眾，平日為惡，恆噉眾生的血肉，竟然在佛陀金剛聖道的教化下，都捨棄了各種惡業，迅速趣入廣大的菩提。

他們有的得到殊勝的總持智慧，或證得安忍不動及靜慮禪定，有的已永盡諸漏煩惱而解脫，成為世間尊崇，眾生的福田，世人所應供養的阿羅漢聖者。有的發心成為大乘菩薩道的修行人，修習慈悲喜捨四無量心，有的安住布施、愛語、利行、同事等四攝法，有的獲得四種無畏辯才，有的安住於能隨順真理的順忍而智慧心柔軟。

有的得證首楞嚴三昧，有的得到深妙的慧眼，有的安住於無生法忍，這些都是由於釋迦牟尼佛這位大導師的力量所致。

世尊的廣大威德，能摧滅一切眾魔的怨仇，降伏所有的外道等九十五種異類，並窮盡地獄、畜生、餓鬼、阿修羅道等眾生，所以一切有情眾生，都會皈依於世尊的足下。

6

地藏菩薩眼觀著十方世界，心中安住於無邊的悲憫，用著宛如梵雷的聲音說道：

「現在為了息滅刀兵的劫害，
疫病及飢饉的惡劫，
救度迷失正道，
在盲冥之際的有情。
所有煩惱狂亂的眾生，

使他們都安住於寂滅解脫之道，
所以我捨棄諸緣，
特別前來禮敬世尊的雙足。
無邊的諸佛土中，
現在的一切導師，
都廣大讚揚佛陀世尊，
聽聞者都前來此處。
我聽聞佛陀正遍知海，
真實的妙德無邊，
度脫一切有情，
心中歡喜而敬禮。
由於曾修無量的福德，
所以現今得以禮敬尊足，

願在無量劫中，
常修更多的供養。
我現在學習世尊，
發起如是的誓願，
當於這穢土之中，
得證無上的菩提。」

地藏菩薩用微妙的偈頌禮讚佛陀並發願後，就與他的菩薩眷屬，再持著無量的天香妙花，以及種種的寶飾，散在佛陀的身上作為供養。

而這些珍奇的天香妙花，竟變成了寶蓋安住在虛空中，無比的莊嚴美麗。接著，他們為了聽法，就在佛前安靜詳然的端坐著。

這時，一切參與法會的大眾，見到了地藏菩薩之後，都感到十分的稀奇，覺得這真是未曾有的經驗，也都各自持著種種的上妙香花、寶飾、衣服、幢幡蓋等，前來供養地藏菩薩摩訶薩。

他們都相互慶賀地說道：「我們今天真是太歡喜了，不但迅疾的獲得了極妙的善好利益，更因為佛陀神力的加持，所以能親自瞻仰禮敬供養如此的菩薩大士！」

7

在大眾中有一位菩薩名為好疑問。

這時，他從座上起身，整理衣服，偏袒一肩，頂禮佛陀的雙足。

接著，他的右膝著地，合掌向佛陀問道：「世尊！這位善男子到底是從何而來？他所居住的佛國離此有多遠？他到底成就何等的功德善根，而蒙受世尊的種種稱歎，而且又能讚嘆佛陀不可思議的功德法海？這是我們往昔以來所未曾聞見的，唯願佛陀為我們宣說。」

這時，端嚴的世尊，忽然告訴好疑問菩薩說：「停止詢問吧！善男子！這位大士的功德善根，是一切世間天人大眾，都不能測量其淺深的！如果世間大眾聽聞如來廣說如是大士的功德善根，一切的世間天人大眾，都會心生迷悶難解，或是無法信受啊！」

這時，好疑問菩薩反而更振奮精神，再祈請佛陀說：「唯願如來哀愍我們，為大眾宣說吧！」

於是，佛陀在他殷重的祈請下，就說道：「既然因緣如此，好吧！你們就專注的諦聽，並且善巧的思惟憶念吧！我現在就為你們略說少分。」

這時，佛陀的眼光就端注著地藏菩薩，而說道：「這一位大士，成就了無量不可思議的殊勝功德，已能安住於殊勝的首楞嚴三昧，並善能悟入如來的境界。

他已得到最殊勝的無生法忍，對於所有的佛法早已得證自在，堪忍不動，安住在一切智的聖位，已能超越度脫一切智的大海，已能安住於師子奮迅三昧，能善巧登上一切智的大山，已能摧伏所有的外道邪論。

而為了要成熟一切的有情眾生，因此，一切所在的佛國，他都一一的安住。如此的大士，隨著他所止住的諸佛國土，隨著他所安住的各種殊勝三摩地，而發起無量殊勝功德，使他所教化的無量有情眾生得證成就。

如是的大士，隨著安住在如是的諸佛國土，入於能發起甚深智慧的禪定三昧，並由此定力，能使那個佛土之中的一切有情眾生，都能同見這些三摩地所示現的境界。

他隨住於如此的諸佛國土，如果證入於具足無邊智慧的禪定，則由此定力，能使這一個佛土中的一切有情眾生，隨著他所相應的因緣，能用無量的上妙供具，恭敬奉養諸佛世尊。

隨著他所安住的諸佛國土，如果大士入於具足清淨智慧的定境，由此定力，能使這個佛土中的一切有情眾生，都能同見各種欲望境界的無量過患，而使心靈獲得清淨。

隨住如此的諸佛國土，如果大士入於具足慚愧的智定三昧，由此定力，能令這佛土中的一切有情，都能獲得具足增上的慚愧心，而遠離各種的惡法，心無忘失。」

8

在佛陀溫和慈悲的教示之下，大會中所有的眾生體悟到地藏菩薩不可思議的功德與悲願。

大眾的眼中逐漸充滿了光芒，在豁然無差別的心念中，他們竟然見到地藏菩薩，在無邊世界中，證入各種不可思議的智慧禪定，並以此不可思議的禪定威力來教化眾生。

只見地藏菩薩隨緣安住在諸佛的國土之中，證入了具足諸乘的光明定境，在這定力的引發之下，這個佛土中的一切有情眾生，竟然證得善巧的天眼智通、宿命智通、死生智通，而且了達此世與他世的因果。

接著他又隨住在另外的諸佛國土，證入了無憂神通的光明禪定，在這定力的引發下，這個佛土中的一切有情眾生，都遠離一切的愁憂昏昧。

地藏菩薩又安詳的安住在另外的諸佛國土，證入了具足殊勝神通的光明禪定，由此定力，竟使這個佛土中的一切有情眾生，都得證具足神通善巧。

當他隨住在另外的諸佛國土，而入於普照各個世間的禪定時，由此定力的引發，又使得十方世界，遠離各種的昏暗，並使這佛土中的一切有情眾生，都能普見十方的諸佛國土。

大眾見到地藏菩薩不可思議的大悲神通威力，心中不禁生起最深的祈願之心，共同的憶念著：「南無地藏菩薩摩訶薩！」

大悲大願的法輪，總是在法界恆動著，地藏菩薩奮起大悲的神勇，用廣大誓願，來圓滿法界的有情。

地藏菩薩又隨緣安住諸佛的國土了，只見他證入了諸佛燈炬光明禪定，在這定力的引發下，這個佛土中的一切有情眾生，都捨棄邪道而皈正，皈依於佛、法、僧三寶了。

當他隨住在另一個佛國之中時，他證入於金剛光定之中，由此定力的引發，這個佛土中，所有的一切小鐵輪圍山、大鐵輪圍山、須彌山以及其餘的高山、谿澗、溝壑、瓦礫、毒刺，及垢穢的草木忽然都完全不見了。

同時在這佛土中，所有的一切眾邪、蠱毒、各種的惡蟲猛獸、災橫疫癘、昏暗塵垢、不淨臭穢等惡境，都已完全銷滅。這個佛土，土地一時平整如掌，種種的祥瑞，自然涌現，示現出清淨殊勝的眾相莊嚴。見到地藏菩薩如此種種不思議的神力，大家不禁合掌歡喜，讚嘆不已！

在許多的世界中，一切的魔王及其眷屬，忽然都生起了驚怖的心，而皈依三寶了。原來地藏菩薩在這些佛國中，證入了智力難摧伏定，由這定力引發了如此殊勝的因緣。

地藏菩薩在無邊的諸佛國土之中，示現了證入電光明定、具足上妙時定、具足勝精氣定……等等無邊的妙定，使十方世界中無邊的有情眾生，滿足了一切的心願，成就了無比的功德，大家的心中充滿了無盡的讚歎與感恩。

9

時間似乎轉動了許久，大家盡見了地藏菩薩在無邊世界中的無盡救度，但是當大眾在一念之中，從地藏菩薩無盡的三昧禪定教化中起覺時，竟然時間還是在這一念中，並無改變。

真是所謂時間，即非時間，是名時間啊！

原來在法住法位中，世間相永遠是常住的。

地藏菩薩在十方世界，無邊示現的妙形與無盡的法界，在這一剎那中，又迴旋成為佛陀莊嚴的梵音。

大眾只聽到佛陀莊嚴的開示著：「這位善男子地藏，在每一天的晨朝之時，為了要教化成熟有情眾生的緣故，入於恆河沙等的各種禪定，他從定中起身之後，就遍歷於十方的諸佛國土，成熟一切所教化的有情眾生，並隨其所相應的因緣，而利益安樂他們。」

地藏菩薩已經於無量無數的時劫，在五濁惡世的無佛世界中，成熟教化有情眾生，他又將在未來超過此數的時劫中救度眾生。

所以，如果有世界的刀兵劫發生時，現起了殺害諸有情的事，這位偉大的菩薩見到此事之後，就會在晨朝之時，用各種定力來除去這些刀兵的劫難，使這些有情眾生，互相慈愍。

如果有世界中的疫病劫難生起，而傷害諸有情時，這位大菩薩見到此事之後，會在晨朝之時，就用各種定力除去疫病的劫難，使一切的有情，都能獲得安樂。

如果有世界的飢饉劫難生起，傷害有情眾生，這位偉大的菩薩見到此事之後，就會在晨朝之時，用各種定力，除去飢饉的劫難，使一切的有情，都獲得飽滿。

這位偉大的菩薩，運用各種的定力，作出如此等無量無邊不可思議，利益安樂有情的事。

佛陀對地藏菩薩的無邊讚嘆，不只流過每一個人的心中，而且更圓滿著地藏菩薩的金剛大願。

佛陀更讚歎地藏菩薩：「這位善男子具足成就無量無數不可思議的殊勝功德，常勤精進修行，利益安樂一切有情眾生。

已曾在過去無量無數恆河沙等諸佛世尊之處，為了要成熟利益安樂有情眾生，而發起大悲心，具足堅固難壞勇猛精進的無盡誓願，並由此大悲堅固難壞、勇猛精進、無盡誓願的增上勢力，在一日夜或一食之間，能救度無量百千俱胝那由他數的有情眾生之類，使他們都能解脫種種的憂苦，也能令一切如法所求的意願得到滿足。」

「地藏菩薩能使一切如法的所求，意願滿足。」這個讚歎從佛陀的金口中自在的流出了，這不但是佛陀對地藏菩薩的觀察讚嘆，更是對他的金剛誓願的保證。

因此，我們看到在地藏菩薩所在之處，如果有情眾生，有種種希求，或是受到憂苦逼切，若能至心的稱名念誦，皈敬供養地藏菩薩，那麼必能滿足如法所求的一切願望，而遠離各種的憂苦，並隨其所應，安置在解脫涅槃之道。

隨著菩薩所在之處，如果有情眾生為飢渴所逼迫，能至心稱名念誦菩薩的名號，皈敬供養地藏菩薩者，都能獲得如法所求的一切願望，並且飲食充足，並隨其所應，而安置於解脫涅槃之道。

隨著菩薩所在之處，如果有情眾生缺乏種種的衣服、寶飾、醫藥、床敷以及各種的資具，如果能夠至心稱名念誦他的名號，皈敬供養地藏菩薩者，都能獲得如法所求的一切願望，所有的衣服、寶飾、醫藥、床敷以及各種的資糧器具無不充足，並且隨其所應，安置於解脫涅槃之道。

原來一切的神通，敵不過業力的輪轉，但一切的業力，也無法不在偉大的金剛誓願中，受到調伏。

地藏菩薩，這位偉大的願王，正以他無比的大悲願力，來幫助一切眾生，使所有如法祈請的事情，得到圓滿。但最重要的是達到究竟的涅槃解脫而成佛啊！佛陀的光明，普照著地藏菩薩與一切的有情眾生，更注照著我們的心靈。我乃了悟，原來佛陀的教語開示與地藏菩薩的大願妙行，是為我們而發。現在，佛陀保證了地藏菩薩，必然圓滿我們的一切如法心願，我豁然了悟，我們必然也參與當年的地藏法會，承受了佛陀的教誨，與地藏菩薩對我們所發起的大願妙行。

10

地藏菩薩成就不可思議的各種功德妙法，具足了堅固的誓願，勇猛精進，來成就無邊的有情眾生。

世尊在這時現起了普照法界的廣大光明。這光明有不可說佛剎微塵數的光明作為眷屬伴隨而來，普照十方一切世界海的諸佛國土。

這時，在佉羅帝耶山的法會大眾，全都看見了無窮無盡的法界、虛空界的一切佛國剎土。在這一切佛剎微塵數的諸佛國土之中，自在的現起了種種的名號、色相、清淨、住處及形相。

在這所有的國土之中，地藏菩薩摩訶薩安坐道場，示現了無邊的大悲大願事業，使一切眾生圓滿解脫。

無邊的地藏菩薩，示現在不可說佛剎微塵數的大會眾中，發出無比莊嚴美妙的聲音，充滿法界，轉動著正法輪。

地藏菩薩出現在諸天宮殿、龍王宮殿、夜叉宮殿、乾闥婆、阿脩羅、迦樓羅、緊那羅、摩睺羅伽、人非人等宮殿。或是在人間的村邑、聚落、王都等地方，示現種種姓氏、種種名號、種種身形、種種相好、種種光明。

他安住在各種的威儀，證入各種的三昧境界，示現種種的神通變化。或時常以自己種種的言辭聲音，以無量的言辭宣說無邊的法門。

在這無邊無際的法會中，大眾見到了地藏菩薩甚深三昧的大神通力，窮盡法界、虛空界、東、西、南、北、四維上下一切法界大海，依隨眾生的各種心想而安住。從往昔開始，到現在的一切國土身、一切眾生身、一切虛空身，興起了微塵數的諸佛剎土，依次安住。

地藏菩薩廣大的威神力，不毀壞過去、現在、未來三世，也不毀壞世間。

他在一切眾生心中示現微妙的影像，隨順眾生心所喜樂發出美妙的言辭聲音，普遍示現趣入一切大眾集會中，普遍示現在眾生面前。雖然所示現的色相有差別，但是智慧卻是沒有差異的。他隨順著相應的眾生，開示佛法，教化調伏一切眾生，不曾休息。

凡是看到地藏菩薩這種神力者，都是他在以前用善根攝受過的，或以前曾用布施、愛語、利行、同事四種攝受法門所攝受的，或是曾見聞憶念親近佛法而成熟的，或是曾發起無上正等覺之心的，或是曾與地藏菩薩共同種植善根，乃至他過去曾用一切智慧的善巧方便教化成熟的，所以現在他們才能成熟了無邊甚深的因緣。

第六話——眾生的善友

英雄的傳說
是地藏的生平
累生累劫的大願
在大力無畏當中
化成了清淨的夢
最永恆守護著
我們的心靈
比自己與自己更加親近的照護者
這地藏的宏恩
怎堪是句句的感恩了得

「此大記明咒並能使雨澤豐潤，增長有益的地、水、火、風等四大力量，使喜樂、財寶、勝力，及一切的受用資具，都獲得增益。而且這真言陀羅尼能使智慧猛利，使眾生摧破煩惱賊。」

1

地藏菩薩在不可說微塵數佛剎中，隨順眾生的因緣時節、志欲喜樂而前往他們的處所，用方便法門成熟教化他們，使他們都能安住在一切智慧海的光明法門。

地藏菩薩前往天宮，龍宮，及夜叉、乾闥婆、阿脩羅、迦樓羅、緊那羅、摩睺羅伽宮，梵王宮等宮殿，乃至於前往人王宮殿，閻羅王宮，畜生、餓鬼、地獄眾生的住處，用平等的大悲、平等的大願、平等的智慧、平等的方便來攝受所有眾生。

這些眾生之中，有的是見了菩薩之後而調伏的；有的是聽聞菩薩說法而調伏的；有的是因憶念菩薩而調伏的；有的是聽到菩薩的音聲而調伏的；有的是聽聞菩薩的名號而調伏的；有的是看到菩薩的圓光而調伏的；有的是看見菩薩的光明網而調伏的。因此菩薩能隨順所有眾生心之所樂，前往他們的處所，使他們都能獲益。

這時，只見地藏菩薩在十方世界之中，有時現作色界初禪天的大梵天王身，來為有緣的有情眾生，如應的說法，使他們圓滿解脫。

他們有的見到地藏菩薩現作色界四禪天的大自在天身，為有緣的眾生，如應的說法，而使他們圓滿解脫。又見到地藏菩薩化作欲界的第六天他化自在天的身形為有緣眾生說法。或是化作欲界第五天化樂天身，為有緣眾生說法。乃至化作兜率天身、夜摩天身、帝釋天身、四大天王身為有緣的眾生說法。

接著，大眾只見到地藏菩薩在十方法界，竟然示現了莊嚴的佛身，為大眾宣說究竟純圓的大法，使有緣的眾生，歡喜的受用圓滿了。接著，又見到他為修習大乘教法的眾生，示現菩薩的身相說法，使他們圓滿了菩薩道。地藏菩薩又示現了獨覺身，為追求解脫的利根者說法。或示現為聲聞身，教化小乘的修行人。

或是化作轉輪聖王身、或王親貴族身、或婆羅門身、或平民身、低賤的首陀羅身等各種身分的人，救度眾生。

地藏菩薩的化現愈來愈不可思議，隨著因緣，他化成了男性丈夫的身相，或婦女的身相，乃至於童男身，童女身等各種形像，來教化有緣的人。

六道地藏化身無數，是救脫眾生出離險道的善友。

不只如此，他又化作樂神乾闥婆身，或是非人的阿修羅身，或是歌神緊那羅身，或是大蟒神摩睺羅伽身，或是龍身，或是藥叉身，或作羅剎身，或作鳩畔茶甕形鬼身，或作畢舍遮食血肉鬼身，或作餓鬼身，或作布怛那臭餓鬼身，或作羯吒布怛那極臭鬼身，或作粵闍訶洛吸精氣鬼身等無數的神鬼身，來救度有緣的眾生。

甚至慈悲的地藏菩薩，還化作獅子身、或作香象身、或是化作馬身、或是作牛身、或是化作種種禽獸的身形，來救度一切的眾生。

他更在地獄中化作閻魔王身，或作地獄鬼卒身，乃至於化作地獄中的有情眾生的身，來教化眾生。

偉大的地藏菩薩，化現作如此等無量無數的異類眾生的身形，來為有情的眾生，如其相應的說法，隨著他們所相應的因緣，將眾生安置在菩薩、緣覺及聲聞等三乘的不退轉位，使他們究竟解脫。

如是大士，成就如是不可思議的各種功德妙法，所以是各種殊勝功德的伏藏，是一切解脫珍寶所出生之處，是菩薩眾的明淨眼目，是趣向涅槃的商人導首，如是乃至能以無功用行轉動大法輪。

「善男子！假使有人在彌勒菩薩、文殊菩薩、觀自在菩薩及普賢菩薩為上首的恆河沙等諸大菩薩摩訶薩所在，在百劫之中，至心的皈依，並且稱名念誦，禮拜供養，求取各種的願望，不如有人在一食頃間，至心皈依，稱名念誦，禮拜供養地藏菩薩，求取各種的心願，能速得滿足。

為什麼呢？因為地藏菩薩，利益安樂一切有情眾生，使有情的眾生，所願都得到滿足，就宛如如意寶珠，亦如同伏藏一般。

這一位大士為了要教化成熟有情眾生，因此久修堅固的大願大悲，勇猛精進超過諸菩薩眾，所以你們應當一心的供養。」佛陀殷重的教誨著大眾，讓大眾心生驚嘆。而大願的王者地藏菩薩，將永永遠遠照護著我們，使我們圓滿成佛。

2

這時，十方世界前來法會的大眾，一切菩薩摩訶薩以及聲聞聖眾、天人、藥叉、健達縛等都從座位上起身，隨著各自的能力，各持著種種金銀寶屑，及眾寶香花，奉散地藏菩薩摩訶薩，接著又持著種種的上妙衣服、摩尼寶珠、真珠花鬘、真珠瓔珞、金銀寶縷、幢幡蓋等，奉上地藏菩薩摩訶薩，又以無量的上妙音樂種種讚頌恭敬供養地藏菩薩。

這時，地藏菩薩摩訶薩持著這些上妙的供具，迴向供奉佛陀世尊，並且宣說偈頌：

「天人龍神所供養，
十方菩薩皆來奉獻，
我聽聞大悲救世的佛陀有大功德，
唯願佛陀受我最勝供養。」

地藏菩薩摩訶薩宣說這偈頌後，就五體投地頂禮佛足。於是世尊也宣說偈頌：

「生起堅固智慧清淨的心，
滅除一切有情的無量苦惱，
善施眾妙樂如同寶手，
能斷除疑惑之網宛如金剛。
生起大悲智慧具足精進，
善持妙供奉獻世尊，
以大海般的智慧救助苦難眾生，
讓一切的有情登上無畏的解脫之岸。」

在聽聞了佛陀無比莊嚴的教誨後，地藏菩薩摩訶薩即從座位上起身向佛陀敬白道：「大德世尊！我當要濟度這人間四洲中的世尊弟子，一切比丘及比丘尼、優婆塞、優婆夷等，令他們都能獲得增長憶念、壽命、身體、身體的力量、名聞……等世間的一切善法。

並使他們增長淨戒、多聞、智慧、妙定、安忍、方便、聖諦光明、大乘正道、大慈大悲……等出世間的一切善法。

使他們的微妙名稱，能遍滿三界，法雨普潤世間，增長一切的大地精氣滋味，使一切眾生的精氣增強，能善作事業，圓滿正法的精氣善行，使智慧的光明普生，六波羅蜜的妙行圓具，肉眼、天眼、慧眼、法眼、佛眼等五眼，具足明視，增益灌頂的力量，成就解脫涅槃。」

3

地藏菩薩向佛陀發出了廣大的誓願後，又說道：「世尊，有一個真言陀羅尼名為『具足水火吉祥光明大記明咒總持章句』，是我在過去恆河沙等佛世尊之所，親自承受教誨，而奉持此真言陀羅尼。

這真言能令一切的清淨白法增長，一切植物的種子、根鬚、芽莖、枝葉、花果、藥穀等的精氣滋味增長。

並能使雨澤豐潤，增長有益的地、水、火、風等四大的力量，使喜樂、財寶、勝力，及一切的受用資具，都獲得增益。而且這真言陀羅尼能使智慧猛利，使眾生摧破煩惱賊。」

地藏菩薩接著就以悅耳的梵音，宣說了這一段真言神咒：

識蒱　識蒱　識識蒱　阿迦舍識蒱　縛羯洛識蒱

kṣaṃbhu kṣaṃbhu kṣaṃkṣaṃbhu ākāśa kṣaṃbhu vakara kṣaṃbhu

菴跋洛識蒱　筏羅識蒱　伐折洛識蒱

aṃbhara kṣaṃbhu vaila kṣaṃbhu vajra kṣaṃbhu

阿路迦讖蒱　菪摩讖蒱　薩帝摩讖蒱

aloka kṣaṃbhu dhama kṣaṃbhu satyama kṣaṃbhu

𑖀𑖩𑖺𑖎 𑖎𑖿𑖬𑖽𑖥𑖲 𑖠𑖦 𑖎𑖿𑖬𑖽𑖥𑖲 𑖭𑖝𑖿𑖧𑖦 𑖎𑖿𑖬𑖽𑖥𑖲

薩帝眤訶羅讖蒱　毘婆路迦插婆讖蒱

satyanirhāra kṣaṃbhu vyavaloka kṣava kṣaṃbhu

𑖭𑖝𑖿𑖧𑖡𑖰𑖨𑖿𑖮𑖯𑖨 𑖎𑖿𑖬𑖽𑖥𑖲 𑖪𑖿𑖧𑖪𑖩𑖺𑖎 𑖎𑖿𑖬𑖪 𑖎𑖿𑖬𑖽𑖥𑖲

鄔波睒摩讖蒱　奈野娜讖蒱

upaśama kṣaṃbhu nayana kṣaṃbhu

𑖄𑖢𑖫𑖦 𑖎𑖿𑖬𑖽𑖥𑖲 𑖡𑖧𑖡 𑖎𑖿𑖬𑖽𑖥𑖲

鉢*剌惹三年底*剌拏讖蒱　剎拏讖蒱

prajña samuttī raṇa kṣaṃbhu kṣaṇa kṣaṃbhu

𑖢𑖿𑖨𑖕𑖿𑖗 𑖭𑖦𑖲𑖝𑖿𑖝𑖱 𑖨𑖜 𑖎𑖿𑖬𑖽𑖥𑖲 𑖎𑖿𑖬𑖜 𑖎𑖿𑖬𑖽𑖥𑖲

毘濕婆梨夜讖蒱 舍薩多臘婆讖蒱 毘阿荼素吒

viśvarya kṣaṃbhu śāstālava kṣaṃbhu vyāḍasuṭe

𑖪𑖰𑖫𑖿𑖪𑖨𑖿𑖧𑖎𑖿𑖬𑖽𑖥𑖲 𑖫𑖯𑖭𑖿𑖝𑖯𑖩𑖪𑖎𑖿𑖬𑖽𑖥𑖲 𑖪𑖿𑖧𑖯𑖚𑖭𑖲𑖘𑖸

莫醯隸 萏謎 睒謎 *斫羯洛細 斫羯洛沫呬隸 厠隸 諱隸

mahile dhame śame cakrase cakra masire kṣire bhire

𑖦𑖮𑖰𑖩𑖸 𑖠𑖦𑖸 𑖫𑖦𑖸 𑖓𑖎𑖿𑖨𑖭𑖸 𑖓𑖎𑖿𑖨𑖦𑖭𑖰𑖨𑖸 𑖎𑖿𑖬𑖰𑖨𑖸 𑖥𑖰𑖨𑖸

揭*刺婆跋羅伐*刺帝 欣嚇 鉢臘薛 鉢*刺遮囉飯怛泥

ghra saṃvala brate hile prabhe pracara varttane

𑖑𑖿𑖨𑖭𑖽𑖪𑖩 𑖤𑖿𑖨𑖝𑖸 𑖮𑖰𑖩𑖸 𑖢𑖿𑖨𑖥𑖸 𑖢𑖿𑖨𑖓𑖨𑖪𑖨𑖿𑖝𑖿𑖝𑖡𑖸

曷*刺怛泥 播囉 遮遮遮遮 欣隸 弭隸 翳羯他 託契

ratanepāra caca caca hile mile ekatha thaḥkhe

𑖨𑖝𑖡𑖸𑖢𑖯𑖨 𑖓𑖓 𑖓𑖓 𑖮𑖰𑖩𑖸 𑖦𑖰𑖩𑖸 𑖊𑖎𑖞 𑖞𑖾𑖏𑖸

託齵盧 闥嚟 闥嚟 弭隸 磨綻 瘴綻 矩隸 弭*隸

thadkhūru thare thare mire māḍhe tāḍhe kule mile

盎矩之多毘 遏㗚 祁㗚 波囉祁㗚 矩吒苫沫隸

aṅkucitāvi ari giri para giri kuṭa śamale

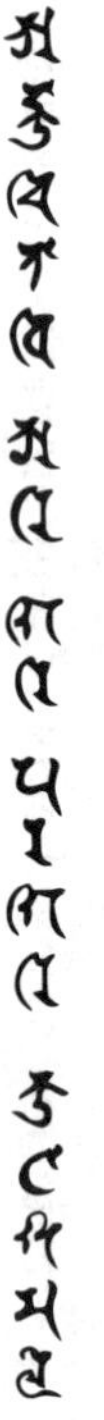

㲉*祇 㲉*祇 㲉*具隸 滸盧 滸盧 滸盧

ṇāṅge ṇāṅge ṇāṅgule hulu hulu hulu

矩盧窣都弭隸 弭哮第 彌哮綻 叛荼陀 喝羅 欣梨 滸盧 滸魯盧

kuru stu mire miredhe miredhe bhāṇḍadha hara hile hulu hurulu

善巧宣說能清淨一切諸有的塵勞，

善巧宣說能清淨鬪諍的時劫，
善巧宣說能清淨濁惡的意念，
善巧宣說能淨化污濁的地、水、火、風等大種。
善巧宣說能清淨濁惡的味著，
善巧宣說能淨化濁惡的氣息，
善巧宣說能滿足所有的希望，
善巧宣說能成種各種的稼穡。
善巧宣說能令一切的佛陀如來世尊所加護，
善巧宣說能令一切的菩薩加護而隨喜。」

當這首殊勝的真言流動了山河大地及一切法界時，大地中所有的草木都欣欣向榮，一切的環境，都獲得了無比的生機，所有的生命共同共榮，一切的祥和，充滿了宇宙之間。

這真是使一切的大地獲得增長守護，一切的生命獲得增益護生的妙法啊！

這時，地藏菩薩接著說道：「世尊！這具『足水火吉祥光明大記明咒的總持章句』，是我在過去恆河沙等佛世尊之處，親自承受奉持的。

這陀羅尼神咒，能令一切清淨的白法增長，乃至能增長一切受用的資具。

大德世尊啊！這陀羅尼能普濟救度人間四洲中的世尊弟子，一切的比丘及比丘尼、優婆塞、優婆夷，能使他們都能得到增長憶念，乃至增長一切的受用資具。

這陀羅尼能令佛陀世尊的甘露聖教，熾然久住，利益安樂三界中所有的眾生。」

4

當地藏菩薩摩訶薩圓滿的演說這大記明咒總持章句時，佉羅帝耶山產生了奇妙的變化，大地普遍發生了震動，無數的天樂不鼓自鳴，天上則雨下了無量種的天妙香花及珍寶等。一切的與會大眾都十分的驚喜踴躍，都獲得萬分稀奇、未曾有過的殊勝經驗。

此時，大會當中有大吉祥天女、具大吉祥天女、大池妙音天女、大堅固天女、具大水天女、放大光天女等為上首的天女大眾，總共有一萬八千位天女，她們正於地、水、火、風等四大種，都已得到自在。

她們從座位上起身，稽首佛足，合掌恭敬的向佛陀問道：「稀有大德！甚為奇特世尊！我等雖然已能於地、水、火、風等物質的四大種中，得到自在轉換的能力，但是依然不能了知，這四大種的初始、中間、後續的生滅違順等現象的密意。

而這位大士已證得微細甚深的般若波羅蜜多，能夠善巧了知這四大種當中的初始、中間及後續生滅違順現相的密意。」

佛陀這時說道：「如是，如是！天女！這位善男子已經證得微細的甚深般若波羅蜜多，能夠善巧了知地、水、火、風等物質界的四大種要素中的初始、中間，及後續相互生滅違順因緣的現相。

天女妳們應當了知！就如同如意寶珠，具足所有的眾德，能雨下種種的上妙珍寶布施給眾生，這位善男子也是如此，能雨下種種的覺支智慧珍寶，布施給所有的眾生。就如同在寶洲寶渚，有種種珍寶充滿在其中，這位善男子亦復如此，成就種種的覺支智慧珍寶。

他更如同天上的波利質多羅樹，這種能香遍一切的天樹王，有著眾妙的香花來加以嚴飾，這位善男子也是如此，他用種種微妙的佛法珍寶來作自莊嚴。他也如同師子王一般，一切的牲畜野獸沒有能使牠驚伏的，這位善男子也是，一切眾生所無能驚伏。」

佛陀世尊用各種的譬喻，來讚嘆這位偉大的聖者地藏菩薩。

在佛陀譬喻讚嘆之時，虛空中現起了無邊的虛擬實相，投射出種種的莊嚴譬喻影相，使大眾在剎那中，完全總持了悟地藏菩薩的廣大功德。

這時，虛空中現起了無雲的晴空，麗日懸於天際，普照了無盡的光明，佛陀接著又說道：「譬如朗照的大日般能滅除世間的一切昏暗，這位善男子也是如此，能滅除一切眾生的惡見無明昏暗。

他又譬如明月一樣，在夜分之中能示現一切迷失道路的眾生，平坦的正路，隨著他們所要前往的地方，都能到達。

這位善男子也是在無明的暗夜中，能為一切迷失三乘正道、馳騁在生死曠野的眾生，示現三乘的正路，隨著他們所相應的因緣，而方便安立他們，使他們得以出離。

譬如大地，是一切種子、樹木、山林、稼穡等地身的眾生所依止的地方，這位善男子的因緣，也是一切殊妙的菩提分法所依止的處所。

譬如大寶的妙高山王，十分的善住堅固，無缺憾無縫隙，這位善男子也是如此，他善住於一切不共的佛法，由於不棄捨眾生的緣故，所以名為無缺憾，一切的善根都能善施給與諸眾生的緣故，所以名為無縫隙。

譬如虛空，是一切眾生共所受用，這位善男子也是如此，是一切眾生所共同受用的。這位善男子成就如此等無量無邊的各種功德妙法。」

5

這時，法會大眾聽聞了地藏菩薩摩訶薩所成就的無量受稱嘆的功德，心中感覺十分的希奇，得到未曾有的覺受。他們尊重恭敬，皆大歡喜，以至誠的心諦觀著地藏菩薩，而目不暫捨。

世尊為了重顯這深妙的義理，端注著地藏菩薩而宣說偈頌：

「地藏真實的大士，
具有頭陀般的精進功德，
示現聲聞的出家色相，
前來稽首佛陀大師。
布施給眾生喜樂，
救助解脫三界存有的痛苦，
雨下無量種寶雨，

為了供養佛陀大師。
天帝無垢生，
觀察四方之後，
合掌恭敬安住，
讚嘆祈請於佛陀大師。
我見到世尊大眾，
摩尼寶般的光明，
遍照諸佛國土，
無不普皆明了。」

這時的佉羅帝耶山的山頂，寂靜得沒有一絲一毫的聲音，只有偶然光明的捲動，輕輕的敲動著大家的心弦與耳輪。

大家的心中細細的體會著地藏菩薩的廣大悲願與智慧，心中不只生起了決定的仰信，而且也發心隨著這位偉大聖者的腳步前進。

6

佛陀慈悲的注視著地藏菩薩，光明從他的口中宛轉流出，轉出了莊嚴的梵音，從梵音中傳出，讚嘆著地藏菩薩：

「六通普照世間，
　現在當來至此，
勇猛名為地藏，
示現出家的威儀。
七種聖財伏藏，
無畏佛陀的音聲，
諸位菩薩的勝幢，
眾生之前的導首。
解脫大寶所依止，

在福德大海中具足精進，
他擁有大悲的意念而喜樂聰敏，
救苦一切的有情眾生。
給與怖畏者為城池，
如同明月般示現道路，
生起善根如同大地，
破除迷惑有如金剛。
能布施解脫的大寶，
如水漂流大眾的迷惑，
煩惱熱為蓋覆，
痊癒疾病如同良醫。」

我們一日稱念地藏菩薩功德廣大的名號，其實勝於在俱胝時劫中，去稱嘆其餘智者的妙德。因為他能夠解脫有情眾生一切煩惱的纏縛，並使眾生至於首楞嚴三昧健行定等，一切三昧禪定的彼岸。

地藏菩薩在十二因緣中已經圓滿清淨了，各種智慧宛如虛空，能破除無邊佛土，一切有情的暗黑纏聚。

他隨緣在十方佛土入定，並以四種禪定靜慮的等流教法，普令有情眾生，入定除去疑惑惱熱。眾生所有的宿昔惡業，刀兵疾病、飢饉等劫害，隨著所在惱害的因緣，都能使他們解脫。

「地藏菩薩真是不可思議的聖者啊！」大眾心中想著，「他真是一切闇黑世界中，最勇猛的聖者，是法界中最污闇之處的惟一明燈，是最惡惱世界的究竟莊嚴，是最無上，殊勝的闇夜明王。」

沒有花俏，沒有掌聲，沒有光明，只有永遠無盡的黑闇，橫桓在眼前，這是何等堅強的悲心，何等不壞的願力，何等有力的心藏啊！

7

光明從如來的口中相繼不斷的流出，為這永恆的勇者，畫出該有的形像，十方法界與諸佛，也共同唱和著他，救助眾生有力的臂膀：

「眾生五道輪轉的身體，
被各種痛苦所逼切，
皈敬於地藏菩薩者，
所有痛苦都能消除。
眾生乘著痛苦輪迴，
輾轉互相違逆侵害，
皈敬於地藏菩薩者，
都能安住在慈忍心的心中。」

無與倫比的偉岸身影，浮現虛空法界，一切時空當中，振錫驚醒著迷妄眾生，慈悲無畏的眼眸，從無盡到無盡的凝視，安慰著一切苦痛眾生的魂魄。那麼強壯，那麼有力的心靈，是一切有情永遠的依怙之處。

諸佛微笑的注視著佛子地藏，繼續給予他應有的讚嘆：

「被十二因緣的變化所怖畏，
追求痛苦所依止之處，
皈敬於地藏菩薩者，
都能安住於無畏之地。
如果樂於修習諸福，
正念於戒聽聞智慧，
皈敬於地藏菩薩者，
所求都能獲得滿足。
樂於每一種功德，
技術工巧醫藥種子，

皈敬於地藏菩薩者，
所求都能獲得滿足。
追求各種穀類藥山，
男女衣服僕使，
皈敬於地藏菩薩者，
所求都能獲得滿足。
眾德具足相應，
善能任持著大地，
滋生各種的穀物藥品，
使一切都能潤澤而細軟。
被各種煩惱所覆，
樂行十種惡業的眾生，
皈敬於地藏菩薩者，

煩惱眾惡都能消除。」

這是諸佛何等的信心保證啊！

這是我們對自己的誓言，永不毀棄的保證，皈敬於地藏菩薩的人，必然能夠與他比肩同行，在法界中，永遠成為一個大無畏者。

地藏，一切法界的菩提心藏，一切佛德的大如來藏，出生諸佛的佛藏，是一切勝德的伏藏，地藏，地藏，如同大地般圓滿！

佛陀最後用著無畏莊嚴的梵音，普向法界宣說道：

「地藏啊！

你示現作種種的身相，為一切的眾生說法，

具足無盡布施的功德，悲愍一切的眾生。

假使於百時劫當中，讚說你無盡的功德，

猶尚不能窮盡，所以大眾皆當供養。」

無盡的大眾聽聞了佛陀的妙音之後，無不一心合掌，皈命著地藏菩薩。

第七話——十種佛輪

轉動佛輪
讓堅固的煩惱
碎成微塵
轉動佛輪
讓所有的世界
成為光明
轉動佛輪
讓一切的眾生
圓滿正覺
轉動佛輪
讓地藏菩薩
安心的成佛

佛陀的眼中，這時浮現出了人間的歷史，人類由於無明，在貪瞋癡中流轉，為了名聞、利養、權勢、利益乃至仇恨誤會，而在人間轉動了可悲的業輪。

1

這時，地藏菩薩摩訶薩從座位上起身，整理衣服，五體投地的頂禮佛足，並偏袒一肩，右膝著地，合掌恭敬的向佛陀問道：

「我現在請問世尊，
無量的功德大海，
唯願賜予開示許可，
為我解說除去疑惑。」

世尊告訴他：「你是真實的善士、殊勝的大丈夫！

其實，對於一切的法，你早已證得智慧見解無礙的境界，現在不過是為了要饒益其他有情眾生的緣故，所以才請問如來的，這我完全了解。

現在你有任何的問題，隨著你的心意請問吧！我現在當為你分別解說，使你心生歡喜。」

於是地藏菩薩摩訶薩就以偈頌問說：

「我曾在十三劫中，
已精勤修習苦行，
為了一切有情，
除去三災以及五濁。
在許多俱胝佛所，
已設無邊的供養，
曾見無數廣大的集會，

淨信的大眾和合相聚，
無數聰明智慧辛勤精進者，
皆來共同會集，
但卻未曾見到如是，
沒有任何的雜穢大眾。」
地藏菩薩如此讚歎與會大眾的清淨無雜之後，忽然語氣一轉，疑惑地問道：
「但為何此佛國之中，
是那麼的穢惡，減損淨善光明，
智者咸都遠離，
而惡行者卻共同居住，
多造了各種無間的罪業，
誹謗於正法、賢聖而生起惡見，
妄說斷見、常見的邪論，

具足廣造十方惡業，
不畏懼後世的輪迴痛苦，
遠離三乘的佛法，
臭穢的迎向惡趣，
讓無明遮蔽了他的眼目，
貪嫉而多姦矯。
如何轉動佛輪，
來救度這些眾生之類？
如何破除相續宛如金剛的煩惱？
如何得到總持超越這些眾相？
現在我見到導師佛陀，
大集甚為稀有，未曾在餘處具見的眾德。
他們具足了頭陀精進的功德，

勤修菩提大道，

如何處在愚癡大眾之中，

能開示究竟的佛輪？」

世尊告訴他說：「善哉！善哉！善男子！你於過去恆河沙等諸佛世界的五濁惡世時，已經請問過這些恆河沙等的諸佛世尊，如此的法義。

你對於所問的法義，已經精進劬勞的執行，已經善巧的通達，已經到達圓滿眾行的彼岸，也已得證善巧方便的妙智。

現在，你為了成熟一切有情的眾生，令他們得到利益安樂等眾事；為了令一切的菩薩摩訶薩，得到善巧、方便、聖行、伏藏、布施等六種波羅蜜多，來實踐成熟一切有情的勝行，並使佛陀的一切智智的功德大海，能迅速的圓滿；為了轉動一切剎帝利王的各種暴惡行為，使他們不墮入地獄、畜牲、惡鬼等三惡趣故；為了令此土的三寶佛法種姓，能威德熾盛久住世間；所以才再問如來如此的法義。

佛陀轉動十種佛輪，破除眾生如金剛般堅固的煩惱。

現在你諦聽，諦聽！善巧的思惟憶念，我就要為你分別解說。」

「是的，世尊！我十分的願樂欲聞。」

佛陀告訴地藏菩薩：「善男子！諸佛如來是由本願力而成就十種佛輪。

現在我居住在這個佛土，是五濁惡世，一切的有情退失沉沒，流失了一切白淨的善法，七種聖者的財寶匱乏，遠離了一切聰敏的智者，被斷見、常見的邪見羅網所覆蔽住了，時常喜好乘馭各種趣向惡道的車乘，對於自己的所作所為，而引起未來後世的痛苦視而不見，無法生起怖畏的心，時常處於無明的黑闇，具足十種不善的業道，造了五種無間的罪業。

他們誹謗正法，毀謗賢聖，遠離一切的善法，具足了各種的惡法。

我安住在如此的雜惡國土中，得到安隱住，心無驚恐，得到無所畏的妙德，處於如來的尊位，轉動於佛輪，降伏各種天魔外道邪論，摧滅一切眾生之類，猶如金剛的堅固煩惱。並隨著他們心中所樂，安置一切有力的眾生，使他們安住於三乘的不退轉位。」

人間的轉輪聖王，用著世間的福德轉動著人間之輪，推動著人類的歷史向前。但是佛陀卻以如來的智慧，轉動著無上的佛輪，使眾生遠離煩惱，轉向圓滿的無上菩提，使眾生成佛。

2

無始無終的佛輪，在法界中轉動著。

佛輪的體性是佛陀的智慧，而動力則來自於無盡的大悲。

當佛陀開始轉動這無比莊嚴的佛輪時，似乎整個法界，都在光明中轉動起來了。佛陀的悲智光明旋入了一切眾生的心中，終將使一切眾生圓滿無上究竟的菩提。

佛陀的眼中，這時浮現出了人間的歷史，人類由於無明，在貪瞋癡中流轉，為了名聞、利養、權勢、利益乃至仇恨誤會，而在人間轉動了可悲的業輪。

佛陀的眼中充滿了悲憫，慈悲的告訴地藏菩薩說：

「善男子！就譬如有一個國家，這時正虛著君位，而沒有國王，所以國家動亂，國中所有的一切人民，被自國的軍隊與他國的軍隊交相侵害，使得這個國家憂愁擾亂，人心不安。一時之間，有無量種的鬪諍相害，大家互相欺凌，沒有寧日。

這時種種的疾病也流行了，不管是寒熱的瘧疾、瘟氣疫癘、心顛狂亂、受害傷殘、餓死病死，缺少各種的衣食資糧，一切的所有，都是黑暗痛苦，沒有可樂之處。因此，大眾只有求神問卜，皈依種種的外道邪神，大家的惡見、惡心及邪惡的意樂都是那麼的熾盛流行，迷失了正道，臨於墮入惡道之中。」

「世尊！在這樣的惡因惡緣之中，這個國家與人民該怎麼辦呢？」

「地藏！這時，這一個國家中有著耆宿長老，他們十分的聰明多智，就相互的謀議討論對策。為了挽救國運，於是立即決定召集國中的人民，共同薦舉該國的一位王子，來統領大眾。」

「這位王子要具備什麼條件呢？」

「這位王子必須本來就從事著各種布施的美德，心中十分的平和寂靜，並且精進勇猛，能夠難行苦行的為一切大眾謀福利，而且具有各種殊勝的福德之相，他的諸根圓滿，身形長大，相好端嚴，有著最殊勝美妙的外貌，常為大眾所尊重恭敬，舉國人民無不親愛。

此外，他稟性淳良素質，常懷慈悲，博學多才，各種才藝都十分的精良，並用柔和忍辱，來莊嚴自心，也是皇后所生的嫡子，因此是最適合帶領國家，走出惡運的人選。」

「佛陀！當他們尋找到了這一位王子之後，他們接著該怎麼做呢？」

「他們接著就用妙香熏著的清淨的水，來沐浴王子的身體，並請他穿著用種種上妙的香所熏及眾寶所莊嚴的鮮淨衣服，以摩尼珠寶放置在他的髮髻中，頂戴著金寶華鬘的寶冠，用素色的繒布，束著髮際，又用種種的摩尼、真珠、金銀等寶物，而合成珥璫、瓔珞、環玔、寶印等各種妙寶，來莊嚴其身，織成寶履來承受其足，眾寶傘蓋上覆於他的頂上。

並且安置著古來一切天仙所護持的寶座，在一切天帝共同許諾護持，善巧營構的莊嚴大殿上，登上了先王所昇位的尊座上。」

「在王子紹接王位之後，他如何帶領國家遠離厄運？」

「當王子紹接王位之後，就扣擊一切天帝、龍帝、藥叉神帝、阿素洛帝、鳩畔茶帝各所護持的廣大鐘鼓，這個聲音振響周遍國界。這時舉國的剎帝利王貴族等四大種姓，全國的無量民眾，都沐浴其身，穿著清淨的衣服，執持著種種的妙寶、傘蓋、幢幡、摩尼、真珠、金銀、玉璧、珊瑚、琉璃等無量的珍奇，來奉獻給新王，以呈嘉瑞。

接著博學多才的淨行婆羅門，更用無量種微妙的讚頌，來歌詠帝德，獻上種種的善事呪願於大王，以一切的吉祥，散灑在大王的頂上。而先王所尊重的宿望貴族，十分的博學多藝，性直賢明，也隨其所應，授以種種的職位官階，署理各種的王事。

而起先在國境上，自軍、他軍更相侵害的事情，現在新王都令之平息，也令一切的怨敵惡友，所有能為害者，都完全殄滅；損除自己國家中一切的惡事，並增益自己國家中的一切善法。

善男子！這就是剎帝利種的灌頂大王，所成就的第一王輪。由此王輪，讓自己的國土，得到安樂，也能降伏一切的怨敵惡友，善巧守護自身，使之增長壽命。」

「是的，世尊。」

「善男子！同樣的，在這雜染的五濁惡世娑婆佛土，在無佛的時代，其中所有一切的眾生，為了自心中的煩惱無明，而被自軍、他軍所惱害侵逼，使他愁憂擾亂，愚冥不安，生起了無量種的執著，堅執著斷見與常見。因此鬪訟違諍，互相輕蔑，生起貪、瞋、癡等煩惱，具足十種不善的業道。

執著的有情眾生，紛擾著世界，現起了種種的煩惱疾病，缺少正法眼而被忿恨所惱亂，常不思惟真實的正法，捨棄正法的妙味，譏毀善行，缺乏各種喜樂的滋味，常為種種的煩惱羅網所覆蔽，皈依六種外道邪師，迷失聖道而趣向三惡道中。」

「世尊！在這樣的惡緣中，應當如何救度他們呢？」

「地藏！這時，在這個世界，有諸位菩薩摩訶薩，他們已在過去世中親近供養無量諸佛，已證入諸佛的功德大海，已安住諸佛的本所行道，此時他們共同集會，來到我的身前，同聲對我說：『善男子啊！你在過去已修習無量的布施、調伏、寂靜、戒律，精進勇猛，難行苦行，使一切淨行圓滿，是一切微妙福慧、方便、大慈悲等，所共同莊嚴的大功德寶藏，是一切禪定、總持、安忍、菩薩諸地的功德圓滿大海。

你無有諂由無有欺誑，身形長大，相貌美好圓滿，具足了忍辱柔和，端正殊妙。不必再依止他人修習菩提之道，一切智海已經得到圓滿，成就了最殊勝莊嚴的相好，能為一切聲聞、獨覺作大導師，也能安慰一切在生死怖畏中的眾生，作為他們的親友。是大慈悲等無量功德所共同莊嚴，是拘留孫佛、俱那含佛、迦葉佛等佛父的真子，在此賢劫之中，當得作佛，是一切菩薩摩訶薩中的最為上首。』」

「世尊！這時您要如何回應這樣的因緣呢？」

「地藏啊！我此時就用具有各類功德的種種妙香來熏著，奢摩他止定與毗鉢舍那觀慧的清淨之水來沐浴，身著慚愧的衣服，以清淨法界作為髻中的寶珠，頭冠飾以諸佛所行境界的廣大華鬘，束以解脫殊妙的素練。

又用種種的一切智智、無生法忍等功德珍寶而自莊嚴，以慈、悲、喜、捨四無量心做為寶履，用能蓋覆三界的身、語、意三種妙行的圓滿聖因做為傘蓋，安置往昔諸佛所共同護持的金剛寶座，趣入一切聲聞、獨覺所恭敬護持身、受、心、法四種念住，安坐在先佛所敷的寶座，證得無上正等菩提的一切智位。」

「世尊！在您證得無上菩提之後，要如何弘揚佛法，救度眾生呢？」

「我為了使一切的三寶種姓，能夠不斷絕，所以轉動法輪，敲擊正法的鐘鼓，使妙法的音聲遍滿三界，令所有的天、龍、藥叉、羅剎、阿修羅、揭路荼、緊那羅、莫呼洛伽、鳩畔茶、彌荔多、畢舍遮、布怛那、羯吒布怛那、人非人等，在四聖諦中，都得到明白解悟，三轉十二行相的法輪。

這是一切世間中的所有沙門、婆羅門、諸天、魔、梵、人非人等都不能轉動的，為了要利益安樂世間的無量天人，使他們獲得殊勝的廣大義利，往昔所未曾轉動，而現在開始轉動了。

善男子！我成就如此的第一佛輪，由於此輪的緣故，如實的了知此世他世、是處非處等事善惡的智慧，得到安隱住，得到無驚恐，得到無所畏，降伏所有的天魔外道邪論，轉動清淨的大法輪，成就清淨的大梵行。

我應緣住在這雜染世界的五濁惡時，處於大眾中，做師子吼，滅除有情眾生的五無間業，乃至所有的不善之根，摧滅一切諸眾生堅如金剛的相續煩惱，建立一切永盡諸漏解脫的妙果，隨著他們心中所樂，安置一切有力的眾生，使他們安住於三乘不退轉的聖位。」

佛陀隨順著廣大的世緣，以一位轉輪聖王，從初就王位，定國安邦的因緣，來比擬菩薩成佛之後，以十種佛輪，來救度眾生，使眾生成佛的因緣。

事實上，這十種佛輪就是如來的十種佛智，佛陀依著這十種佛智來救度無邊的眾生。

3

「什麼是第二佛輪呢？」地藏菩薩接著問道。

佛陀答道：「善男子！就如同剎帝利的灌頂大王初登王位，受帝職之後，觀察過去、未來、現在的諸王法道，在種種王業的輪中，以善巧觀察因緣果報的智慧，隨其因緣所應，而建立一切輔臣僚佐，普及國邑中愚智人民，建立帝王業輪、田宅業輪，及財寶業輪等三種業輪。」

「世尊！這三種業輪有什麼作用呢？」

「地藏！由這三種業輪，能使此土中的眾生，長夜受用，所有種種適意資具喜樂增長，能滅一切的怨敵惡友。」

「是的，世尊。」

「而善男子，同樣如此，在如來初成佛果，得到無上智後，觀察過去、未來、現在的諸佛法眼，以善巧觀察諸業法受因緣果報的智慧，建立一切所教化有情的三種業輪。」

「這三種業輪是什麼呢？」

「這三種業輪是：建立修定的業輪、習誦的業輪，及營福的業輪。由此三種業輪，能令三寶的種姓法眼，長夜不滅，無上的正法，熾盛流通，令一切的有情，長受種種解脫涅槃的安隱快樂，及令一切的外道邪論不能降伏我的正法眼，而我亦能如法摧伏那些邪論。」

「我能體悟如此的正法，世尊。」

「善男子！這是我所成就的第二佛輪，由於此輪的緣故，以其通達過去、現在、未來三世諸法無上三世業智，如實了知一切有情眾生的各種業法的受因及果報，隨其因緣所應而予以教化。

建立三種業輪，教化成熟一切有情，使他們得到安隱住，沒有任何的驚恐，心中毫無所畏，摧伏一切的天魔外道邪論，轉動清淨的大法輪，成就廣大梵行，如實了知眾生的因緣果報。」

4

地藏菩薩問道：「那如何是第三佛輪呢？」

「善男子！就如同剎帝利灌頂大王，成就善巧的智慧，觀察一切的沙門、婆羅門、王親貴族、平民、低賤的首陀羅等的多聞勇健、工巧伎藝或種種的功德。」

「觀察他們的功德因緣，有何作用呢？」

「如果眾生富有功德，灌頂大王就隨他所應，給施珍寶、田宅等。在自己的國土中，如果眾生德藝輕微，功業尠薄，灌頂大王就微加賑恤。如果眾生功德薄劣，懈怠懶惰，積聚各種的惡行，大王就給以種種的處罰。」

「這樣有什麼作用呢？」地藏菩薩問。

「因為灌頂大王以適當公正的賞罰，能使國土增長安樂，降伏一切的怨敵惡友，善巧守護自身，並使壽命增長。

善男子！如來成就了善巧了知眾生根機的智慧。能以妙智了知有情眾生的各種根器差別，而隨緣教化，當眾生具足成就增上信敬的純淨意樂時，隨著他們所應的因緣，為他們宣說種種佛法善品的差別，令他們修學，乃至使他們的一切善根皆得圓滿，證入無畏的法城。」

「是的，佛陀。」

「善男子！這是我所成就的第三佛輪，由於此輪，能了知一切有情眾生的種種根機、意樂與煩惱，及勝解各種業法的覺受。隨著他們所相應的因緣，給予利益安樂，使他們得到安隱住，心無驚恐，獲得了無所畏的境界，最後能成就佛果，轉動佛輪，摧伏各種天魔外道邪論，處在大眾中，做正法的師子吼。」

5

「那如何是第四佛輪呢?」地藏菩薩問道。

「善男子!如同剎帝利灌頂大王了知自己國土之中,有無量的有情眾生,皈依種種的邪神外道,生起了邪信及邪見,學習邪惡的戒儀,執著修習偏邪的吉凶之相,受到種種無利益的痛苦,大王知道後,就召集大眾,以先王治國的正法,為他們開悟示現,教誡學習,使他們捨除顛倒的信仰見解,修學先王的正直舊法,使自己國土中的一切有情眾生,能和合同依先王的正法,轉而聽受詔命,隨順奉行,使此土和合,各安其位,作所應作的眾事。」

「如果眾生樂於信受邪法時,應當怎麼辦呢?」地藏菩薩憂心地問。

「善男子!當時我成就善巧了知勝解的智慧,見到世間中的眾生,由於種種的邪皈、邪見及偏邪的意樂,執著邪法,行著偏邪的業行,由此因緣而受無量的痛苦。

如來見到之後，就立即召集大眾，以其過去諸佛世尊三寶種姓的因果、六種波羅蜜多、瑜伽相應的依止妙因、三律儀等各種因果法門，開悟教勅一切的大眾，使他們解脫各種顛倒的見解，建立正見，安置在十種善法的正直舊道，與有情大眾，共同修法，並隨法修行，方便引攝他們入於佛道，因果等流相應，為一切的有情四眾和合，同修一切的殊勝善行。」

「是啊！世尊，我們也當如此度化眾生。」地藏菩薩說。

「善男子！這是我所成就的第四佛輪。由於此輪的緣故，我了知一切有情眾生的種種勝解，及歸趣意樂，各種業法覺受，隨著他們所相應的因緣，而利益安樂他們，使他們得到安隱，心無驚恐，一切無所畏懼，最後能自稱：我處於如來聖位，轉動佛輪，摧壞所有的天魔外道邪論，處在大眾中，做師子吼。」

6

「世尊！如何是第五佛輪呢？」地藏菩薩問。

「善男子！如同剎帝利灌頂大王，了知自己國土或其他國家中，有無量的有情眾生，心中不但貪染自己的財色，對於其他人的財色貪求追愛，也是無所不用其極，於是大王立即安置堅固的城廓等防守的眾具，使之沒有損失。

善男子！如來成就善巧了知各種體性的智慧，能知曉一切惡魔及九十五種偏邪外道，還有其餘無量的眾魔外道所魅惑的有情眾生，對於自己的財色，耽染無厭，對於他人的財色亦貪求追愛。」

「難道對於佛陀法王，也有眾生勇於犯下害佛的眾罪嗎？」地藏菩薩問。

「是啊！地藏，當時許多外道，對於我自身及我的徒眾，也深生憎恨嫉妒，甚至為了謀害佛陀，假裝以珍饌供養，而其中卻雜以毒藥，或暗中設置陷阱火坑，偽裝成床座，或是從山上推下巨石，或是放出狂象要傷害佛陀，拔劍追逐，散播塵穢，毀謗行使婬欲等，用盡各種惡心，來加以誹謗。對於佛陀近侍的聲聞弟子也是如此。

對於佛、法、僧三寶，也起無量的種種誹謗、毀辱。」

「那您如何回應呢？」

「如來知道後，並不以瞋心回報，而是善守六根，依止慈悲喜捨四無量心，具足四種辯才，為一切的眾生宣說法要，安立清淨的空、無相、無願的三解脫門。佛陀以如此的世出世間了知諸性的智慧，如實了知一切眾生種種的無量體性差別，隨著他們因緣所應，為他們廣作饒益之事。

善男子啊！這是我所成就的第五佛輪。由於此輪的緣故，我用世出世間了知各種體性的智慧；了知有情眾生的種種無量諸性差別，隨著他們所應，而給予利益安樂。使他們得到安隱，心無驚恐，一切無所畏懼，最後圓滿成佛。

「如何是第六佛輪呢？」地藏菩薩接著問。

「如同剎帝利灌頂大王安置一切堅固的城廓、村坊、國邑、王宮等各類的防守器具，安穩的處在自己的宮中，能與一切的眷屬後妃女遊戲自在。

善男子！如來與諸菩薩摩訶薩眾及大聲聞，也安置在一切堅固的聖教防衛守護，即便現證入初禪，乃至現入四禪，入於無邊虛空處定，現入非想非非想定，如此乃至於現入一切佛所行定。」

「入於此定，有何功德呢？」

「進入此定之後，無量百千俱胝那由他的天、龍八部、藥叉、羅剎等鬼神，他們對於眾生常懷毒惡損害的心，無慈無悲，對於後世的痛苦不見怖畏。

當他們見到我，入於一切佛所行定後，卻都能對我生起大歡喜及淨信心，對於三寶中也生起最勝的歡喜淨信，尊重恭敬，得未曾有。對於一切的罪惡，慚愧發露，深心悔過，誓願永斷眾惡，由這因緣，在一剎那頃，使無量無數的煩惱障、業障、法障都得到銷滅，無量無數的福慧資糧都得到成滿，背離生死，趣向涅槃，護持如來的無上正法。

善男子！我成就如此的第六佛輪，由於此輪的緣故，遊戲禪法、解脫、等持、等至等無量百千的微妙深定，以清淨智慧隨轉，消滅有情眾生的無量煩惱，並隨著他們所應，使其利益安樂，得至安隱，心無驚恐，無所畏懼，而證得究竟的佛果。」

7

地藏菩薩接著請問：「如何是第七佛輪呢？」

「善男子！如同剎帝利灌頂大王與諸羣臣，率領馬兵、車兵、象兵、步兵等四種兵眾，周巡觀察一切自己國中的城邑、聚落、山川、溪澗、曠野、叢林等處。

隨著他們所在的國界各處，所見到的環境都是險巇多難，不曾營理，很可能讓外境的怨敵藏伏在其中。

這時，大王就隨著他的能力，修治堅固的防守，使國境的每個地方平坦無難，能使外境怨敵沒有藏身滲透的所在，並安撫自己國中的一切人民，使其都能遠離眾苦，享受各種快樂。」

「眾生有那些煩惱怨敵呢？」

「是的，善男子！如來以佛眼，如實了知一切有情眾生有貪、瞋、癡心等煩惱，並如實了知這種種煩惱病行的差別。

如來知道後，便生起無量精進勇猛的方便勢力，隨著因緣所宜，教授眾生種種修定的妙藥，使有情眾生精勤修學，除去煩惱的疾病。

如果有情眾生，適宜修習不淨觀除去煩惱病，就教授他修不淨之藥。如果有情眾生適宜修習緣起法以除煩惱病，就教授他修習緣起的藥。

如來隨著有情的因緣，而授諸以相應的法藥，不使一切他所教化的有情，為身心五蘊魔、煩惱魔、死魔、天魔等四種魔怨所繫縛統攝。也不令一切所教化的有情，背棄人天的善乘而趣向三惡道。不令如來的無上法眼三寶種姓速疾受到壞滅，因此而授給有情眾生如是法藥。」

「是的，世尊。」

「善男子！這是我所成就的第七佛輪，由於此輪的緣故，用無上的遍行智，授給一切眾生種種的法藥，使他們精勤修學，除去煩惱病，得到安隱，最後畢竟成佛。」

8

「佛陀，如何是第八佛輪呢？」

「善男子！如同剎帝利灌頂大王，憶念自己與他人，從初生沐浴，懷抱乳哺，種種遊戲，學習伎藝，或是營修種種的事業，乃至成為太子，登上王位，得到大自在，受到各種快樂，廣大名稱遍滿國際等事；當他憶念此事後，就安立先王所遵的正法，撫育一切國土人民，守護自己的國家，也不侵略他國的國境。」

「世尊，如來憶念何等事呢？」地藏菩薩問。

「善男子！如來處於大眾集會，憶念自他宿世所經歷的無量種事，有時憶念一生，或二生或三生，乃至無量百千生的事情，或是憶念世界初成的成劫，或憶念世界趣壞的壞劫，或是憶念無量的成劫、壞劫等，他曾在過去住在如此等處所，有如此的名字，如此的種姓，如此的飲食，如此領納苦受、樂受，如此的壽量，如此的久住，如此而極於壽量邊際，從彼處沉沒，而投生在此處，又從此處沉沒，往生在彼處。憶念如此無量無邊的宿世眾事，隨著眾生的根性差別，而建立正法，為他們廣作饒益。

善男子！我成就如此的第八佛輪，由於此輪的緣故，利益安樂無量有情眾生，使他們得到安隱，心無驚恐，得到無所畏，最後自稱我處於如來的尊位，轉動佛輪，摧伏天魔外道邪論，處在大眾之中，發師子吼聲。」

「什麼是第九佛輪呢？」地藏菩薩問。

「善男子！如同剎帝利灌頂大王，隨念觀察自己國家之中的人民，他們的種姓伎藝及各種的事業，從此處逝去，而投生彼處的因果勝劣差別不同。

他了知有情眾生行善行的話，在身壞命終之後當往生善處；也知道有情眾生行惡行的人，在身壞命終時，當往生惡趣。

當他了知此事之後，就自行思惟：『我應當勤修身、語、意的善行；我當用種種的方便，修行布施、寂靜等各種善法，使身壞命終時，往生善處，不要墮入惡趣。』

因此這大王就勇猛精進的修習身、語、意三種善行，並且常行布施眾善。」

「如此布施眾善，有什麼功德利益呢？」

「由此因緣，這剎帝利灌頂大王會獲得十種功德勝利：

一、具有廣大的名稱。

二、具有廣大的財寶。

三、具有微妙的相貌。

四、具有極多的眷屬。

五、少病少惱。

六、朋友眷屬聰慧多聞。

七、正至正行者親近供養。
八、廣美的聲譽流振十方。
九、大威德的天神常隨衞護。
十、身壞命終時，當生於天上，常居善趣的安樂國土。

善男子！如來如實了知一切有情眾生的死生等事，所謂如實的了知如果有情眾生做了身、語、意的惡行，誹謗賢聖，具足邪見、邪見的業因，身壞命終之後，會墮入惡趣，生於地獄、畜牲、餓鬼等三惡道。

如果有情眾生成就身、語、意的善行，不毀謗賢聖，具足正見、正見的業因，身壞命終之後，就上生各種的善趣，於天上，或是人間，或是窮盡諸漏煩惱而解脫。」

「如此真實了知之後呢？」地藏菩薩問。

「如來如此如實的了知之後，對眾生生起大慈悲心，勇猛精進，示現三種神變示導，使眾生歸趣佛法，教誡安置，成立世間出世間的正信。

這三種神變為：

一、神通變現。

二、記說變現。

三、教誡變現。

由這三種變現的威力，勸發有情，教誡安置他們，建立世間出世間的正信，使他們於一切死生當中，得證解脫。

善男子！我成就如此的第九佛輪，由此輪的緣故，利益安樂無量的有情，使他們得到安隱，心無驚恐，無所畏懼，最後圓滿成佛，轉動佛輪。」

9

「如何是第十佛輪呢？」地藏菩薩請問。

「善男子！如同貴族灌頂大王，為了除去世間中無量有情的種種身病，而棄捨王位，以各種香湯沐浴自身，身著鮮淨的衣服，端坐思惟，對於一切的眾生，以平等心，慈悲護念。

為了解脫一切眾生的疾病，他們用種種的香花伎樂及供具，供養一切的大威德天神。

這時，一切的天帝、龍帝，乃至鬼神帝王，了知此事後，就相互討論道：『這個大王具有種種的功德，有大威神力，應當作轉輪王統治人間的四洲，我們應當共同前往，使他恢復王位統治世間，使眾生無病安樂。』

於是，諸位天帝鬼神帝就共同前往，安立灌頂大王轉輪王位，令他具足七寶，統治世間的四大洲，得到自在，並且具足千子，個個都是勇健端正，能摧破怨敵。整個世間連刀杖等兵器都不用，人民都修習正法，普受安樂。」

「世尊，如果我們要解脫眾生的心病，當如何做呢？」地藏菩薩問。

「善男子！如來往昔在菩薩位時，了知自己和他人，有無量的煩惱疾病，就以禪定為香水，洗浴其身，更以大慈大悲來灌沐頭首，身著慚愧的衣服。

這時，十方的一切諸佛世尊，用各種禪法、等持、精進方便、智慧、慈悲加以護念，都同作此語：『如此的大士是大福慧莊嚴的寶器，堪能容受一切身、語、意的三種不護、四種無所畏、如來的十力，及十八種不共的佛法，堪能得證無上的一切智智，大慈大悲無不具足，能常欣喜利樂一切的眾生，是尋求佛寶的眾生之領導。

他能救度有情的生死眾苦，能施與有情眾生涅槃大樂，我等一切諸佛世尊，應當以真誠的言語，與其所願，使他成為如來、應供、等正覺，得到無上的大法，為大法王。』」

「您如何回應呢？」地藏菩薩問。

「我在當時，依止著福慧力勇猛精進，於四聖諦中，如實了知之後，證得無上正等菩提。

善男子！就如同轉輪王統治世間的四大洲都得到自在，如來對於四禪、四無色定、四種無量心、四無礙解、四聖諦觀、四無所畏、如來十力，及十八不共佛法等……一切種智都得到自在。

善男子！我成就如此的第十佛輪，由於此輪的緣故，如實了知自身、他身、煩惱諸漏永盡，利益安樂無量的有情眾生，使他們得到安隱，心無驚恐，無所畏懼，自稱我處如來的尊位，轉動佛輪，摧伏天魔外道邪論，處在大眾之中，發出師子吼聲。」

這時，佛陀慈悲的端注著地藏說：

「善男子！我成就這十種佛輪，因為本願力的緣故，所以居住在這個佛土的五濁惡世之時。

這時，一切的有情眾生，減損了一切的白淨善法，缺乏所有的七聖財寶，遠離一切聰敏的智者，被斷見、常見的羅網所覆蔽。他們常喜好乘馭著各種惡趣的車乘，對於後世的痛苦，不能明見，也沒有怖畏，常常處於極重的無明黑闇之中。

他們具有十種惡業，造了五無間罪，誹謗正法，詆毀賢聖，遠離各種善法，具足各類的惡法。

我在其中成就如是的佛陀十輪，所以得到安隱住，心無驚恐，也無所畏，能自稱我處於佛陀尊位，轉動於佛輪，降伏各種天魔外道的邪論，摧滅一切有情眾生猶如金剛堅固般的煩惱，隨著他們所喜樂，而安立一切的有力眾生，使他們安住於三乘不退轉的聖位。」

這時，法會中一切菩薩摩訶薩眾、聲聞、天龍八部等，皆大歡喜，共同唱念：「善哉！」

天上也雨下了廣大香雨、廣大花雨，及眾寶的妙雨，一切的大地，都發生了震動。

當聽聞了如此的十種佛輪之後，在眾會中有無數的菩薩摩訶薩得證了無生法忍，無量的菩薩摩訶薩獲得種種的陀羅尼三摩地法忍，無量無數有情，初始發起無上正等正覺的心而得不退轉，同時又有無量無數有情證得了聖果！

第八話——無佛的世界

無佛的世界
唯一的踽踽前行
最為孤單的堅挺
捎來了無盡的悲淚
乾涸的大地
正流出了青榮
至尊的聖者地藏
我用永世匍匐的頂禮
將您的足置在頂首
用身心血肉來
圓滿那不可思議的誓言

「佛陀！為何未來世間的眾生，如此顛倒呢？」地藏菩薩問道。

「善男子！這些都是眾生自造的惡業因緣，使他們心中產生了顛倒妄想，使他們不能在福德的田中，得到幸福光明了……」

1

無佛的世界，是不圓滿的，眾生沒有了究竟智慧的依止。

無佛的世界，是見聞佛法的障礙之處，眾生沒有了解脫的無上依怙。

在佛法中有所謂八難之處，即地獄、餓鬼、畜牲、北俱盧洲、無想天、盲聾瘖啞、世智辯聰，及佛前佛後，在這八種因緣之中，會使見聞佛法產生了障礙，因此稱為八難之處了。但是有些偉大的菩薩眾，還是願意在這些八難的因緣中，不辭一切辛勞困難的救度眾生，而地藏菩薩就是其中的典範。

地藏菩薩在無量無數大劫五濁惡世中的無佛世界，救度有情眾生，這是多麼偉大的慈悲心懷與不可思議的願力與毅力！

因此，也使我們生活在這無佛世界的眾生，心中生起了溫暖與安慰。我們知道地藏菩薩終不捨棄我們這些無福的眾生，他畢竟將導引我們圓滿成佛，並領導我們將現前無佛的人間，建設成清涼光明的淨土。

地藏菩薩真是無佛世界眾生的惟一依估，也是我們的真正善友啊！

地藏菩薩的悲願，遍覆在一切眾生的心上。我們可以清楚的感受到他的慈悲心流。他的心血是那麼直接的流注在我們的心中，他的願力是那麼溫柔的流暢著我們的生命。

他的雙眼關注著我們，為我們帶來生命中最深層的安穩。

2

這時，地藏菩薩，因為佛陀悲心的加持，而向佛陀問道：「大德世尊！是否有佛土，在五濁惡世空而無佛之時，住於其中的眾生，煩惱十分的熾盛，不只學習各種的惡行，而且愚癡狠戾而難以教化呢？」地藏菩薩的心隨時隨地剎那不停，為度盡煩惱的眾生而精進著。

「是的，地藏，在未來的人間世界中，確實會有無數的惡性眾生。

這些人，不管是王親、貴族、宰官、居士、長者、沙門、婆羅門等各類的旃荼羅惡人，他們的善根十分的微少，對正法沒有信心，只是一味的諂曲愚癡，懷著聰明的傲慢，沒有見道，也不畏懼後世的苦果，遠離善知識乃至趣向於無間地獄。

這些人為了財利的緣故，與那些破戒惡行的比丘，互相扶助，共同去做非法朋黨的事情，都已決定趣向於無間地獄。」佛陀悲憫的回答著。

地藏菩薩此時的眼中充滿了慈愍與悲痛，彷彿已徹見了這些眾生墮在無間地獄的苦難了。

此時，他向佛陀莊嚴的誓說著：「如果有這樣的地方，我決定前往此處，以佛陀世尊如來法王，來利益安樂一切的有情眾生，用無上微妙的甘露法味來方便化導他們，使他們得以信受奉行，拔濟這些王親、貴族、宰官乃至於婆羅門等旃荼羅惡人，使他們不會趣向於無間地獄。」

佛陀告訴地藏菩薩：「善男子！在未來世這個佛土當中，有許多的眾生，煩惱十分的熾盛，也學習各種的惡行，愚癡狠戾，實在難以教化導引，這就是你所謂的王親、貴族、宰官、居士、長者、沙門、婆羅門等旃荼羅惡人。

這些人的善根十分的微少，而且沒有信心，心中只有諂曲愚癡，並懷著聰明的傲慢，遠離善知識，言語中毫無真實，不能隨順善知識的教導，並且常行誹謗詬罵，對於各種正法，心中猶豫難信而生起顛倒的見解，沒有見到也不恐畏後世的苦果，時常樂於親近各種邪惡的律儀行為，好行殺生，乃至用邪見來欺誑世間，使自己、他人都受到損害。」

這時，在如來的加持之下，所有的與會大眾，彷彿都親眼目睹了未來人世間的種種的惡事因緣，大家的眼中也都出現了難忍的悲情。

佛陀接著說道：「這些王親貴族，乃至婆羅門等旃荼羅惡人，破壞擾亂我的教法，在我的法中得以出家，卻又毀破禁戒，樂於經營俗世的行業：這些惡人因為恭敬供養，而貪利求財，往往有言無行，他們之間喜歡傳書送印，通信往來，樂於商賈交易，好習外道的典籍，對於種植營事農業，或貯藏寶物，守護園宅、妻妾、子女等俗事十分熟悉，學習行使符印、呪術、役使鬼神、占相吉凶、合和各種湯藥、療病治疾等事情來求取財富，做為活命的職業。」

「他們為何要如此做呢？」

「這是他們為了貪求執著飲食、衣服、寶飾、勤營人間的俗務，所以才毀犯戒律，行著各種惡法，大吹法螺從事著狗戒外道的行法，實在並非沙門比丘，而自稱為沙門，實在並非清淨的梵行，而他們卻自稱梵行。

這些旃荼羅惡人，喜歡樂於親近、恭敬供養、聽受這些破戒的言教；如果見到有人於佛法中得到出家，具足戒律，德行豐富，精進修行，學習圓滿的無學聖行乃至於證得最後極果，這些惡人反而生起憎嫉的心，不樂於親近、恭敬供養、聽受他們的言教。」

3

「佛陀！為何未來世間的眾生，如此顛倒呢？」地藏菩薩問道。

「善男子！這些都是眾生自造的惡業因緣，使他們心中產生了顛倒妄想，使他們不能在福德的田中，得到幸福光明了。

這就譬如有人進入寶洲當中，棄捨種種的帝青寶、大青珠、金銀、真珠、紅蓮華色珠、琉璃等珍貴的真實寶物，而去取假的珠寶。」

這時，大眾不禁心中嘆道：「真是愚癡的眾生啊！」

佛陀接著說道：「在未來世此佛土當中，這些王親、貴族乃至於婆羅門等旃荼羅惡人，也是如此，入於我的正法寶洲當中，卻棄捨種種具足戒律富於妙德、樂於勝義的真諦，以及具足慚愧、學習無學的人、良善的凡夫，精勤修學六波羅蜜、具有各種功德的真聖弟子，而去執取那些破戒、好行眾惡、無慚無愧、言辭粗獷、身心憍慢、遠離清淨的白法、無慈無悲的惡行比丘，以為那才是福田、而去恭敬供養、聽受他們的言教，這些惡人的師長及弟子，都決定趣向於無間地獄之中。」

這時，整個世間似乎緩緩的轉動起來，這種轉動充滿了闇惡，沒有了清淨光明。悽厲的聲音、穢臭的味道與黏稠的惡觸，也伴隨而出。大家心中不禁訝異而又惻然。

「佛陀！為何大眾的眼、耳、鼻、舌、身都產生了不適的穢惡感覺呢？」地藏菩薩問道。

「善男子！這是因為有十種惡輪，會出現於未來世這個佛土當中，因此大家隨緣的生起了惡覺。

如果未來世有王親、貴族、宰官、居士、長者、沙門、婆羅門及下賤的旃荼羅惡人等，在十惡輪當中，或是隨意成就一種、或是完全具足，那麼先前所修集的一切善根，都會摧壞，燒滅成為灰燼，不久之後便可能肢體廢缺，在多日多夜中口齒結舌不能言語，受到各種的苦毒，此時，他會痛切難忍，命終之後決定生於無間地獄。」

「世尊！未來人間眾生由於無智的因緣而廣造眾罪，我在未來世時，一定盡力教化救度，使他們脫出苦海，請佛陀無須憂煩！」地藏菩薩安慰著佛陀，並向他保證著。

佛陀露出安慰的笑容，但仍提醒地藏菩薩這些惡人的罪業深重。

「地藏，你要知道，這些貴族惡王、宰官、居士、長者、沙門、婆羅門等惡人，在當來世時，連投生為下賤的人身還難以獲得，何況是能證得聲聞、緣覺等二乘的菩提！而在無上的大乘菩提中，當然是斷絕其分了。

如此的惡人，連大乘教法的名稱，都難以得聞，何況是未來當能證得無上佛果！此人真是究竟的自損損他，一切諸佛也無法救度吧！」

地藏菩薩此時不禁為這些眾生憂慮地問道：「世尊！這些眾生的罪業，到底有多大呢？」

「善男子！這些眾生的罪業，我們可以如此比喻。譬如有人壓油為業，在每一麻粒之上，都有蟲生在其中，用輪壓之，油便流出。你現在觀察這位壓麻油的人，在一日夜中殺害了多少生命？

那麼假使這位壓麻油的人，用十個壓輪相續的恆壓一日一夜，而每一輪中所壓的麻油，都滿一千斛，如此相續的壓滿一千年，你觀察此人所殺害的生命，所獲的罪業，是不是很多呢？」

地藏菩薩摩訶薩說：「是的，很多，世尊！甚多，大德！這人所殺害的眾生無量無邊，所獲的罪業也不可稱計，這幾乎是算數譬喻所不能及的，唯有佛陀才能了知，其餘並沒有人能算得出來。」

「善男子！假使有人為了財物利益，而置了十座婬坊青樓，在每一婬坊中安置千位婬女，每一婬女又誑惑了許多的人，來從事淫事，如此相續到滿一千年，此人所獲的罪業不可稱計，是算數譬喻所不能及的，而如前述十輪壓油人的罪業，等同一婬坊所獲的罪業。

另外，又另有人為了謀財利的緣故，而安置十座酒坊，每一酒坊中，用種種的裝飾，方便招誘千位好酒的人，共同飲酒作樂，晝夜不停，如此相續到滿一千年，此人獲罪不可稱計，也是算數譬喻所不能及的，而如同前述所說十座婬坊的罪業，則等同一座酒坊所獲的罪業。

假使有人為了得到財利，安置十座屠坊，在每一屠坊中，於一日一夜中殺害千條牛、羊、駱駝、鹿、雞、豬等生命，如此相續，滿一千年，此人所獲的罪業，不可稱計，是算數譬喻所不能及的。

那麼，如前述所說，十座酒坊的罪業等於一座屠坊所獲的罪業。而十座屠坊的罪業就等同這些剎帝利惡王乃至沙門、婆羅門等惡人，在前述十種惡行當中，隨成一種惡輪，一日一夜所獲得的罪業。」

這時，大家心中都倒抽了一口涼氣，此時才知道許多無知眾生種下無比的惡業，而不自知。

大眾心中也一心祈願教化眾生安住於菩提正道，而遠離十種惡輪。

爾時，世尊就為大眾宣說了偈頌，使大家心生警醒：

「十壓油輪的罪業，
等於一婬坊的罪業，
安置十座婬坊，
等於一座酒坊的罪業。
安置十座酒坊的罪，
等於一座屠坊的罪業，
安置十座屠坊，
罪等於十惡輪的一日一夜，

大眾應當一心安住，
除滅一切的惡行。」

4

「為什麼名為十種惡輪呢？」地藏菩薩問。

「所謂十惡輪，就是惡行眾生傷害有情、破壞佛法，使眾生的生命與慧命，受到損害的十種惡行之輪。」

「對這十種惡行之輪，世尊能否舉例說明呢？」

「這十種惡行之輪，其實就是傷害正法的惡行，總集如同輪轉一般，相續不絕的表徵。

在這十種惡輪之中，惡行的眾生，毀謗一切寂靜修行的清淨僧寶，詆毀聲聞、緣覺、大乘等三乘的教法，惱亂、傷害出家僧眾，強奪清淨沙門的僧物，給與破戒沙門，訶罵毀辱法師，障礙正法，劫奪清淨的僧物，自用或他用，威逼瞋忿、拷楚禁閉、割截斷命出家者，破壞寺塔，驅逼比丘還俗等種種惡行，廣說乃至於無邊。

這些惡人在未來時，將受到無邊的痛苦，乃至墮入無間地獄。」

佛陀諄諄的教誨，讓一切大眾銘感在心。

5

這時，地藏菩薩又向佛陀問道：「大德世尊！如果有真實良善的王親、貴族、真善的宰官、真善的居士、真善的長者、真善的沙門、真善的婆羅門，這些人不只能善護自己，也能善護他人，善護後世，善護佛法。

對於出家人，不管是法器、或非法器，乃至於沒有受戒，只是剃除鬚髮被袈裟的人，也能普善守護，恭敬奉養。而且又能善護聲聞乘的佛法、緣覺乘的佛法及大乘佛法，對於一切的佛法，都能恭敬聽聞，信受供養。對於安住大乘具足戒法富有妙德，而精勤修行的人，乃至於得證聖果的人，都能善巧守護，增助他的勢能力量，並且對他的諮問能隨喜聽受，並且歡喜談論。

他們遠離破戒惡行的比丘，對於大眾所布施的四方僧物，終不會令人非法的浪費使用，而勤加守護，供給四方的僧眾。對於佛塔及僧伽的公物，決不會自行劫奪，也不會教他人劫奪，不會妄行自用，也不會教他人妄用。

對於能辯說三乘教法的人，十分恭敬的供養，善加守護，協力不使他人誹謗與毀辱。他會尊重安慰出家的人，信受護持佛陀所說的教法，絕不會破壞各類的佛寺佛塔。更時常護持僧院伽藍的房舍，對於剃除鬚髮身上被服袈裟的出家人住所，絕不加以毀廢。

這些善男子，善女人，對於十種惡輪，不只自己不會染習，也常勸他人遠離十種惡輪，具足學習先王治國的正法，紹隆三寶的種姓，使之熾盛繁昌，恆樂於親近善知識，慈心撫育一切的國人，隨著他們的個性所宜，而方便化導，令他們捨棄邪法，修行正法。

這樣真實良善的貴族國王，乃至真實良善的婆羅門等，究竟得到多少的福德，滅去多少的罪業呢？」

佛陀說：「善男子！假使有人出現在世間，具有強大的威力，對於白晝三時中的日初分時，積集了金、銀、琉璃等七寶，充滿於人間的南贍部洲，奉施給諸佛及弟子大眾。

接著，在日中的時分，也聚集七寶，充滿人間的南贍部洲，奉施給諸佛及弟子大眾。而後在日後的時分，又聚集七寶，充滿人間的南贍部洲，來奉施給諸佛及弟子大眾。他如此的日日相續，布施滿了百千年後，這人的福德所聚，是不是很多呢？」

地藏菩薩說：「是的，甚多，世尊！實在真的極多，大德！這人的福聚，真是無量無邊不可稱計，這是用算數譬喻，所不能及的，惟有佛陀能了知這福德的數量，其餘的人無法加以了知。」

「善男子！如是！如是！就如同你所說的。如果有真善的剎帝利王乃至婆羅門等，對於十種惡輪，他自己不曾染習，也常勸他人遠離十種惡輪，所獲得的福德所聚超過前述的福聚，有無量無邊不可稱計。

善男子！假使有人出現在世間，具有廣大的威力，為四方的僧眾，營建佛寺，這佛寺的容量十分的寬廣，幾乎等同全部人間的四大部洲，佛寺中的上妙房舍、床敷、衣服、飲食、醫藥、資糧眾緣都十分的充足，並供養諸如來的聲聞、菩薩、大弟子眾等安住於其中，精進修行種種的善品，不管是白晝或夜間都沒有鬆懈休息，經過百千俱胝那由他的年歲，供給供養，都能相續不絕，你認為此人所聚的福德是不是極多呢？」

「是的，甚多，世尊！甚多，大德！這人所積聚的福德無量無邊不可稱計，就是算數譬喻也不能及，惟有佛陀才能知曉，其餘並無人能確切了知。」

「善男子！如是，如是！就如同你所說的一般。善男子！那麼假使有人出現在世間，具有廣大的威力，為了四方僧眾營建佛寺，佛寺寬廣的容量等同十個人間的四大洲，其中上妙房舍、床敷、衣服、飲食、醫藥、資糧眾緣都十分的充備，使諸如來的聲聞、菩薩、大弟子眾安住在其中，精進修行種種的善行，不管是白天黑夜都沒有鬆懈休息，經過百千俱胝那由他的年歲，供給供養相續不絕，這人所聚的福德是不是極多呢？」

「是的，世尊！甚多，大德！這人所聚的福德，真是無量無邊不可稱計，就是算數譬喻也不能及，惟有佛陀方能了知，其餘並無人能夠知曉。」

「善男子！如是，如是！就如同你所說的一般。善男子！假使有人出現在世間，他具有廣大的威力，為佛陀的舍利起建寶塔，這舍利塔嚴麗高廣，等同三千大千世界般鉅大。

而如同前述所說，為四方的僧眾造寺的功德福聚，比起這座佛舍利塔起建所獲得的功德福聚，在百分中不及其一、千分中亦不及一、百千分亦不及一，乃至於用算數譬喻也不及其一。」

這時，大眾心中不禁驚奇建設佛舍利塔的廣大功德。

6

不僅如此，佛陀又接著說道：「善男子！假使有得證波羅蜜多，具足八種解脫禪定的大阿羅漢，遍滿三千大千世界之中，就如同稻麻、竹葦、甘蔗、叢林一般的眾多。

現在這些大阿羅漢，都被細縛綁住，經過了百千年，這時有一個人出現於世間，他具有大威力，並且樂修福德，前來解救這些被縛的大阿羅漢，並供養香湯澡浴，奉施衣鉢，經過百千年，供給了上妙的房舍、床敷、衣服、飲食、醫藥等，種種生活所需及如法的資具。

在這些阿羅漢大般涅槃滅度之後，又供養焚燒火化收取這些聖者的舍利，以上妙的七寶起建舍利塔，將舍利安置其中，復又以種種的寶幢、幡蓋、香花、伎樂來供養。

那麼如同前述為佛舍利起建舍利塔所獲的功德，比起解救阿羅漢，並供養的功德福聚，也是百分中不及一，乃至無法用算數譬喻加以計算分別的。」

但是，這時佛陀特別叮囑道：「善男子！雖然前述的功德無邊廣大，但是比起如果有真善剎帝利王乃至真善婆羅門等，不僅自身對於十惡輪沒有絲毫染習，也常常勸誡他人遠離十惡輪，所獲的福德，也是根本無法比擬，就如同無量無邊分之一般不可稱計。而如其出生的福德數量，滅罪的功德也是同樣的。」

就如同具足十惡輪的罪業，廣大不可思議，守護眾生，使其遠離十惡輪，功德更是廣大不可思議！

7

「世尊，在未來世正法欲滅之時，這些真善的大眾，要如何的行持呢？」

「善男子！如果有真善剎帝利王及真善的宰官、居士、長者、沙門、婆羅門等，在未來世五百年後，正法要滅之時，能夠善巧護持我的法眼，能夠善自守護，也善護於他人，善護於後世，善護我的教法。」

「佛陀這些人應當如何的護持如來的教法呢？」

「地藏，他們對於出家人，不管是法器，或非法器，下至沒有受戒，剃除鬚髮被著袈裟的人，能普善守護，恭敬供養，使他們沒有損害煩惱。又能善巧守護三乘的正法，在聽受供養聲聞法時，對於獨覺乘及大乘的教法不生誹謗，對於獨覺乘及大乘的人也不憎恨嫉妒。

在聽受供養獨覺法時，對於聲聞乘及大乘的教法不生誹謗，對於聲聞乘及大乘的人也不憎恨嫉妒。在聽受供養大乘法時，對於聲聞乘、獨覺乘的教法不生誹謗，對於聲聞乘、獨覺乘的人，也不生憎恨嫉妒，對於聲聞乘、獨覺乘法不求趣入證得，唯有一心求趣圓證大乘的正法。」佛陀如此的指示著地藏菩薩。

地藏菩薩又問道：「世尊，一位大乘菩薩道的行者堅住於大乘正法，但絕不毀謗聲聞、緣覺的教法，對於二乘教法，應當心生隨喜。那他對於修行大乘的菩薩行者及一切的僧物、僧寺，應如何承事？」

佛陀答道：「對於安住大乘，具足戒法，富有妙德的精勤修行人乃至證果的人，應能夠時常親近承事供養，深心敬重，請問聽受教誡。並遠離破戒惡行的比丘，對於各處所布施的四方僧物，終不令人非法使用，而勤加守護，供養四方僧眾。

對於佛陀及僧祇的物品，不自行劫奪，也不教他人奪取，不自妄用，也不教他妄用。對於能辯說三乘教法的人，恭敬供養，勤加守護，不使他人加以誹謗毀辱。尊重安慰出家大眾，信受護持如來的聖教，終不破壞各類的佛塔，同時也常護持四方的僧寺，對於我出家弟子的所在，絕不毀廢，更何況是策使他們還俗！

對於十惡輪不僅自己不加染習，也常勸他人遠離十種惡輪。具學先王的治國正法，用十善業道攝化世間時，常親近各善知識，紹隆佛法三寶的種姓，常使三寶熾盛興隆，善護法眼使正法不會滅沒。」

「世尊！如果能隨順世尊的開示，而一心奉持，將能具足何種的福德利益？」

「善男子！如此真善的剎帝利王乃至真善的婆羅門等，由於具有如此的各類功德，方名不為虛受國人的俸祿，一切天、龍、藥叉、鬼神等都心生歡喜，慈悲擁護。

一切的法器真實福田也生歡喜，慈悲護念。由於這些因緣，他所居住的國土及有情眾生，會輾轉熾盛增長，安穩豐樂，鄰國的兵戈也不能侵害，都能敬慕他們的妙德，而自來歸附。

並由此輾轉勸修各種的善業，枯竭一切的惡道，增長天人，守護身命，使之得到長遠安樂，自行滅除煩惱，也令他人滅除，住持菩提正道、六種波羅蜜多，破壞一切的眾邪惡道，在生死大海中，不會長久沉淪。常離惡友，常近善友，生生常遇諸佛菩薩，恭敬承事，沒有暫廢之時，不久之後，都會隨心所樂，各各安住在佛陀國土，證得無上正等菩提。」

8

這時，大眾中一切的天帝及他們的眷屬乃至一切鬼神帝王及其眷屬，都從座位上起身，頂禮佛足，合掌恭敬而向佛陀敬道：「大德世尊！在未來世五百年後，當娑婆佛土的正法欲滅之時，如果有真善的貴族國王乃至真善婆羅門等，於十惡輪中，能自行遠離，也能勸使他人，令其遠離。善巧守護自他，也善護後世，護持正法，紹隆三寶種姓，使佛法熾盛，沒有斷絕，就如同佛所開示一般。此等人對於三乘教法，必能恭敬聽受，決不隱藏。我等對此人，必以如同對三乘人般來護持供養，不使他們受到擾亂煩惱；對於三寶的物品勤加守護，不令受到侵損。而我等與眷屬，對於這真善的王族乃至真善的婆羅門等，必定會勤加擁護，使他們的十法都得到增長。

這十法是：

一、增長壽命。

二、增長無難。

三、增長無病。

四、增長眷屬。

五、增長財寶。

六、增長資具。

七、增長自在。

八、增長名聲。

九、增長善友。

十、增長智慧。

大德世尊啊！如果這些真善的王貴乃至真善的婆羅門等，能於十惡輪中，自行遠離，也能勸令他人遠離，並且具足前述所說的各種功德的話，我等必然擁護他們，使他們定得這十種善法的增長。」

所以說為善者，能常得天帝鬼神的冥護，因為他們本來就曾發願守護真善的行人，使他們增長壽命，無難自在啊！

接著，這些天帝鬼神又向佛陀發願道：「世尊！如果有真善的權貴王族乃至真善的婆羅門等，成就如前所說的功德，我等眷屬會勤加擁護，使他們於十種惡法中得到遠離。這十種惡法是：

一、遠離一切的怨家仇敵。

二、遠離一切不喜愛的色、聲、香、味、觸、境。

三、遠離一切的障礙煩惱疾病。

四、遠離一切的邪執惡見。

五、遠離一切的邪妄皈依。

六、遠離一切的邪惡災難怪異。

七、遠離一切的邪惡事業。

八、遠離一切的邪惡知識。

九、遠離一切沉溺於家務俗事。

十、遠離一切的非時夭喪。

大德世尊！如果這些真善的剎帝利王乃至真善的婆羅門等，成就前述所說的各種功德時，我等一定會加以擁護，使他們定當遠離這十種惡法。

除此之外，世尊！如果有真善的剎帝利王，具修如前所說的功德而圓滿的話，我等眷屬，必然會勤加擁護，使此帝王及其眷屬、國土中的一切人民，遠離十種惡法。

這十種惡法是：

一、遠離一切的他國怨敵。

二、遠離一切的自國怨敵。

三、遠離一切的凶惡鬼神。

四、遠離一切的烈陽亢旱。

五、遠離一切的伏陰滯雨。

六、遠離一切的非時寒熱、烈風暴雨、霜雹災害。

七、遠離一切的惡星變怪。

八、遠離一切的飢饉荒儉。

九、遠離一切的非時病死。

十、遠離一切的邪執惡見。

大德世尊！如果這些真善的剎帝利王具修如前所說的功德圓滿，我等眷屬就會勤加擁護，使此帝王及其眷屬、國土中的一切人民，必當遠離這十種惡法。」

世尊讚歎諸位天帝及其眷屬乃至一切鬼神眷屬說：「善哉，善哉！你們能發出這樣的誓願，真是太好了，這些事都是你們應當做的。而由於這樣的因緣，會使你們在生死長夜中，得到安樂。」

一切天帝及其鬼神眷屬，在佛陀面前發起了甚深的誓願。

第九話——清淨的堅信

將心全部攤在法界
透明的拈出善惡清淨
赤裸的做一個勇者
全心全命的生活
將心化作虛空的彩虹
歡欣的示現體性實相
明顯的成為大自在者
彰顯　地藏菩薩的功德
用我們的圓滿生命
描繪出　地藏菩薩的
廣大功德

在占卜之時的輪相，分別代表不同的意義，占者心須誠心為之，而且要仔細驗證所占得之相是否確實相應。

「要再占察更深密的因緣時，要如何做呢？」堅淨信菩薩繼續追問道。

1

在莊嚴的靈鷲山上，正舉行著無上的金剛法會。

無數的比丘、菩薩、長者與天龍八部，正聽聞著佛陀宣說一味真實、無相無生、決定實相的教法。

佛陀開示了這從本覺智慧中所流出，利益一切眾生的教法之後，就證入了金剛三昧，安住不動了。

輕風飄過了靈鷲山上，一切都是那麼的寂靜適意。

當比丘與菩薩大眾們，恭敬的漸次向佛陀訊問大法，受到如來清淨的教誨之後，慢慢的會入了佛陀的如來藏海了。

這時，地藏菩薩從大眾中站了起來，他來到了佛前，合掌胡跪，向佛陀說道：「佛陀，我觀察大眾的心中還有疑惑的事，尚未得以決斷。現在如來為了去除大眾的疑惑，我則為著大眾，隨著他們的疑惑而訊問。願佛陀慈悲，聽我的問題！」

佛陀說：「菩薩摩訶薩，你能如此的救度眾生，實在是具有廣大悲憫的心，真是不可思議。你應當廣問，我會為你說明。」

地藏菩薩問道：「佛陀！一切的諸法，為何不從緣而生呢？」

佛陀此時用偈頌回答說：

「如果諸法是由緣所生，
離緣之後也就無法了，
為何法性本來無有，
而緣卻可出生諸法呢？」
地藏又問：「法如果是無生的話，為何又要說諸法都從心所生呢？」
世尊回答說：
「是心所生的法，
此法必能為心所取，
這就虛妄如用醉眼所見的空華，
這是由你心中所生的法，
而非無生的實相。」
地藏菩薩以究竟實相的真義，訊問著佛陀，為大眾說出心中的疑惑。而佛陀也如實的回應，開解眾疑。

法會歡暢、堅實而且熱絡，在實相的妙義中，生命的光明陸續地開顯了。體解了究竟的空性實相，一位菩薩如何圓滿像地藏菩薩般的妙行呢？

這時，佛陀開示了：「地藏，菩薩要以三大事來呵責他的心，而於三大諦要入其行。」

「世尊！如何是以三事呵責其心，於三大諦而入其行呢？」地藏問道。

「地藏，所謂三大事，就是一者因、二者果、三者識。這三事，從本以來，空無所有，非我也非我所，但是眾生為何於其中，而生起染愛的心呢？所以，要觀察這三事，讓眾生不被這三事所繫縛，而飄流苦海。菩薩要以這三事，常自呵責，精進度眾。」

「那如何是三大諦呢？」

「所謂三大諦，一是菩提之道，這是平等諦，不是不平等諦。二是大覺，這是正智所得諦，不是邪智所得諦。三是慧定，這是無異勝行所入諦，不是雜行所入諦。菩薩以這三諦來修行佛道。如果用這三諦教法修行，無不得證正覺，得證正覺智慧，流入無上的大極慈心。使自他都得到利益，成就佛的菩提。」

地藏菩薩說：「世尊，這些法，是離於因緣的，如果是無緣之法，那麼因就不會生起，如何以不動法入於如來呢？」

佛陀回答說：「一切的諸法實相，是性空無有而不動的。所以，此法在此時，不會於此時生起。而法也因為沒有異時，所以也不會在異時生起。法無動也無不動，這是因為性空所以寂滅。而當性空寂滅的時候，此法就在此時現起，而且因為離相所以是寂住，寂住所以不會繫緣。因此這些緣起的眾法，都是緣於不生，所以沒有因緣的生滅，生滅的體性即是空寂。緣性具足能緣的主體、所緣的對象，所以此緣就是本然的緣起。

因此，法起非緣，而緣的無起也是如此，在因緣所生法中，這法就是因緣自身了。因緣有生滅的現象，而其根本則無生滅，這根本如真的實相，根本沒有出與沒的眾相。這時，一切的諸法，就自生於出沒的眾相。是故極淨的根本，不因眾力相合，即能於後得的平常一切處所，得證真如於本得不動的境界。」

佛陀所開示的真如實相的妙義，使地藏菩薩心中十分的歡喜快意。原來遠離心念的妄動，本來寂滅無生，一切的諸法自生自沒，這時能以不動法入於如來體性，而在一切時中，自在無礙。而大眾的心中對究竟的正法，也都釋疑了。

地藏菩薩這時歡欣的說道：

「我了解大眾心中所疑，
所以殷勤的請問佛陀，
如來的大慈善心，
為我們分別正法無有剩餘。
因此這些二乘等眾生，
都能完全得以明了，
而我現在將於了悟之處，
還要普化一切的眾生。
如來的廣大悲心，

從不捨棄他的本願，

所以視一切眾生如同自己一子的登地以上菩薩，

還要以方便力量，

住於煩惱救度眾生。」

佛陀喜悅的告訴大眾說：「大眾，這位地藏菩薩，實在是不可思議，他恆以大慈悲心來拔除眾生的痛苦。如果有眾生持著這樣的教法，或持著地藏菩薩的名號，就不會墮入惡趣，一切障難，也都能夠除滅。」

陽光普照著靈鷲山上，如來的教法明照著眾生的心，而地藏的名號，也普聞於大地之上。

就如同大地一樣，無私的承載著我們；就如同地藏一樣，是我們心中永遠的寶藏。

2

佛陀世尊，這位一切智人現在正安住在王舍城耆闍崛山中，他運用廣大的神通力量，示現廣博莊嚴，清淨無礙道場，與無量無邊的大眾聚會，演說甚深眼、耳、鼻、舌、身、意等六根聚合的法門。

這時，在大會中有一位菩薩名為堅淨信，他從坐位上起身，整理衣服，偏袒右肩，合掌敬白佛陀道：「佛陀！我現在在這大眾集會中，想諮問世尊，希望您能聽許我的發問！」

佛陀說：「善男子！隨你發問，我會仔細回答。」

「如同佛陀先前所說：『如果我圓寂入滅，接著正法也消滅之後，而像法也到了盡頭，入於末法的世間。在如此末法之時，眾生十分的福薄，有許多的衰敗苦惱，國土也常發生動亂，災害不斷的頻頻發起。種種的厄難，讓大眾驚怖，恐懼逼擾。

這時，我的弟子們也失去了善念，唯有增長著貪、瞋、嫉妒、我慢。假設有像似行善法的人，也只是但求世間的名聞利養，並以此為主，所以不能專心的修習出離輪迴的要法。此時的眾生，他們目睹世間的災亂，所以心中常生怯弱的意念，憂愁怖畏自己及親屬們，不能獲得衣食，來養活性命。

因為如此等眾多的障礙因緣，所以對於佛法，都是鈍根而缺少信心，得道的人極少。因此，漸漸的，在菩薩、緣覺、聲聞等三乘中，具有信心成就者，也是十分的稀少。甚至所有修學世間禪定，而發起各類的神通事業，自己了知宿命的人，也漸次的沒有了。如此之後，入於末法之中，經過長久的時間得道，獲得信心禪定、神通事業等，也一切全無了。』

我現在為了這些在未來惡世，像法向於盡滅及於末法中的時代，還有微少善根的人，請問如來：要設立何等的方便，開化示導他們，令他們生起信心，得以解除衰敗煩惱？因為這些眾生遭值惡世之時，有許多的障礙，會退失他們的善心。對於世間、出世間的因果法中，時常生起疑惑，不能堅心的專求善法，這些眾生，真是可悲愍可救度啊！

世尊您是大慈大悲，圓滿一切種智的人，希望您興起廣大的方便來曉喻他們，使他們遠離疑網，去除各種障礙，使信心得以增長，隨著修行的各種法門諸乘，速獲不退的境界。」

佛陀告訴堅淨信說：「善哉！善哉！你能啟問這件事情，實在深深的契合我的心意。現在法會大眾之中，有一位菩薩摩訶薩，名為地藏，你應當以此事來請教他。他當為你建立方便法門，開示演說，圓成你的心願。」

堅淨信菩薩不解地問佛陀說：「如來世尊是無上大智的人，您為何不說，而要敕令地藏菩薩來演說呢？」

佛陀告訴堅淨信：「你的心中不要生起高下分別的思想。這位善男子發心已來，已經超過了無量無邊不可思議的阿僧祇劫，久遠之前已經能度越薩婆若佛智大海，功德圓滿了。」

「世尊！那麼為何他尚未成佛呢？」

「這是由於他依著自己的本願自在力，所以現在依然權巧化現為菩薩的身相，如月映影於水中，在十方的世界中化現。雖然他普遊一切的佛國剎土，恆常起建無邊的功業，但是他對於五濁惡世的教化的利益，特別的偏厚，這也是依著他的本願力所熏習，及因眾生應當受用這樣的教化事業所致。他從十一劫以來，莊嚴這個世界，成熟此土眾生。所以你們可以看到，在這大會之中，身相端嚴威德殊勝，唯除如來之外，沒有人能越過他的。」

這時大眾不禁對地藏菩薩刮目相看，心生敬服了。

佛陀接著說道：「他在這個世界中，所有的教化事業，除了普賢、觀世音等大菩薩之外，是其餘的諸大菩薩所不能及的。因為地藏菩薩的本誓願力，能夠速滿眾生的一切所求，能滅除眾生的一切重罪，除去各種的障礙，現前得到安隱。

而這位菩薩又名為善安慰解說者，他具有善巧演說深法的特德，能夠善巧開導初學發心求大乘的人，使他們心中不生怯弱。因為如是等的因緣，所以在此世界的眾生，對他十分的渴仰，祈願受到他的教化而得度解脫，所以我現在令他來宣說。」

堅淨信菩薩了解佛陀的意旨之後，於是，他立即勸請地藏菩薩摩訶薩：「善哉！救世的真實大士！善哉！大智慧的開士！如同我所詢問的，在惡世的眾生，要用何種的方便來化導，使他們遠離各種的障難，得到堅固的信心？

現在如來令您宣說這些方便的教法，您應當了知時節因緣，哀愍眾生而為大眾宣說。」

3

這時，地藏菩薩摩訶薩告訴堅淨信菩薩摩訶薩說：「善男子！諦聽！我現在要為你說明。

在佛陀滅度後的惡世之中，如果有比丘、比丘尼、優婆塞、優婆夷，在世間、出世間的因緣果報法門中，沒有得到決定的信心，不能修學無常想、苦想、無我想、不淨想等正見禪觀，並且修習而成就現前，不能勤觀四聖諦法，及十二因緣法，也不勤觀真如、實際、無生、無滅等法門。

他們因為不勤觀如此的教法，所以不能究竟斷惡，也無法遠離十惡根本的過罪，對於三寶功德的種種境界，不能一心專信，對於佛法中的三乘教法，心中也沒有任何的決信定向。」

「大士，這些人會遭遇到什麼樣的情形呢？」

「這些人，如果遇到種種的障礙，就會憂慮不已，或是疑惑，或是悔恨，對於一切的處境因緣，心中不能明了。心中多求多惱，被眾事所牽纏，對於所作的事情，心中不定，思想擾亂，並且廢修道業。」

「這時他們該怎麼辦呢？」堅淨信問道。

地藏菩薩是善安慰演說者，具足對初機者宣說深法的特德。

「如果有這種情形的人，他應當運用木輪相法的方便法門，來占察善惡宿世的業力因緣，及現在苦樂吉凶等事，而了知這些眾事其實也是如幻的緣合故有，而緣盡則滅了。」

眾業積集是隨心而生起的，當相現起時果報則起，其中不失不壞，相應不差。所以我們如此的諦實占察善惡業報，就能曉喻我們的自心，對於心中所疑惑的事，也能夠幫助取決明瞭。佛弟子們，如果學習這個相法，並且至心皈依，則所觀的眾事，無不成就。

這是從佛法中，如幻因緣中所產生的方便教法，佛弟子不應棄捨如此的法門，而去隨逐世間的卜筮，及種種的占相吉凶，並且貪著樂習。如果一心學習世間占相者，則將會深障佛法聖道。

要學習地藏菩薩的木輪相法，首先應當雕刻如小指許的木頭，使木頭的長短比一寸稍減，在正中間處，使木頭四面方平，然後自其餘的方向，向兩頭漸漸斜斜的削出，使木頭在仰手往旁投擲時，能使之容易轉動，因為此義的緣故，所以稱名為輪。又依據此相法，能破壞眾生的邪見疑網，轉向正道，到達安隱的解脫處，所以名為輪。

這輪相之中，有三種的差別：

一、有的輪相能示現宿世所作的善惡業種的差別，屬於這種輪相的有十種。

二、有的輪相能示現宿世所集的業力是久遠或近期，所造作業力的強弱大小等差別，屬於這種輪相的有三種。

三、有的輪相能示現過去、現在、未來三世之中的受報差別，屬於這樣的輪相有六種。

如果想要觀察宿世所作的善惡業差別的人，應當刻木為十輪，依這十輪，書寫上十善的名稱。一善就刻在一輪之上，在木頭的一面刻記。接著將十惡分寫在十根木頭上，與原來的十善相對，使之相當，也各記在一面。

這十善者，是一切眾善根本，能攝取一切其餘的善法。而十惡，則是一切眾惡的根本，能攝取一切其餘的惡法。

以木輪相法來占卜，並不同於一般占卜，把未來寄託於宿命，而是透過此占法，增強生命主體轉向淨業的力量。所以，在占卜之前，要先攝持身心，發起正確的心念。

地藏菩薩告訴堅淨信說：「如果要占這輪相的話，首先應當先至心禮敬十方的一切諸佛，並且即刻發起誓願，願令十方的一切眾生，能夠速疾得到親近供養，諮詢受用正法。

接著應學習至心敬禮十方的一切法藏，也即刻發起誓願，願令十方的一切眾生，速疾都能得到受持、讀誦正法法藏，並且如法修行，並為他人宣說。

再來應當學習至心敬禮十方的一切賢聖，並且即刻發願，願令十方的一切眾生，速疾都能得以親近供養十方賢聖，並發起菩提心，志性專一而不退轉。

最後應當學習至心頂禮我地藏菩薩摩訶薩，並且即刻發起大誓願，願令十方的一切眾生，能速得除滅所有的惡業重罪，遠離一切的障礙，所有資生的眾具都能得到充足。」

當我們如法禮敬之後，接著準備香華等供品，來修習供養。

修習供養者，首先要觀想憶念一切的佛、法、僧三寶的體性，恆常遍滿法界，無所不在，願令這些香華，等同法性，普熏一切的諸佛剎土，布施作為佛事。

又憶念十方的一切供具無時不有，占者現在應當以十方所有的一切種種香華、瓔珞、幢幡、寶蓋等各種珍寶妙飾，種種的音樂、燈明、燭火、飲食、衣服、臥具、湯藥，乃至十方所有一切種種的莊嚴供養器具，觀想憶念，普與一切眾生，共同奉獻供養。

心中常念：「一切世界中，所有修習供養的人，我現在一心隨喜，如果未曾修習供養的人，希望他得到開導，也令修供養。

又願我的身體速能遍至一切的佛國剎土，在一切佛、法、僧的所在，各用一切種種莊嚴供養的器具，與一切眾生共同等持奉獻，供養一切諸佛的法身、色身、舍利、形像、浮圖、廟塔等一切的佛事，供養一切所有法藏及說法之處，供養一切的賢聖僧眾，願與一切眾生共同修行。」

如此供養之後，就將逐漸得以成就六波羅蜜、四無量心。深知一切的眾法本來寂靜，無生無滅，一味平等，遠離憶念分別，而心得清淨，畢竟圓滿。

4

接著，應當另外繫心供養地藏菩薩摩訶薩，再來應當稱名，一心憶念：「南無地藏菩薩摩訶薩。」如此稱名，直至千念圓滿。

經過千次念誦之後，再祈請道：「地藏菩薩摩訶薩大慈大悲！祈願護念我及一切的眾生，迅速的除去各種障礙，增長淨信，使今天所作的觀想憶念，都能如實的相應。」

如此祈請之後，接著手持木輪，在清淨物品之上，而拋擲木輪。不管是要觀察自己，或觀察他人，都是同樣的作法。

我們應當了知占取這輪相的人，隨著所現的業緣，都應當一一的諦觀思惟驗取，有的是純具十善，有的是純具十惡，有的則是善惡交雜，或者是純善不具足，或是純惡不具足。

這些業因的種類不同，習氣果報也各各有所別異，就如同佛陀世尊在其餘地方廣說的教法。

大家應當憶念、思惟觀察輪相中所現起的業種，與今世果報所經歷的苦樂吉凶等事，以及煩惱的業習，如果兩者得到相當的話，名為相應。如果不相當的話，就稱為不至心，也就是虛謬了。

如果占察輪相，其中的善惡業都完全不現的話，代表此人已證得無漏的智心，他已專求出離世間，不再樂受世間的果報，因此所有的有漏煩惱的眾業，輾轉微弱，更不會再增長了，所以不再現起。而純善不具或純惡不具者，這二種人，他們的善惡之業，所有不現起者，都是十分的微弱，所以未能牽引果報，所以不現。

堅淨信菩薩問道：「大士！於占卜所得之善果、惡果，應如何面對呢？」

地藏菩薩回答道：「如果來世之中，佛陀的諸弟子已占善惡果報得到相應的人，當於五欲眾具，得到稱意滿足時，千萬不要自我放縱，而起放逸的心，應當立即思念：『由我宿世的如此善業，所以今天獲得此善報。我現在應當轉而更精進修習，不應休止。』

如果遭遇眾厄，被種種衰惱不吉的事，所擾亂而心生憂怖，不稱意的時候，應當心甘信受，不要心生疑悔，而退修善業，這時應當思念：『這是由我宿世所造的惡業，所以現在獲得此報。我現在應當懺悔這些惡業，並且專修對治法門，及修習其餘的善法，不能停止精進而懈怠放逸，轉而更增集種種的苦聚。』這就是名為占察初輪的相法。」

在占卜之時的輪相，分別代表不同的意義，占者心須誠心為之，而且要仔細驗證所占得之相是否確實相應。

「要再占察更深密的因緣時，要如何做呢？」堅淨信菩薩繼續追問道。

「善男子！如果要占察過去往昔所集業緣的久近，及所作業力的強弱大小差別的話，就應當再刻條木為三輪，而以身、口、意各主一輪，上面書寫文字來標記。

又在木輪正中的一面畫上一畫，這一畫要又粗又長使達於木邊。接著第二面上再畫一畫，使之細短而不至於木畔。而第三面刻入木頭，使之又粗又深。而第四面也將之刻入，但是要細淺。

「大士，我們如何從這些木輪的徵相，占察出善惡業報呢？」

「我們應當了知善業的莊嚴，猶如畫飾一般美麗，而惡業衰害，猶如損傷刻裂一般。這四面之中，刻畫又粗又長的，顯示已經積善許久，而且實踐善業十分猛利，所作所為能夠增上；而刻粗細短的一面，則顯示積善的時間較近，代表剛開始學習，根基較鈍，而且所作的善事較為微薄。而刻畫粗深者，則顯示習惡由來已久，所作的惡事，不斷的增上累積，其餘的災殃也是深厚的；而刻畫細淺的一邊，則顯示退失善心是近來的事，才開始學習惡法，所作的惡業，還未到增上的程度，或是雖然起了重惡，但已曾改悔，這是所謂的小惡。

善男子！若只有占初輪相的人，只是了知宿世所造眾業的善惡差別，而不能知道這善惡業的積習久近，及所作的業力的強弱大小，所以須要占這第二輪相。」

「那要如何去分辨這些相到底是屬於身體、口或意念呢？」

「如果占取第二輪相的人，應當依據初輪相中所現的業相來分別，如果屬身者，就擲身輪相；如果屬口者，就擲口輪相；如果屬意者，就擲意輪相。而不可以將這三輪的相，用一擲來通占。應當隨著業的主體，而憶念一一的善惡，依據所屬的輪相，分別來擲占。」

「如果初輪相中與二輪相中的占示，並不相應一致的話，要如何體解呢？」

「善男子！如果占初輪相中，雖然得到身善的占相，而在這第二輪相中卻得到身惡的占相者，這代表沒有至心占相，所以不得相應，名為虛謬不實。復次，所謂的不相應者，是在占察初輪的相中，占得不殺業，及占得偷盜業，占者的意念，是先要占觀不殺業，而在第二輪相中，卻占得身惡的話，那就名為不相應。

再次，如果觀察現在世，從出生以來，不喜樂殺業，也沒有造殺罪，但意念想觀殺業，而在這第二輪相中，卻占得身大惡的話，則名為不相應。而其餘口、意中，業相不相應的義理，也應如是的了知。」

5

如果未來世的眾生，想要求取度脫生老病死，而開始學習發心修習禪定無相智慧的話，應當先觀察自己，宿世所作的惡業有多少，以及惡業的輕重。如果惡業眾多而且深厚的怎麼辦呢？這些人雖然在今生發起了求取善法的根芽，卻因為往昔的業障，使所習之法久無成就，因此而退轉。

地藏菩薩告訴我們，這類人不適合立即學習禪定智慧，應當先修習懺悔的法門。

為什麼呢？因為此人宿習的惡心十分的猛利，因此現在，必定會多造惡事，毀犯重戒，而因為毀犯重戒，如果不懺悔使他清淨，而先修習禪定智慧的話，那麼就多有障礙，不能夠剋期獲證，甚至失心錯亂，或是被外邪所惱，或是接納信受邪法，而增長惡見，所以，應當先修習懺悔的法門。如果戒根能得清淨，及宿世重罪得以微薄的話，就能遠離各種障礙。

「如何修學懺悔的法門呢？」大眾心中起了疑惑。

這時，地藏菩薩知道大眾心中的疑惑，而開示了懺悔法門。他說：「善男子！如果要修懺悔法的話，應當先安住在靜處，隨著自己的能力，莊嚴一間房室，裏面安置佛堂，並安放經籍法典，懸掛繒幡及寶蓋，並用各種香華，來修習供養。並要澡沐身體，洗淨衣服，勿使臭穢。

接著，在白天，於此室內，依著日中三時來稱名，一心的敬禮過去七佛，及五十三佛。接著隨著十方，一一總歸，擬心遍禮一切諸佛的所有色身、舍利、形像、浮圖、廟塔等一切佛事。接著再總禮十方三世所有諸佛，也要擬心遍禮十方的一切法藏，再擬心遍禮十方的一切賢聖，然後再特別更別稱名，敬禮我地藏菩薩摩訶薩。」

這時，大眾依著地藏菩薩的開示，如法的修學著。「如此禮敬之後，」地藏菩薩接著開示：「應當說明自己所作的罪業，並且心仰告懺悔：『唯願十方的諸大慈尊能證知護念，我現在懺悔之後，不會再更行造作。願我及一切的眾生，能速得除滅無量劫來的十惡、四重、五逆、顛倒，謗毀三寶，一闡提等罪。』

接著又應思惟：『如此的罪性，都是從虛妄顛倒的心中生起，沒有真正決定真實而可得者，根本唯有空寂。願我及一切的眾生，能速達心的根本，永遠滅除罪根。』

再來應再發起勸請的祈願：『願令十方一切菩薩未成正覺者，願他們夠速成正覺，如果已成就正覺佛果者，願他們常住在世間，轉動正法輪，不入於涅槃。』接著再發起隨喜的心願：『願我及一切的眾生，畢竟能永遠捨棄嫉妒的心念，在過去、現在、未來三世中的一切剎土之中，所有修學一切功德及成就者，都能隨喜。』

接著再發迴向的心願：『願我所修的一切功德，能夠資益一切的眾生，共同趣於佛智，到達涅槃之城。』

如此發願迴向之後，再往其餘的靜室之中，端坐一心，或是發聲稱誦、或是默念我的名號。

此時應當減省睡眠，如果惛沉蓋覆多的人，應當在道場中，旋遶誦念，到達夜分之時，如果有燈燭光明的話，也應夜中三時恭敬供養，悔過發願。如果沒有燈燭光明的話，應當直接在其餘的靜室中，一心的誦念。日日如此的修行懺悔法門，千萬不要懈怠廢止。」

「如此懺悔之後，會有什麼效驗呢？」堅淨信菩薩問道。

「如果有人宿世以來長遠有善根者，暫時遇到惡的因緣而造了惡法，如果他的罪障輕微，而心性猛利，意志力堅強的人，經過七日之後，就得到清淨，除去各種的障礙。

眾生因為業障有厚有薄，諸根的利鈍，也有無量的差別，有些或是經過二七日後而得到清淨，或是經過三七日，乃至經過七七日之後才得到清淨。

假若過去、現在都有累進增上的種種重罪者，或是經過百日之後，而得到清淨，或是經過二百日乃至經過千日之後而得到清淨。」

「如果根器極鈍而罪障特重的眾生呢？」

「如果是極其鈍根，罪障最重的人，如果能夠發起勇猛的心念，不顧惜身心性命，而常勤稱念，晝夜不斷的旋遶，減省睡眠，禮懺發願，並且樂修供養，不懈不廢，乃至失去性命，也不肯休息退失，經過如此的精進之後，在千日之中，必能獲得清淨。」

「那我們要如何了知，是否已經獲得了罪業清淨呢？」

「善男子！如果要了知得到清淨相的狀況者，從開始修行，經過七日之後，應當日日在清晨之時，以第二輪的相具，安於手中，將三輪分別擲出，如果身、口、意都是純善的話，名為獲得清淨。」

未來世的眾生，能夠修行懺悔的人，那麼他從先前過去久遠以來，在佛法之中，各曾修習善法，隨著他所修的何種功德，而業力有厚有薄，因此有種種的差別，所以他們獲得清淨時，現相也不相同。

有的眾生得到三業純善時，就立即獲得其餘各種好相。

有些眾生得到三業的善相時，在一日一夜之中，見到光明遍滿他的室中，或是聞到殊特異妙的香氣，使身心十分的快意。或是作了善夢，夢中見到佛陀的色身，來為他作證，佛陀用手撫摸他的頭，讚歎說：「善哉！你現在已得清淨，所以我特來為你證明。」

或是夢見以菩薩身相來為他作證，或夢見佛形像放光而為他作證。但如果此人未得到三業的善相，由於事先聽聞這些善相，而自己想像的人，則是虛妄誑惑詐偽的現相，並不是真實的善相。

「如果有人曾有出世間的善根，而且攝心猛利，我在此時，會隨著所應救度的因緣，而為他現身，放出大慈光明，使他的身心得到安隱，遠離各種的疑惑恐怖，或是示現神通種種的變化，或是令他自憶宿命所經歷的事，所作的善惡，或是隨著他心中所樂，而為他宣說種種深要的法門；此人即時在他所趣向的諸乘法門，得到決定的信心，乃至漸次證獲沙門的道果。」地藏菩薩如此向我們保證。

6

那麼，無法見到地藏菩薩化身的眾生怎麼辨呢？他也不會置之不顧，地藏菩薩告訴堅淨信說：「有的眾生，雖然未能見到我的化身轉變說法，但應當至心使身、口、意得到清淨相之後，我也會加以護念，使這些眾生，速得消滅種種的障礙。天魔波旬也不會前來破壞，乃至九十五種的外道邪師，一切的鬼神，也不來擾亂，所有的五蓋煩惱，也輾轉輕微，堪能修習各種禪定智慧。」

「對於世間並非追求出世間法的，以證得解脫的眾生，應當如何濟助呢？」

堅淨信哀憫地問道。

地藏菩薩回答道：「如果未來世的諸眾生等，雖然不是為了追求禪定智慧等出離的要道，但是遭遇種種的困厄，被貧窮困苦，所憂惱逼迫者，也應恭敬禮拜供養，懺悔所作的惡事，並且恆常發願，在一切時、一切處之中，精勤一心的稱誦我的名號，使他的心完全的至誠，也當能迅速脫離種種的衰惱，捨棄這一世的身命之後，將會投生於善處。」

這是多麼堅固有力的保證啊！

第十話——善與惡

這是永遠的疑惑
竟然無法數盡您心中的哀慽
讓每一片深深的哀憫
幻化成了無盡的身影
那樣的悲啊
最最尊貴的地藏
那樣的悲啊
最最尊貴的地藏王
雙手合掌
願我的身、語、意能
永恆的讚嘆
南無　地藏王

「如果所占得之輪相不吉善，應當如何呢？」

「若未來世眾生，一切所占的輪相，不能獲得吉善，而所求不得，種種的憂慮逼惱、驚怖畏懼時，應當在晝夜之間，時常精勤誦念我的名號……。」

1

戒律是生命的軌範，也是使我們生活最能與智慧、悲心相應的軌範。

佛陀成道十二年中，僧團無事，沒有非法違犯的事，十二年後，才因比丘的違犯而立學處戒律。佛陀在為僧團制訂任何的戒律學處時，完全是根據事例作考量的，當僧團發生了衝突事件或產生疑難的時候，就請佛陀作裁決，他的決定也因而被視為處理此事的軌則了。

佛陀臨終臥病之時，表現了對僧團的高度關切，他不以自己的威信妨礙他的弟子們，而是使他們成為自由人的團體，能夠自助，作自己的燈塔。

在最後一次講話中，他更是將自己的主張表露無遺。

佛陀告訴弟子：「你們也許有人會認為：『世尊的教導已經終了，我們再也沒有導師了。』你們萬萬不要這樣想。我為你們大家宣說的教法和制訂的戒律，在我去世以後，就是你們的導師。」

尤其在末法時，清淨的戒律更形重要。「如何受持清淨的戒法呢？」堅淨信菩薩請問地藏菩薩。

地藏菩薩說：「在未來的世間，不管是在家、或出家的眾生，想要求受取清淨的妙戒，但是事先已作了增上的重罪，而不能受持，應當如上的修法懺悔，使自己一心得到身、口、意的善相之後，立即相應可受戒法。」

「這些眾生如何受持菩薩的根本重戒呢？」

「如果這些眾生要修習大乘菩薩道，祈求受取菩薩的根本重戒，及祈願總受在家、出家的一切禁戒，即所謂的攝律儀戒、攝善法戒、攝化眾生戒。

如果有不能得到善好的戒師，而能夠廣大瞭解菩薩的法藏，並精進修行者，則應當至心在道場之內恭敬供養，仰告十方的諸佛菩薩，請他們作為證明導師，一心的立願，稱念辨析戒相，先念說十種根本的重戒，接著再總舉三種聚戒，自行誓願而受持，這也能夠得到戒法。」

「如果未來世的眾生，無法得到好的戒師時，該如何呢？」堅淨信菩薩問。

「在未來世的眾生，想要求取出家或是已出家，若不能得到善好的戒師，以及清淨的僧眾，他的心中生起疑惑，不能獲得如法受持禁戒，但能學習發起無上道心，也能令身、口、意得到清淨。

其中未出家者，應當剃髮，被服法衣，如上來立願，自誓而受持菩薩律儀的三種聚戒，如此則名為『具足獲得波羅提木叉出家戒法』，也名為比丘、比丘尼，此時應推求聲聞比丘的律藏，及菩薩所修習的大乘戒法，受持讀誦，普觀察修行。

如果雖然出家，但是他的年齡未滿二十歲者，應當先發誓願受持十根本戒，及受沙彌、沙彌尼所有的別戒。既受戒之後，也名為沙彌、沙彌尼，即應親近供養給侍已先出家學習大乘心而具足受戒者，求他們為依止之師，請問教法戒律，並修行各種的威儀，如同沙彌、沙彌尼法。」

「如果無法值遇到如此的善知識怎麼辦呢？」

「若不能值遇如此的人，這時應當親近菩薩所修的大乘戒法，讀誦思惟，觀察修行，慇懃供養佛、法、僧三寶。如果沙彌尼年已十八歲，也當自誓受持毘尼藏中的式叉摩那六戒之法，及遍學比丘尼的一切戒聚。

如果年齡滿二十時，乃可如上總受菩薩的三種戒聚，然後得以名為比丘、比丘尼。若這些眾生，雖然學習懺悔，但是不能至心修持，不能獲得善相者，即使受持觀想，也不名得戒。」

2

這時，堅淨信菩薩問地藏菩薩說：「您所說的至心，到底有幾種差別？何種的至心，能獲得善相？」

地藏菩薩說：「善男子！我所說的至心者，簡略而言有二種。

一、初始學習求願的至心，

二、攝持意念，使心念專精，成就勇猛，相應的至心。

得此第二至心的人，能獲取善相，這第二種至心，又有下、中、上等三種差別。」

「是哪三種差別呢？」

「這三種差別是：

一、是一心，就是所謂繫想的時候，心中不亂，心能安住了了分明。

二、是勇猛心，即所謂專求不懈，不顧身命的心。

三、是深心，就是所謂與法相應，究竟不退的心。

如果有人修習這懺悔法門，如果不能至少獲得以下的下至心者，終究不能獲得清淨的善相，以上說明占察第二種輪法。」

3

「大士！如果要更進一步占察三世中，種種受報差別時，該怎麼做呢？」堅淨信菩薩問。

「善男子！如果要占察三世中的受報差別者，應當刻木頭為六輪。在此六輪之上，以一、二、三、四、五、六、七、八、九、十、十一、十二、十三、十四、十五、十六、十七、十八等數目，書寫記述。一個數目寫在一面之上，各書寫三面，使數目的次第相序不亂。」

「這些數目，有什麼意義呢？」

「這些數目，都是從一開始數起，以一為根本。這些數目的表相，是顯示一切眾生的眼、耳、鼻、舌、身、意六根。這六根都是從如來藏自性清淨心的一實境界中現起，依止一實境界並以之為根本。

而雖然依止一實境界，但是若有無明的心念，不能了知一真的法界，而以謬誤的心念思惟分別，執著有境，現起虛妄境界，而分別取著，積集眾業因緣，而出生眼、耳、鼻、舌、身、意六根。

以依止內在的六根，面對外境的色、聲、香、味、觸、法等六塵，而生起了眼、耳、鼻、舌、身、意等六識。又依止六識的緣故，對於色、聲、香、味、觸、法這六塵之中，生起了違逆的想法、順意的想法、非違非順等思惟想法，而生起十八種感受。」

「製好木輪之後，該如何占卜，觀察木輪所顯現卜相呢？」

「如果未來世中，佛陀的弟子們，對於三世之中所受的果報，想要斷決疑意的人，應當三次投擲這第三輪相，占後計算合數，以數來觀察，以定善惡。如

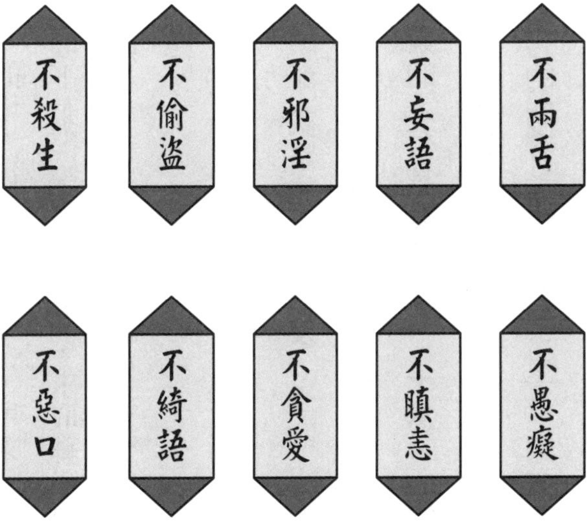

木輪十枚，正面表示十善業，背面表示十惡業。
木輪相法，使我們可以清楚占察善與惡的業報。

此所觀三世果報的善惡之相，共有一百八十九種。這一百八十九種相分別是：

一、求取上乘的境界得證不退。二、所求的聖果現當證得。三、求取中乘得證不退。四、求取下乘得證不退。五、求取神通得到成就。六、修習慈悲、喜、捨四梵住得到成就。七、修習世間禪得到成就。八、所欲受而得到妙戒。九、所曾受而得到戒具。

十、求取上乘而未住信心。十一、求取中乘而未住信心。十二、求取下乘而未住信心。十三、所觀察的人為善友。十四、隨所聽聞的是正法。十五、所觀察的人為惡友。十六、隨所聽聞不是正教。

十七、所觀察的人有真實的德性。十八、所觀察的人沒有實德。十九、所觀的義理不錯謬。二十、所觀的義理是錯謬。二十一、有所誦習的內容是不錯謬的。二十二、有所誦習的內容是錯謬的。二十三、所修行的法門是不錯謬的。

二十四、所見聞的是善相。二十五、有所證得的境界為正實的。二十六、有所學習的內容是錯謬的。二十七、所見聞的並非善相。二十八、有所證得的並非正法。二十九、有所獲得的境界是邪神加持。三十、所能說的是邪智辯聰。三十一、所見玄妙的境界了知非人力所成。三十二、應先學習觀察智慧之道。

三十三、應先學習禪定之道。三十四、觀察所學的因緣無障礙。三十五、觀察所學是所宜的因緣。三十六、觀察所學的因緣非所宜。三十七、觀察所學是過去宿習的境界。三十八、觀察所學並非宿習的境界。三十九、觀察所學能善妙增長。四十、觀察所學方便乏少。

四十一、觀察所學無有進趣。四十二、所求的果德現未得證。四十三、求取出家當能得去。四十四、勤求聞法得到教示。四十五、求取經卷能得讀誦。四十六、觀察所作是魔事。四十七、觀所作事能成就。四十八、觀所作事不會成就。四十九、求取大富財寶盈滿。五十、求取官位當能得獲。

五十一、求取壽命得以延年。五十二、求取世間仙人當能得獲。五十三、觀察學問多所悟達。五十四、觀察學問少所悟達。五十五、求師友能得如意。五十六、求弟子能得如意。

五十七、求父母得如意。五十八、求男女得如意。五十九、求妻妾得如意。六十、求同伴得如意。六十一、觀察所憂慮的因緣能得和合。六十二、所觀察的人心懷瞋恚。六十三、追求無恨得到歡喜。六十四、求和合得如意。六十五、所觀察的人心中歡喜。六十六、所思念的人得以會見。六十七、所思念人不復相會。六十八、所請喚的人得以前來集會。六十九、所憎惡的人得以遠離之。

七十、所愛敬的人得以親近之。七十一、觀察欲聚會者得到和集的因緣。七十二、觀察欲聚會者不能和集。七十三、所請喚者不得來。七十四、所期盼的人必當至。七十五、所期盼的人止住不來。七十六、所觀察的人得到平安吉祥。七十七、所觀察的人不平安吉祥。七十八、所觀察的人已身故。七十九、所望見的人得以睹之。八十、所求見的人得見以之。

八十一、求所聽聞而得到吉語。八十二、所求見者不能如意。八十三、觀察所疑者即為真實。八十四、觀察所疑者為不真實。八十五、所觀察的人不和合。八十六、求取佛事當能得獲。八十七、求取供具當能得獲。八十八、求資生的因緣得以如意。八十九、求資生的因緣少能得獲。九十、有所求皆當得到。九十一、有所求皆不能得。九十二、有所求少能得獲。九十三、有所求都得如意。九十四、有所求速當得到。九十五、有所求久當得到。九十六、有所求反而損失。九十七、有所求得到吉利。

九十八、有所求反而受苦。九十九、觀察所失去者求取當得。一百、當所失去時求取不得。一百零一、觀察所失者自能還得。一百零二、求離厄運得以脫離。一百零三、求離病得以除愈。

一百零四、觀察所去的因緣無障礙。一百零五、觀察所去的因緣障礙。一百零六、觀察所住的因緣得到安止。一百零七、觀察所住的因緣不得安止。一百零八、所向之處得到平安快利。

一百零九、所向之處有危難。一百一十、所向之處為魔網。一百一十一、所向之處難開化。一百一十二、所向之處可開化。一百一十三、所向之處自能獲利。一百一十四、所遊的路徑無惱害。一百一十五、所遊的路徑有惱害。

一百一十六、君民惡饑饉生起。一百一十七、君民惡多疾疫。

一百一十八、君民好國家豐樂。一百一十九、君無道國家災亂。一百二十、君修德災亂滅。一百二十一、君行惡國將破。一百二十二、君修善國還立。

一百二十三、觀察所避之處得以度難。一百二十四、觀察所避之處不能脫難。一百二十五、所住之處大眾安隱。一百二十六、所住之處有障難。一百二十七、所依聚處大眾不安。一百二十八、閑靜處無有諸難。

一百二十九、觀怪異而無損害。一百三十、觀怪異會有損害。一百三十一、觀怪異精進平安。一百三十二、觀所夢無有損害。一百三十三、觀所夢有所損害。一百三十四、觀所夢精進平安。一百三十五、觀所夢為吉利。一百三十六、觀障亂速能得離。一百三十七、觀障亂漸漸得離。一百三十八、觀障亂不能得離。一百三十九、觀障亂一心除去。

一百四十、觀所難速得脫離。一百四十一、觀所難久得脫離。一百四十二、觀所難受到哀惱。一百四十三、觀所難精進解脫。一百四十四、觀所難命當盡。

一百四十五、觀所患四大不調。一百四十六、觀所患非人所惱。一百四十七、觀所患合和非人。一百四十八、觀所患可以療治。一百四十九、觀所患難以療治。

一百五十、觀所患精進能差。一百五十一、觀所患久長受苦。一百五十二、觀所患自當得差。一百五十三、所向醫師堪能療治。一百五十四、觀所療治是對治法。一百五十五、所服之藥當能得力。一百五十六、觀所患得以除愈。一百五十七、所向醫師不能療治。一百五十八、觀所療治非對治法。一百五十九、所服藥不能得力。

一百六十、觀所患命當盡。一百六十一、從地獄道中而來。一百六十二、從畜生道中而來。一百六十三、從餓鬼道中而來。一百六十四、從阿修羅道中而來。一百六十五、從人道中而來。一百六十六、從天道中而來。一百六十七、從在家中而來。

一百六十八、從出家中而來。一百六十九、曾值佛供養而來。一百七十、曾親供養賢聖而來。一百七十一、曾得聞深法而來。一百七十二、捨身之後入於地獄。一百七十三、捨身之後將作畜生。一百七十四、捨身之後將作餓鬼。一百七十五、捨身之後作阿修羅。一百七十六、捨身之後投生人道。一百七十七、捨身之後為人王。

一百七十八、捨身之後生天道。一百七十九、捨身之後為天王。一百八十、捨身之後能聞深法。一百八十一、捨身之後得以出家。一百八十二、捨身之後能值聖僧。一百八十三、捨身之後生兜率天。一百八十四、捨身之後生清淨佛國。一百八十五、捨身之後尋能見佛。一百八十六、捨身之後住於下乘。一百八十七、捨身之後住於中乘。一百八十八、捨身之後獲得果證。一百八十九、捨身之後住於上乘。」

地藏菩薩一口氣仔細說明了一百八十九種善惡果報差別的現象。

4

「善男子！這就是名為一百八十九種善惡果報的差別現相。如此的占法，隨心所觀，心中憶念的事，如果數目相合與心意相當的話，就沒有錯誤。如果投擲之後，所合計的數字，與心中所觀的意念之事不相應的話，就是不至心，則是虛妄錯謬的。如果有三擲之後，都毫無所現的話，這人則名為已經得證了無所得了。」

「如果為人占卜者，或是請人代為占卜者，要注意那些事情呢？」堅淨信菩薩問。

「如果是自己發意，觀察他人所受的果報，此事亦同。如果有他人不能自行占相，而來請求你，來為他占相者，首先你應當籌量觀察自心，是否不貪著世間，內心意念清淨，然後才可以如上的皈敬、修行、供養，至心發願，而為他占察。不應貪求世間的名利，而自我妨亂。如果內心不清淨的人，就是占察輪相，也不會相當，只是虛謬而已。」

「如果所占得之輪相不吉善時，應當如何呢？」

「若未來世眾生，一切所占的輪相，不能獲得吉善，而所求不得，種種的憂慮逼惱、驚怖畏懼時，應當在晝夜之間，時常精勤誦念我的名號。如果能夠至心稱念的話，他所占的相，則能成為吉占，心中所求都能獲得，當下就遠離衰惱的狀況。」地藏菩薩說。

5

大家對地藏菩薩廣大深遠的方便，深深地讚歎，竟能不厭其煩地將末世煩惱惡罪的眾生，一步步地牽引向菩提大道。

這時，堅淨信菩薩又問地藏菩薩摩訶薩：「大士！我們當如何向求取大乘的人，開示進趣菩薩道的方便？」

地藏菩薩摩訶薩說：「善男子！如果有眾生要趣向大乘菩薩道的話，應當先瞭解，自己過去最初所行的根本之業。

所謂最初所行的根本業，就是依止一實的境界，來修習信解的法門，因為信解力增長的緣故，所以能速疾得入於菩薩的種姓。

所謂一實的境界，就是眾生的心體，從本以來，不生不滅自性清淨，無障無礙猶如虛空一般，遠離分別，所以平等普遍，無所不至而圓滿十方，是究竟的一相，無二無別，不變不異，也無增無減。

而一切眾生的心，一切聲聞、辟支佛的心，一切菩薩的心，一切諸佛的心，都是同樣的不生不滅，沒有染著的寂靜真如之相。

為何如此呢？因為一切有為的心，生起分別時，猶如幻化一般，沒有決定的真實。所謂的意識、感受、思想、心行、憶念、緣慮、覺知等種種心數的作用，非青非黃，非赤非白，也不是雜色，也沒有長短、方圓、大小，乃至於窮盡十方虛空的一切世界，求取心的形狀，也沒有一分可得。」

「那麼，為何眾生會如此深執有我呢？」堅淨信菩薩問。

「這是因為眾生的無明癡闇所熏習的因緣，而現起了虛妄的境界，使我們心生憶念執著。這個心其實不能自知，但是卻妄自以為存有，生起了覺知的意想，妄計有我與我所有，但是事實上，並沒有覺知之相，因為這妄心是畢竟沒有實體，體不可見的。如果沒有覺知能分別的話，就沒有十方三世的一切境界差別現相。

因為一切法，都是不能自有的，只是依於妄心分別，所以存有了，所謂一切的境界，其實各各不同，自己意念以為是存有，因此分別而認知此就是自身，認知彼為他人。

因此，一切法不能自有，那麼就沒有別異，唯有依據妄心，不知不了，因為其內本自無有。因為有前述的外在境界，而妄生種種的法想，以為有或以為無，以為有彼以為有此，有是、有非，有好有惡，乃至妄生無量無邊的諸法意想。」

「這一切諸法是從何而生的呢？」

「一切的諸法，都是從妄想產生，依止妄心為根本。但是這妄心是沒有自相的，也是依著境界而存有。這其中所謂緣念覺知先前境界，所以說名為心。

而這妄心與前境界，雖然相俱相依，生起並無先後，而這妄心，卻能為一切境界的原主。為什麼呢？因為依止妄心，不能了知法界一相，所以說心有無明。依於無明力的因，所以現起虛妄境界，也依無明滅的緣故，一切的境界止滅。

這並非依於一切的境界自身不能明了的緣故，而說境界有無明。也非依境界的緣故，而生於無明，這是因為一切諸佛，在一切的境界中，並不生起無明。這也不是依境界消滅，所以無明心滅，因為一切境界從本已來，體性自滅，根本就是未曾有的緣故。

因為這些真義，所以宣說一切諸法，是依心為本，我們應當知了一切諸法，都名為心，這是因為義體並不相異，都是為心所攝。

而且一切的諸法，都是從心所起，給與心來作相，和合而有，共生共滅，根本就是同無有住，因為一切境界，只是隨心所緣，念念相續，而得以住持，暫時為存有而已。」

6

我們的身心煩惱，隨著菩薩一步步的開解，心中的纏縛似乎鬆了綁，繼續隨學甚深的微妙法要。

「心是何等相貌呢？」堅淨信菩薩問。

「如上所說心的意義，有二種相。這二種相：一是心內的相，二是心外的相。心內的相，又有二種。一是真，二是妄。所謂真，就是心體的本相，如如不異，清淨圓滿，而且無障無礙，微密難見。因為真心遍達一切處，而且常恆不壞，所以能建立生長一切的法。所謂妄，就是心中起念分別、覺知、緣慮、憶想等事，雖然在相續當中，能生起一切種種的境界，但是其內虛偽，沒有真實，不可明見。

所謂心外的相，就是一切諸法的種種境界，隨著心中有所憶念，就境界現前，所以知道有內心及外心的差別。如此，我們當知心內的妄想，為因為體；而心外的妄相，為果為用。依如此的義理，所以我說一切的諸法，都名為心。我們應當了知心的外相，就如同夢中所見的種種境界，是唯心去思惟想念造作，並無真實的外事。一切的境界，都是如此，因為都是依於無明意識夢幻所見，由妄想造作的緣故。」

「我們應如何觀察自己的心念呢？」

「我們應知內心念念不住，所以所見所緣的一切境界，也隨著心念念不住。這就是所謂的心生故種種法生，心滅故種種法滅。而生滅的現相，只是有名字，卻實不可得。因為心不會往至於境界，而境界也不會來至於心，就如同鏡中的影像，無來無去一般。

所以，在一切法之中求生滅的定相，是了不可得的。這就是所謂的一切法畢竟無體，本來常空，因為實不生滅的緣故。如此一切諸法，都是實不生滅，則沒有一切境界的差別相，都是寂靜一味，這名為真如第一義諦的自性清淨心。

這自性清淨心，湛然圓滿，因為沒有分別相的緣故。所謂無分別相，就是在一切處中無所不在。而無所不在，就是能受依持而建立一切法。」

「此自性清淨心，有什麼功德呢？」堅淨信菩薩問。

「這真心名為如來藏，能具足無量無邊不可思議的無漏清淨功德之業。這是因為諸佛法身，從無始本際以來，無障無礙，自在不滅，一切現化的種種功業，都是恆常熾然，未曾休息，並能遍達一切世界，示現作業妙行，對眾生做種種的教化利益。

而一佛身即是一切諸佛的身，一切諸佛的身即是一佛身，諸佛所有的作業，也都是同一的，此即為所謂的無分別相，不憶念分別彼此，而平等無二。因為依止一法性，而有作業，宛同自然而化，體性無有別異。

諸佛的法身遍一切處，圓滿不動，不論我們從此死亡從彼出生，而永遠作為我們的依怙。」

「為何諸佛的法身具足是如此廣大的功德呢？」

「就譬如虛空一般，能完全容受一切色像的種種類形，這是因為一切色像的種種類形，都是依止虛空而存有，並且建立生長，安住在虛空之中，為虛空處所攝，並且以虛空為體，沒有能出於虛空界分之外的。

我們應當了知：色像之中，虛空之界是不可毀滅的，色像毀壞的時候，還歸於虛空之中，而虛空本界，卻是無增無減，不動不變的。

諸佛法身也是如此，能容受一切眾生的種種果報，因為一切眾生的種種果報，都依諸佛的法身而有，並且建立生長，安住在法身中，為法身處所攝，以法身為體，沒有能出法身界分之外的。」

「一切眾生身中，也有諸佛法身嗎？」堅淨信菩薩問。

「是的，在一切眾生身中，諸佛的法身，也是不可毀滅的，如果煩惱斷壞之時，還歸於法身之中，而法身本界，卻是無增無減，不動不變。

這是因為從無始世以來，與無明的心相俱，由於癡闇因緣熏習力的緣故，起現了虛妄境界。因為依止虛妄境界熏習的因緣，而生起妄想的相應心，妄計我與我所有，造作積集各種業力，感受到生死的苦惱，因此才說這法身，變成名為眾生。」

「那眾生與佛陀有何差別呢？」堅淨信問。

「假若如此的眾生中，因法身熏習而具有力量的話，煩惱逐漸淡薄，就能厭離世間，求取涅槃道，而信歸一實的境界，修習六波羅蜜等一切的菩提分法，名為菩薩。如果能在菩薩中修行，使一切的善法滿足，究竟能得以遠離無明的眠睡，就轉名為佛。

堅淨信啊！你要知道，所謂的眾生、菩薩、佛等，都只是依據世間的假名的言說，所以才有差別，但是法身之體，卻是畢竟平等，沒有任何差別異相的。」

地藏菩薩對堅淨信的說法，聲聲扣擊著我們的心弦。

第十一話——菩薩的道路

菩薩的道路有多麼長
從海角到天涯
不只那麼長
菩薩的道路有多長
從這個宇宙到那個宇宙
不只那麼長
菩薩的道路有多麼長
從十方到三世
不只那麼長
菩薩的道路有多麼長
從這裏到這裏
就是這麼長

一切的大眾各以天上的微妙香花，供養佛陀及地藏菩薩摩訶薩。

這時，佛陀告訴諸大眾說：「你們應當各各受持這個法門，隨著所依住之處，而廣令流布。因為這個法門，實在是甚難以值遇，能生起廣大利益。

1

「如果要依一實的境界，而修行信解法門的話，應當如何修行呢？」堅淨信菩薩問。

地藏菩薩回答：「應學習二種觀想禪法：一是唯心識觀，二是真如實觀。

學習唯心識觀的人，要在一切時、一切處，隨著身、口、意的所有作業行為，應當觀察了知，這些唯是心識而已。乃至於一切的境界，如果心有住念之時，都應當察知，不要使我們的心，有著無記、攀緣，而不自覺知。我們在念念之間都應隨著心中有所緣念，完全觀察，使心隨著觀照這念頭，而自知自覺，覺知這是自己內心的自生想念，並非一切境界有憶念有分別的。

這就是所謂內心自己生起長短好惡、是非得失、衰利有無等見解，產生無量的想念，而一切的境界其實未曾有想念，而是起於分別的心。」

「學習唯心識觀的人，當如何觀察呢？」堅淨信菩薩請問。

「此人應當了知一切的境界，本自無有憶想分別，即自身本來就是非長非短、非好非惡乃至非有非無，遠離一切的眾相。如此的觀察，一切的法，都是唯心想而生，若使之遠離心想，則沒有一法一想，能自見有差別的。

應當如此的守記內心，了知唯有妄念，而沒有真實境界，不要使之休廢，這就是名為修學唯心識觀。如果心念無記，不能了知自己的心念者，這就是說還有先前的境界染著，就不名為唯心識觀。而假如守記內心的人，則了知貪想、瞋想、及愚癡邪見等的心想，了知善、了知不善、了知無記、了知心的勞、慮等種種的苦痛。」

「如此念念觀知唯心的生滅之後，當修學何種法門？」堅淨信菩薩問。

「如果此人在坐時，隨心所緣，念念觀知唯心的生滅，譬如水流或是燈燄，沒有暫時止住，就能從中得證色寂三昧。得證這三昧之後，接著應學習信奢摩他觀心，及信毗婆舍那觀心。

奢摩他名止，毗婆舍那名觀。學習信奢摩他觀心，就是思惟內心的不可見相，圓滿不動，無來無去，本性不生不滅，遠離一切的分別。

修習信毗婆舍那觀心，就是思惟內外的色相皆是隨心而生、隨心而滅，乃至修習想見佛陀的色身也是如此，隨心而生、隨心而滅，如幻如化，宛如水中的月，也如同鏡中的像，非心而不離心，非來、非不來，非去、非不去，非生、非不生，非造作、非不造作。

善男子！如果能修習信這二種觀心的話，能速疾得以趣會於一乘之道。」

「修習唯心識觀，有什麼功德利益呢？」

「這唯心識觀，名為最上的智慧之門，因為這觀法能令修習者的心十分猛利，增長信解的力量，疾入空義之中，並能得以發起無上的大菩提心。

如果學習真如實觀的話，修行人的思惟心性無生無滅，不住於見聞覺知，永離一切分別的心想，漸漸能超越過空處、識處、無所有處、非想非非想處等四空定定境的界相，得證於相似空三昧。

得證相似空三昧時，他的意識、思想、感受、心行意志等粗的分別相，都不再現前。從這境界中，繼續修學，為善知識，大慈悲者所守護長養，所以能遠離所有的障礙，勤修不廢，輾轉能修證入心寂三昧。」

2

「得入心寂三昧之後呢？」堅淨信菩薩問。

「得到心寂三昧後，就能再修入一行三昧。修入一行三昧之後，會見佛無數，發起深廣的大行，自心安住於堅信位，對於奢摩他、毗婆舍那等二種觀道，產生決定的信解，能決定趣向，雖然隨緣修學世間各種禪定三昧，但心中卻一點也不會喜樂執著。

如此乃至於遍修一切的善根菩提分法，在生死中沒有任何的怯畏，也不欣樂於聲聞、緣覺等二乘的解脫。這是因為能修習這二種觀心的緣故，而這二種觀心是最微妙善巧方便眾智所依止，是一切修行的根本。」

「何種根器的眾生才能如此修學信解呢？」

「修學以上信解的人有二種。一是利根的人，二是鈍根的人。其中利根的人，是已能了知一切的外在境界，都是唯心所作，虛誑不實，如夢如幻。對於以上的見地，都已決定體悟，沒有任何疑慮，而色、受、想、行、識等身心五陰的煩惱覆蓋，十分的輕微，散亂心也少，這些人就應學習真如實觀。

而鈍根的人，先前尚未能了知一切外在的境界，都是唯心所現，虛誑不實的，所以他們染著的情識較厚，煩惱蓋覆的障礙常起，心中難以調伏，因此應當先學習唯心識觀。」

「如果有眾生，雖然學得以上的信解，但卻未能再進一步趣入修行者，又當如何呢？」堅淨信菩薩問。

「如果有人雖然學得如此的信解，但是因為善根業薄，所以未能再一步的進趣修行，各種的惡業煩惱不能夠逐漸降伏，所以他會心生疑惑怯懦，畏懼墮於三惡道、生於八難之處，也畏懼不能時常值遇諸佛菩薩，並且不得供養、聽受正法，畏懼菩提正信難可成就，如果有這些疑惑恐怖，及種種障礙者，應當於一切時、一切處，時常精勤誦念我的名號。」

3

「如果能得證一心的境界，則善根增長，意念猛利，此時應當觀察我的法身，及一切的諸佛法身，與自身的體性平等，無二無別，不生不滅，具足常、樂、我、淨，功德圓滿，是可以皈依之處。」

「對自身的心相又當如何觀察呢？」堅淨信菩薩問。

「應當觀察己身的心相，是無常、苦、無我、不淨，如幻如化，應當厭離。堅淨信菩薩！如果能修學這些觀想，就能速得增長淨信的心，所有的各種障礙，漸漸的損減。

為什麼呢？因為這樣精勤修習的人就名為學習聽聞我名號的人，也能學習聽聞十方諸佛的名號，即名為學習至心禮拜供養我的人，也能學習至心禮拜供養十方的諸佛，名為學習聽聞大乘深奧的經典者，名為學習執持書寫，供養恭敬大乘深奧的經典者，名為學習受持讀誦大乘深奧的經典者，名為學習遠離邪見，在甚深的正義中，不墮於毀謗，名為在究竟甚深第一的實義中學習信解的人，名為能除去各種罪障的人，名為當得無量功德寶聚的人。」

地藏菩薩如此宣說實相念佛的真義。

「堅淨信菩薩，能依此修習之人，捨身逝世之後，絕不會墮入惡道、八難的處所，還能聽聞正法學習，正信修行，也能隨願往生他方清淨的諸佛國土。

如果有人要往生他方世界的清淨國土，應當隨順這清淨世界的佛陀名號，專心一意的誦念，使一心不亂。

能如同上述觀察的人，決定能得投生這一位佛陀的清淨國土，並能善根增長，快速獲證不退的境界。

諸位應當了知，若能如同上述，一心的繫念思惟諸佛的平等法身，在一切的善根之中，這樣的淨業最為殊勝。如此精勤修習的人，必能漸漸趣向一行三昧。而證得一行三昧的人，就能成就廣大微妙實行心意，名為得證相似的無生法忍。因為能得聞我的名號，也能得聞十方諸佛的名號，因為能至心禮拜供養我，所以也能至心禮拜供養十方諸佛。因為能得聞大乘甚深的經典，能執持書寫、供養恭敬大乘甚深的經典，能受持讀誦大乘甚深的經典，能在究竟甚深的第一實義之中，不生起怖畏、遠離與誹謗的心，而得到正見的心念並且能夠信解，決定能除滅各種的罪障，現證無量的功德寶聚。」

「為何會有如此廣大的功德呢？」堅淨信菩薩問。

「這是因為無分別的菩提心，寂靜智慧現起，而發起方便業的種種願行的緣故。因為能聽聞我的名號，能得到決定的信心利益之行，乃至於一切所能成就，都是因為得到不退一乘的因。

但是如果以雜亂的垢心，雖然稱誦我的名號，也不名為聽聞，因為不能生起決定的信解，只是獲得世間的善報，不能得到廣大深妙的利益。如此雜亂的垢心，與隨著他所修習的一切眾善，都不能得到甚深廣大的利益。」

4

「善男子！應當了知，如上以精勤心來修學無相禪的人，不久就能獲得廣大的利益，將能漸次的作佛。而廣大的利益，就是所謂得進入堅信的法位，而成就信忍的境界；入於堅固修習之位，成就順忍的境界；入於正真之位，而成就無生法忍。而成就信忍的人，能作為如來的種姓；成就順忍的人，能體解如來的妙行；成就無生法忍的人，能得如來的行業。」

「如何是漸次作佛呢？」

「漸次作佛，如果略說的話則有四種：

一、信滿法的緣故而作佛，這是所謂依於種姓地，決定堅信諸法不生不滅，清淨平等，而無可願求，因此作佛。

二、解滿法的緣故而作佛，這是所謂依於解行地，深解法性，了知如來行業無造無作，在生死涅槃之中不起分別二想，心中無所怖畏，因此作佛。

三、證滿法的緣故而作佛，這是所謂依於淨心地，以得證無分別寂靜的法智，及不思議的自然之業，而無求無想，因此作佛。

四、一切功德行滿足緣故而作佛，這是所謂依於究竟的菩薩地，能去除一切的障礙，因此無明的夢也窮盡了，所以作佛。」

「什麼是修學世間有相禪呢？」

「修學世間有相禪的人，大概可分為三種。這三種是：

一、因為沒有方便信解的緣故，貪受各種禪定三昧的功德，而心生憍慢，被禪境所縛著，而退求世間的有相禪。

二、沒有方便信解力的緣故，所以當依禪發起時，就偏於厭離行，怖畏、心怯於生死，所以退墮聲聞、緣覺二乘，只想自求解脫。

三、有方便的信解力，能依止一實的境界，學習親近奢摩他、毗婆舍那二種禪觀之道，能信解一切法，都是唯心所生，如夢如幻；雖然獲得世間的各種禪定功德，但卻不堅固執著，不會再退求欲有、色有、無色有等世間的三種存有的果報，確信知曉生死就是涅槃，也不怖畏、心怯的去退求二乘。」

「學習三昧禪法者，要如何才能成就相應呢？」堅淨信菩薩問。

「修學一切禪定三昧法的人，應當知曉有十種次第相的法門，能具足攝取禪定之業，能使學者成就相應，而不錯不謬。這十種相門是：

一、攝念方便的相。
二、欲住境界的相。
三、對於初住境界，分明了了，知曉出知曉入的相。
四、善住於境界，得證堅固的相。
五、所作思惟，都是方便勇猛，能轉求精進趣前的相。
六、漸漸得到調順，並且稱心喜樂，除去疑惑信解，能自行安慰的相。
七、剋期獲得勝進，意念所專，能少分相應，覺知利益的相。
八、轉修更加增明，所習十分堅固，得到殊勝功德，對治成就的相。
九、隨心有所憶念作為，能外現功德如意相應，不錯不謬的相。
十、假若更異修習，依前述所得而起方便，次第成就，能出入隨心，超越自在的相。這就是十種次第相門的攝修禪定之業。」

5

這時，堅淨信菩薩摩訶薩問地藏菩薩摩訶薩說：「如何的巧說深法，能令眾生得以遠離怯弱呢？」

地藏菩薩摩訶薩說：「善男子！你應當知曉初學發意求向大乘，而未得信心的人，對於無上菩提道的甚深之法，喜歡生起疑惑怯弱之意，所以我常用方便宣揚顯示實義，來安慰他們，使他們遠離怯弱，所以稱我為善巧安慰勸說的人。

如何安慰他們呢？當所謂的鈍根小心眾生，聽聞無上菩提道的最勝最妙時，心意中雖然貪樂，希望發心願向於無上道，但是卻又想到：『求取無上菩提道的人，須要積功極為廣大，要難行苦行，自度度他，經過長遠的時劫，在生死中久受各種的勤苦，然後方能得獲。』因此他心生怯弱。」

地藏菩薩不厭其煩地牽引末世眾生，走向成佛之路。

「這時該如何鼓勵他呢？」

「對這種菩薩，我立即為他宣說真實的義理，一切諸法的本性自空，畢竟無我，無作者也無受者，沒有自己亦無他人，無行動也無到達，沒有方向所在，也無過去、現在、未來，乃至於為他們宣說十八空等義理，沒有生死、涅槃等一切諸法的定實之相可得的。

又為他們宣說一切諸法，如幻如化、如同水中的月、如鏡中的影像、如乾闥婆的幻城、如空谷的響聲、如陽焰、如水泡、如露珠、如燈光、如眼翳、如夢、如電、如雲，煩惱生死之性，甚為微弱，十分容易即可使之消滅。

而煩惱生死，畢竟沒有自體，是求之而不可得的，本來不生，而實相更無滅滅，自性寂靜即是涅槃。如此的宣說，能破除一切，損害自己身心執著的妄想諸見，得以遠離怯弱的心念。」

「如果眾生不能體解如來的言說旨意時，應當如何勸發他們呢？」堅淨信菩薩問。

「若有眾生不能體解如來的言說旨意，而心生怯弱。他們應當了知如來的言說旨意，就是如來見到究竟的一實境界，究竟得以遠離生老病死等眾惡之法，證得法身常恆清涼、而不變異等無量的功德寶聚。

此外，亦能了了徹見一切眾生的身中，皆有如此真實微妙的清淨功德，但是卻被無明黑闇汙染所覆障，長夜之中，恆受生老病死的無量眾苦。如來在此，生起了廣大慈悲，希望使一切的眾生遠離眾苦，同獲法身的第一義樂。而這法身，是無分別的遠離妄念之法，唯有能滅去虛妄的意識心想，不起妄念的人，才能相應而得。但是一切的眾生，時常樂於分別取著各種諸法，因為顛倒妄想的緣故，而受生死。

因此，如來為了要使他們遠離分別執著妄想，所以說明一切的世間法畢竟是體性空寂而無所有，乃至一切的出世間法，也是畢竟體性空寂，而無所有。如果廣說的話，就是如同十八空了。

如此顯示，一切的諸法，都不離無上菩提的自體。」

「如何是菩提自體呢？」堅淨信問。

「無上菩提的自體，就是非有、非無、非非有、非非無、非有無相俱，也非一、非異、非非一、非非異、非一異相俱，乃至畢竟沒有一相可得的，因為遠離一切相的緣故啊！

遠離一切相，就是所謂不可依於言說而取著，因為菩提法中，沒有聞受言說的人，也沒有能言說的人啊！也不可依於心念來了知，因為菩提法中沒有能取、可取，沒有自身他人，遠離一切的分別相，如果有分別妄想的人，就是虛偽的心想，不能名為相應。」

「如果有人因此誤以為如果法身既是空，而墮入頑空中時，該如何勸發他們呢？」

「如果有鈍根的眾生不能理解這些說法，以為無上道的如來法身，唯有空法而已，一向畢竟都無所有，所以他們就心生怯弱，畏懼墮入無所得中。或生起斷滅的心想，作出增減的見地，轉而生起誹謗，自輕而且輕視他人。

此時，我即為他們宣說如來的法身自性不空，有真實的體性，具足無量清淨的功德淨業，從無始世以來，自然圓滿，非修習、非造作，乃至一切眾生的身中，也都圓滿具足，不變不異，無增無減。

如此等說法，如果能除去怯弱，就名為安慰法了。」

「是否有人聽聞：『如來法身本來具足』，便生起萬物都是自然發生，不必勤若修行的邪見呢？」堅淨信問。

「是的，有愚癡堅執的眾生，聽聞如此的說法，還是心生怯弱。因為執取如來法身本來圓滿具足，非修習非造作相的緣故，生起無所得的心想，而生起怯弱，或是妄計萬物都是自然發生的見解，墮入邪妄顛倒的見地。

這時，我即為他說明修行一切善法，能增長滿足，出生如來的色身，得到無量功德的清淨果報。如此等說法，使他遠離怯弱，這也是名為安慰法門。」

「這樣的說法是否會相互矛盾呢？」堅淨信菩薩問道。

「我所宣說的甚深之義，真實相應，沒有各種過錯，因為一切都是遠離諸相，與言說相違。為何我了知一切都是離相違相呢？這是因為如來的法身中，雖然沒有言說的境界，遠離心想意念，非空非不空，乃至沒有一切眾相，不可依言說來表示，而依據世俗諦理的幻化因緣，假名之法當中，相待相對，即可用方便顯示來說明。

因為法身的體性沒有分別，遠離自相、他相，無空無不空，乃至遠離一切諸相，所以說這法體是畢竟空無所有。因為遠離心的分別，所有的思想意念都窮盡了，沒有一相能自見自知為有。所以空義決定真實，是相應不謬的。

而這空義之中，遠離分別妄想的心念，所以盡於畢竟，也沒有一相可以空的。因為唯有真實的緣故，所以即為不空。這是由於遠離識想分別，沒有一切虛偽的眾相，畢竟常恆，不變不異。因為更沒有一相可壞可滅，所以遠離一切的增減。而這無分別的實體之處，從無始世以來，具有無量功德自然之業，能成就相應，不遠離不脫棄，所以說為不空。」

「為什麼一般眾生無法受用廣大的法身體性呢？」堅淨信菩薩問。

「如此實體功德的寶聚，一切的眾生雖然都有，但是因為無明妄翳覆障的緣故，而不能知見，不能剋證獲得功德利益，等於沒有一般，所以說是未曾具有。因為不知見這法體，所有的功德利益之業，不是這些眾生所能受用的，所以不能名為屬於他們。唯有依止遍修一切的善法，對治各種障礙，然後見到真實法身，然後才獲得功德利益，所以說修習一切的善法，出生如來的色身、智身。善男子！如同我所說的甚深之義，決定真實，遠離眾相與各種過謬相違，應當如是了知。」

地藏菩薩宣說如此的殊勝方便深要法門之時，有十萬億眾生發起了阿耨多羅三藐三菩提心，安住在堅信之位，又有九萬八千菩薩得證無生法忍。一切的大眾各以天上的微妙香花，供養佛陀及地藏菩薩摩訶薩。

這時，佛陀告訴諸大眾說：「你們應當各各受持這個法門，隨著所依住之處，而廣令流布。因為這個法門，實在是甚難以值遇，能生起廣大利益。

如果有人能得聞地藏菩薩摩訶薩的名號，及相信他所說的法門者，應當了知這個人，能迅速遠離所有一切的障礙之事，疾至於無上的佛道。」

於是大眾都共同說道：「我們願意受持這個法門，使這法門流布於世間，不敢忘失！」

這時，堅淨信菩薩摩訶薩又向佛陀問道：「世尊！如同以上所說的六根積聚的修多羅法門中，應當稱名為何種法門？

而這個法門的真正要旨，我發心受持，使未來的世間，都能普遍得聞。」

佛陀告訴堅淨信菩薩摩訶薩說：「這個法門名為〈占察善惡業報〉，也名為：消除各種障礙增長淨信，也名為：開示求向大乘者進趣方便顯出甚深究竟的實義，也名為：善巧安慰宣說使離於怯弱速入堅信決定的法門。依如此的名義，你們應當受持。」

佛陀宣說這法門的名稱後，一切的與會大眾，都心生歡喜，信受奉行。

第十二話——忉利天上

忉利天上
佛陀將我們眾生
殷勤的付囑與您救度
您安心的勤慰佛陀不以為慮
於是我們成了您的解脫
大地人間
請您將一切的眾生付囑與我們
我們安心的勤慰著您不以為慮
於是眾生成了我們的解脫
這就是傳承
法付法子　法王無憂
我們的慈父　地藏王菩薩
您再也不用擔憂

摩耶夫人聽了之後，悲悽悶絕於地。接著與諸天眾來到雙林樹下。當她看到佛陀的衣缽等遺物時，悲慟莫名而說道：「過去無量劫來，常為母子，未曾捨離，從今而後再也沒有相見之期了。」

1

這時，釋迦牟尼佛在佉羅帝耶山，與無量的菩薩大眾、百萬的比丘、比丘尼及天龍八部等鬼神大眾相聚，在無量百千大眾圍繞之中，而為他們說法。

此時，地藏大士，從座位上起身，偏袒右肩，右膝著地，合掌恭敬地向佛陀說：「佛陀，我想要宣說神咒，來利益一切的眾生。現在唯願世尊，慈悲的聽許我宣說神咒。」

佛陀告訴地藏菩薩說：「你現在可以速說神咒，以利益一切的有情。」

於是，地藏菩薩就騰身於虛空之中，讚歎皈命世尊之後，並在空中示現無量的神通，而宣說神咒：

唵*閻摩他嚪摩爾俱苾俱苾三曼多娑婆賀

oṃ yamatha yamaji kuvi kuvi samanta svāhā

接著又說心咒：

唵炎曼他啫娑婆賀

oṃ yamathaji svāhā

而後又說心中心咒：

唵磔吧

oṃ śhe

地藏菩薩才一宣說此咒畢，連證得十地的大菩薩們，都失卻本心而迷惑了，天龍八部、藥叉、鬼神也都驚走倒地，日月星宿失去光明，隱蔽天空，天上並雨下繽紛的寶華，這神咒的威力即使窮劫宣說，也實在難以說盡。

地藏菩薩宣說此神咒後，接著又宣說修持地藏儀軌法門：

首先是畫像的方法：行者將地藏菩薩畫作聲聞比丘的形像，他身著袈裟，衣端覆在左肩；左手持著盈滿的華形，右手結施無畏手印，端坐在蓮華之上。

再來行者觀想自身即地藏菩薩，安居在寶座上：行者自成地藏菩薩，頂上戴著天冠，身著袈裟；左手持著蓮華莖，右手結施無畏印，安坐在九重蓮臺之上。

接著是持手印與結印時的咒語：行者以左右二手虛心合掌，左右手的無明指在內掌中來去運轉。結手印時一邊持誦咒語：

唵炎摩智利娑婆賀

oṃ yamathiri svāhā

再來是供養。此時行者手結普供養印：左右二手虛心合掌，左右手的大姆指豎立而來去運轉。

結此印時持誦以下咒語：

唵*布惹摩尼娑婆賀

om pūja maṇi svāhā

再來是結總印：此時行者二手虛心合掌，左右手的食指豎立而來去運轉，並持誦以下咒語：

唵羯只儞耶娑嚩賀

oṃ kaciniya svāhā

接著行者手結請讚印：二手虛心合掌，左右手的食指來去轉動，代表撥遣奉

送本尊，以右手並用左手的姆指與食指彈之。

以上儀軌修持完畢之後，接著依行者不同的祈願，修持不同的護摩法：

首先是成就法：如果想得到大福德的人，就持用白花木修護摩火供七萬遍。如果想得五穀成就的人，就用以稻實的華來修護摩；如果憶念他人的福德，就取得他家的竈土來修護摩；如果想得高位妙德，就以畢哩迦華者來修護摩。

如果想生生世世降伏怨敵的話，就用苦練木來修護摩；如果想降伏惡靈邪家，就用毒味之物來修護摩；如果想使顛狂癇病除愈的話，就用蓮實草修護摩三萬遍；如果想要滅罪生善，此生捨身之後往生極樂世界，就以草修護摩三萬遍；如果希望惡人的咒咀還於咒咀的本人，就以苦草投入火中，修護摩三萬遍；如果想要獲得無量榮果俸祿，就用白華烏草修護摩三萬遍。

如果想要有三昧辯才的妙德，就以骨婁草修護摩三萬遍；如果想要化度一切眾生，使他們離苦得樂的話，就用白芥子修護摩三萬遍；如果想化度無佛世界的眾生，就以尸迦草修護摩二十一萬遍；如果想使枯田再生五穀，就加持古蔓菁，加持之後散在枯田中；如果心愁各種疾病的話，就用牛膝草修護摩三萬遍。如果愁於三陰四熱等種種疾病，就以降乾天門草修護摩；如果夫妻不和的話，就用比羅草修護摩三萬遍就能和合；如果有惡友善友相違的話，就用藤葉草修護摩三萬遍；如果是在白月的八日、十四日、十五日，來修習以上的法者，必得成就。

大眾聽聞此神咒之後，歡喜讚歎，信奉受持。

2

在佛陀成道後，為了回報母恩，曾在成道後的第八年夏天，上昇忉利天上的善法堂為母親及三十三天天眾說法，使佛母證得聖果。而《地藏經》也是佛陀在忉利天中為母親及天眾所宣說。

忉利天意譯為三十三天，是欲界六天中的第二天，位在須彌山的山頂。其中忉利天王帝釋天王釋提桓因居住於中央的大城善見城，而四方各有八城，是由眷屬天眾所居住，合計有三十三天，因此稱為三十三天。此天的中央大城名為善見，周圍有一萬由旬，高一由旬半。地上十分的平坦，由真金所造成，且以雜寶加以嚴飾，觸地柔軟宛如兜羅綿一般。城中有殊勝宮殿，周圍一千由旬，以種種妙寶作為莊嚴。

城外四面有眾軍、粗惡、雜林、喜林四個園苑。距四苑外二十由旬有四妙地，是諸天眾遊戲的處所。城外東北有圓生樹、枝條傍布，高廣都是一百由旬。開花時妙香四溢，順風可達百由旬，逆風可達五十由旬，是天眾受欲樂處。

城外西南角有善法堂，當半月三齋日時，三十三天眾會集會於此評論如法、不如法之事。城側有伊羅鉢那大龍王的宮殿。

相當於此天神的壽量達一千歲。而其一晝夜相當於人間百年，所以壽命相當於人間三千六百五十萬歲。他們有男有女，還有男女的慾望，行淫欲時雖然交行宛如人間，但是泄完風氣後，熱惱便除了。他們的身量一由旬，天衣長二由旬寬一由旬。初生時如同人間的六歲小兒，色身圓滿，自有衣服。

忉利天的天王稱為帝釋天、釋提桓因、因治羅等，是佛教的重要護法。他常做為佛陀的侍者，或在法會座上聽法。他不只歡喜向佛陀請示佛法，更常用各種物品供養佛陀及僧眾。六道眾生如果赤誠學佛者，他常常隨喜讚嘆並予護持。

佛母摩訶摩耶 (Mahāmāyā)，又稱為摩耶夫人，意譯為大幻化、大術。原為中印度天臂城 (Devadaha) 善覺王的女兒，後來嫁與迦毘羅衛城淨飯王為妃。

摩耶夫人在婚後產下佛陀，但是在分娩後七日就崩殂了。佛母崩殂後，由於善福就轉生於忉利天上。

當佛陀涅槃後，棺殮已畢，佛陀的弟子阿那佛尊者，上昇忉利天宮，告訴佛母摩耶夫人說：「大聖法王，現在已經寂滅了。」

摩耶夫人聽了之後，悲悽悶絕於地。接著與諸天眾來到雙林樹下。當她看到佛陀的衣鉢等遺物時，悲慟莫名而說道：「過去無量劫來，常為母子，未曾捨離，從今而後再也沒有相見之期了。」

傳說在佛母痛哭時，天龍八部及佛治的四眾弟子也倍感哀慽淚如雨下，化成了河流。

這時，由於世尊的神力，金棺自開。佛陀放大光明，從棺中坐起，合掌慰問慈母，並向佛母宣說偈頌：

「一切福田之中，
佛的福田為最殊勝。
一切女性之中，
玉女寶為最無上的。
現在生我的慈母，
最為超勝無與倫比，
她能出生三世之中，
佛法僧的大寶。
所以我從棺中坐起，

合掌歡喜讚嘆，
回報您生我的恩德，
表達我孝順的心意。
諸佛雖然滅度，
佛法僧寶卻能常住，
希望母親切莫憂愁，
諦觀無上的法門。」

這時，阿難哀傷地請問佛陀說：「世尊，如果將來有人問我，佛陀涅槃時的情形，我要如何告訴他們呢？」

佛陀回答說：「阿難，你告訴他們，佛陀涅槃時，慈母摩耶夫人從天宮降臨到拘尸那羅的雙林樹下。如來為了後世眾生示現孝親的典範，從金棺坐起，合掌說法。」

佛陀說法之後，才與佛母辭別。佛母不忍見佛陀火化，在禮佛金棺，右遶七匝後，涕泣回歸天上。

3

這時，在忉利天上，十方無量世界不可說不可說的一切諸佛及大菩薩摩訶薩，都前來集會，讚歎釋迦牟尼佛能在五濁惡世之中，示現不可思議的大智慧神通力量，調伏剛強的眾生，使他們知道生命的苦難而樂於學習佛法。他們各自派遣侍者，前來向佛陀問訊。

此時，如來臉上含著笑容，放出百千萬億的大光明雲。這些光明雲，即所謂的大圓滿光明雲、大慈悲光明雲、大智慧光明雲、大般若光明雲、大三昧光明雲、大吉祥光明雲、大福德光明雲、大功德光明雲、大歸依光明雲、大讚歎光明雲。

佛陀放出如是等不可說的光明雲之後，又發出種種的微妙聲音，所謂布施波羅蜜的聲音、持戒波羅蜜的聲音、忍波羅蜜的聲音、精進波羅蜜的聲音、禪波羅蜜的聲音、般若波羅蜜的聲音、慈悲的聲音、喜捨的聲音、解脫的聲音、無漏的聲音、智慧的聲音、大智慧的聲音、師子吼的聲音、大師子吼的聲音、雲雷的聲音、大雲雷等無數的聲音。

當佛陀發出這些不可說不可說的妙音之後，娑婆世界以及他方的國土，有無量億的天龍鬼神也前來忉利天宮中集會。

他們是所謂的四天王天、忉利天、須焰摩天、兜率陀天、化樂天、他化自在天、梵眾天、梵輔天、大梵天、少光天、無量光天、光音天、少淨天、無量淨天、遍淨天、福生天、福愛天、廣果天、無想天、無煩天、無熱天、善見天、善現天、色究竟天、摩醯首羅天、乃至非想非非想處天，一切的天眾、龍眾、鬼神等眾都前來集會。

又有他方國土及娑婆世界的海神、江神、河神、樹神、山神、地神、川澤神、苗稼神、晝神、夜神、空神、天神、飲食神、草木神，如是等神祇都前來集會。

又有他方國土及娑婆世界的諸大鬼王，即所謂的惡目鬼王、噉血鬼王、噉精氣鬼王、噉胎卵鬼王、行病鬼王、攝毒鬼王、慈心鬼王、福利鬼王、大愛敬鬼王，如是等的鬼王都前來集會。

這時，釋迦牟尼佛就告訴文殊師利法王子菩薩摩訶薩：「文殊啊！你觀察這一切的諸佛菩薩及天龍鬼神，包括這個世界、其他世界、這個國土、其他國土，這些今日前來忉利天集會的大眾，你知道他們的數量嗎？」

文殊師利菩薩說道：「世尊！如果以我的神力來觀察，就是窮盡一千劫的時間來測度，也是不能得知的。」

佛陀微笑地說：「是的，沒有錯，若我以佛眼來觀察，猶不能窮盡其數量，而這些都是地藏菩薩從久遠時劫以來，已救度、應當救度、還未救度，已成就、應當成就、還未成就的眾生啊！」

文殊師利說道：「世尊！我已在過去久修善根，證得無礙的智慧，所以聽聞佛陀所說的話，即當信受。

但是，小果的聲聞、天龍八部，以及未來世的眾生等，雖然聽聞如來的誠實之語，也是必定懷著疑惑的心念，假設使他們勉強接受，最後也未免生出毀謗的話。

所以，唯願世尊為大眾廣說地藏菩薩摩訶薩在因地之時，做了何種妙行，立了何等的大願，而能成就這些不可思議的事？」

佛陀告訴文殊師利菩薩：「文殊啊！譬如三千大千世界之中，所有的草木、叢林、稻麻、竹葦、山石、微塵等數目，一者算作一恆河的話，那麼一恆河沙中的一沙界量，一沙界量之內的一塵為一個時劫，而在一時劫之內所積累的微塵數量，都算為一劫。

那麼，地藏菩薩證得十地的果位已來，已經千倍多於以上的譬喻，何況地藏菩薩在聲聞或辟支佛地上修行的時間呢？

文殊師利！這菩薩的威神誓願不可思議，如果未來世有善男子、善女人聽聞這菩薩的名字，不管是讚歎、瞻禮、稱名、或供養，乃至於用色彩繪畫、雕刻鏤製、塑漆他的形像，這人當得百遍返生於三十三天的天界，而永不墮於惡道。」

這時，百千萬億不可思、不可議、不可量、不可說、無量阿僧祇世界中，所有地獄之處的分身地藏菩薩，都前來會集在忉利天宮之上。因為如來的威神力故，所以在各個方面，與得證解脫，從業道中已出離的人，也各有千萬億那由他的數量，共同持著香華，來供養佛陀。

這些共同前來的眾生，都是因為地藏菩薩的教化，而永不退轉於阿耨多羅三藐三菩提的人。這些大眾，在久遠時劫以來，原本流浪於生死之中，在六道受苦，而沒有休止的時刻，現在因為地藏菩薩的廣大慈悲，與甚深誓願的緣故，都已各獲得果證了。他們到了忉利天宮之後，心中都懷著踴躍的心情，瞻仰著如來，而目不暫捨。

4

這時，世尊舒放起金色的手臂，撫摩百千萬億不可思、不可議、不可量、不可說、無量阿僧祇世界，各個分身的地藏菩薩摩訶薩的頭頂，並且說道：「地藏啊！我在五濁惡世，教化如此剛強的眾生，使他們心中得到調伏，能夠捨邪歸正。但是在十位當中還有一二位，尚留有惡習存在，而我也化成分身千百億，來廣設方便，救度他們。

在他們之中，有的是利根的眾生，聽聞之後能立即信受，有的善果因為精勤發而成就了，有的因為根器暗鈍，要長久教化才能皈信，有的則是業障深重，不生敬仰的心，這些眾生們，有各自的差別，而我則以種種分身來度脫他們。

我有時示現男子身、有時示現女人身，或是現起天龍身、神鬼身，乃至示現為山林、川原、河池、泉井等無情的器物，來利益於人，使得他們能夠度脫，或是示現天帝身、梵王身、轉輪王身，居士身、國王身、宰輔身、官屬身。

或是示現比丘、比丘尼、優婆塞、優婆夷身，乃至於聲聞、阿羅漢、辟支佛、菩薩等等的身相，來加以化度，非只是單獨的用佛身示現在他身前。

你們觀察我累劫勤苦，度脫這些難以教化的剛強罪苦眾生，其中如果有未調伏者，會隨著業力而顯現報應。

地藏啊！如果他們墮入惡趣，受到極大痛苦時，你應當憶念，我在忉利天宮之上殷勤的付囑著你，這娑婆世界從我滅度之後，乃至彌勒佛出世之前，這段無佛世界的眾生，都要使他們解脫，永離各種的痛苦，並能遇到佛陀而被授記！」

這時，所有世界的分身地藏菩薩，豁然又共同再恢復成為一身，涕淚哀泣的向佛陀說道：「世尊！我從久遠時劫以來蒙受佛陀的接引，而獲得不可思議的神通威力，具有廣大的智慧。

我現在所分身的身形，遍滿百千萬億恆河沙的世界，在每一個世界之中，又化現百千萬億身，每一身救度百千萬億人，使他們皈敬三寶，永離生死的痛苦，而至涅槃的喜樂。

只要他們在佛法中做了善事，就算只有一毛一渧、一沙一塵，乃至於毫髮許而已，我也會逐漸度脫他們，使他們獲得廣大利益。

唯願世尊你千萬不必為後世惡業的眾生憂慮！」

地藏菩薩連續三次向佛陀敬白說：「唯願世尊不必為後世惡業的眾生來憂慮！」

佛陀在這時讚嘆地藏菩薩說：「善哉，善哉！地藏，我真是為你歡喜，你能成就久遠時劫以來所發的弘遠誓願，你廣度眾生的大行即將圓滿完畢，即將證得菩提了！」

5

佛母摩耶夫人，此時恭敬合掌的請問地藏菩薩：「聖者！人間南閻浮提洲眾生的造業情況如何，其中有何差別，而所受的報應，又是如何呢？」

地藏回答說：「聖母！在千萬世界乃至國土之中，有的有地獄、有的無地獄，有的有女人、有的無女人，有些地方有佛法、有的無佛法，乃至於聲聞、辟支佛等也如此，不是只有一類的地獄罪報。」

摩耶夫人重白菩薩說：「聖者，祈願您宣說在人間南閻浮提洲中，罪報所相感的惡道惡趣。」

地藏回答說：「聖母！唯願妳能聽受，現在我粗略地說明。」

佛母回答說：「祈願聖者說明。」

地藏菩薩這時向佛母說道：「南閻浮提洲的罪報名號，如同下述。

如果有眾生，不孝父母或甚至殺害父母，則當墮入無間地獄，即使經過千萬億劫的時間，也求出無期。

如果有眾生傷害佛陀，出佛身血，毀謗三寶，不尊敬法寶經典，也是當墮入無間地獄，千萬億的時劫之中，也求出無期。

如果有眾生侵損僧寺中常住公物，染污僧尼，或是在僧寺伽藍內，恣行淫欲，或是在寺內殺害眾生，這些人應當墮入無間地獄，千萬億的時劫當中，也求出無期。

如果有眾生外表裝作是沙門比丘，但是他的心並非沙門比丘，因此破壞使用常住公物，欺誑在家的居士白衣，違背戒律，造下種種的惡業，這些人應當墮入無間地獄之中，千萬億的時劫是求出無期。如果有眾生偷竊僧寺常住的公共財物、穀米、飲食、衣服，乃至於有一物常住不與而取的偷盜者，應當墮入無間的地獄，在千萬億時劫當中，求出無期。」

地藏菩薩這時鄭重的說道：「聖母！如果有眾生作了這些五逆的重惡罪業，應當要墮入五無間的地獄，想求取痛苦一念暫停，都不可能。」

摩耶夫人又問地藏菩薩：「為何名為無間地獄呢？」

地藏菩薩說道：「聖母！所有的地獄都在大鐵圍山之內，其中大地獄有一十八所，其次有五百個較小的地獄，這些地獄的名號各自有別，再其次則有千百個小地獄，名字也各自不同。

地獄的城池周匝有八萬餘里，這城池是以純鐵製成，高有一萬里，城上大火會聚，少有空缺之處。

在這些獄城中，各個地獄互相連結，名號也各自不同，但獨有一個地獄名為無間。這無間地獄周匝有一萬八千里，獄墻高有一千里，都是以鐵做成，其中上方的烈火焚燒直達下方，下方的火燄，也焚燒徹上，鐵蛇、鐵狗吐火奔馳追逐，在獄墻的上面東西飛走。

獄中有一大床，遍滿一萬里，如果有一人受罪，會見到他自己的身體，躺臥遍滿整座大床，就是有千萬人同時受罪的時候，也都會各自見到自己的身體臥滿床上，這是因為眾生業力所感，獲得的果報如此。

而如果有罪人，應受到種種的眾苦果報，這時就會召感來千百夜叉以及惡鬼們，他們的口牙如劍，眼如電光，手中持著銅爪，來拖拽罪人；甚至有夜叉執著大鐵戟，刺向罪人的身體，有的中在口、鼻，有的中在腹背。他們並將罪人拋空翻接，或是放在床上穿刺。

此外還有鐵鷹飛空，前來噉食罪人的眼目，或是鐵蛇穿過罪人的頸項。這些罪人的全身肢節之內都被釘下長釘，或是被拔舌耕犁，抽腸剉斬，用滾燙的洋銅來灌口，或是用熱鐵來纏身，使他們萬死千生，痛苦萬端。

這些罪人所得到的業感就是如此，動輒經過億劫的長時，而求出無期。

在這個世界毀壞的時候，他們又會寄生在其他世界，其他世界次第毀壞時，又轉寄他方世界，他方世界毀壞時，又輾轉相寄受苦，直到這個世界又出現後才又還復而來，無間罪報的狀況，就是如此。」

地藏菩薩約略描述地獄的慘狀，大眾聽了不禁流露出恐怖不忍的神色。

6

地藏菩薩接著說：「無間地獄，是所謂經由五事的業感，所以稱為無間。這五種業力感應是：

一、時間無間，墮入無間地獄受苦的眾生，他們日夜受罪乃至於經過長時的劫數，也不會感覺到時間曾有一念暫時斷絕的感覺，所以稱為無間。

二、身形時期無間，在無間地獄中，一人遍滿受苦，多人也是遍滿，所以稱為身形或空間無間。

三、受苦無間：無間地獄中的罪器、叉棒、鷹蛇、狼犬、碓磨、鋸鑿、剉斫、鑊湯、鐵網、鐵繩、鐵驢、鐵馬、生革絡首、熱鐵澆身、飢吞鐵丸、渴飲鐵汁，從年歲的時間，乃至於那由他的長劫時數，苦楚相連，更沒有間斷之時，所以稱為受苦無間。

四、果報無間：不論是男子或女人，是羌胡夷狄、老幼貴賤，或是龍、神、天、鬼眾，他們所有的罪行業感，受苦都完全相同，所以稱為果報無間。

五、性命無間，如果墮入這地獄之中，從初入之時，經過百千時劫，在每一日一夜之中，經過萬死又再萬生，求取一念間能暫時停住也不可得，除非業盡之後，方得再能受生他處，因為性命連綿不絕，所以稱為性命無間。」

地藏菩薩停了一下，說道：「無間地獄粗略的說明，就是如此，如果廣說地獄的罪器名號及各種受苦的事情，即使是用一劫的時間，也無法說盡。」

摩耶夫人聽聞之後，心中十分的愁悶憂苦，合掌頂禮而退。

這時，地藏菩薩摩訶薩向佛陀說道：「世尊！我承受著佛陀如來的威神之力，所以遍滿百千萬億世界，分出這些身形，來救拔一切的業報眾生，如果不是如來大慈力的加持，就不能做出如此的變化。

我現在又蒙受佛陀付囑：從今乃至彌勒佛成佛之際，派遣我救度解脫六道的眾生。世尊啊！祈願您不要有所憂慮！我會圓滿達成您的勅令。」

佛陀聽聞了地藏菩薩的誓句後，告訴地藏菩薩說：「地藏！一切眾生，這些還未解脫的人，由於他們的心性意識漂遊無定，他們經由惡習結出業障，善習結出善果，不斷的為善為惡隨逐著境界而生，輪轉六道，一刻都無法得到休息，動輒就經由微塵數那麼長遠時劫的迷惑障難。

他們正如同魚遊網中，因為水中的漲潮而脫網暫出，但是不出幾時卻又重遭羅網繫縛。

眾生如此輾轉輪迴之中，我心中自然憂念，如今你已發心窮畢這往昔的心願，並且累劫發起重誓，要廣度這些罪業眾生，我現在又有何顧慮？」

佛陀滿心安慰，把無佛世界的煩惱眾生，託付給地藏菩薩。

第十三話——地獄

怎麼！這個世界如此的黑闇
只剩我一人
剎那間風刀水劍煉銅鐵鉋
將我當沙西米割
怎麼！業風竟吹活了逝去的我
只怕我受苦不夠
再一次一次的凌遲碎磨
怎麼！時間竟然不會流逝化成了永遠
只怕我被殺害的時間太短
永永遠遠的將我折騰個夠
怎麼！這是阿鼻地獄！無間地獄！
噢！地藏菩薩救我

「所以，普廣！如果見到有人讀誦此經，乃至一念讚歎這本經典，或是恭敬此經的話，你要用百千種方便，來勸進這些人精勤的心千萬莫退，能夠得到未來現在，乃至千萬億不可思議的功德。」佛陀如此殷殷咐囑著。

1

這時，普賢菩薩摩訶薩從大眾中起立，合掌向地藏菩薩說道：「仁者！願您為天龍八部及比丘、比丘尼、優婆塞、優婆夷等四眾，及未來、現在的一切眾生，說明娑婆世界及閻浮提洲內的罪苦眾生，所受的果報處所，地獄名號及各種的惡報，使未來世的末法眾生能知曉這些果報。」

地藏菩薩回答說：「仁者！我現承著佛陀的威神及大士的力量，略為說明地獄名號及罪果惡報等事。

仁者！在閻浮提東方有一座山稱為鐵圍山，這座山十分的黑邃，沒有日月的光明，其中有一座大地獄名為極無間地獄，又有地獄名為大阿鼻地獄，又有地獄名為四角地獄，又有地獄名為飛刀地獄，又有地獄名為火箭地獄，又有地獄名為夾山地獄，又有地獄名為通槍地獄，又有地獄名為鐵車地獄，又有地獄名為鐵床地獄，又有地獄名為鐵牛地獄，又有地獄名為鐵衣地獄，又有地獄名為千刃地獄，又有地獄名為鐵驢地獄，又有地獄名為洋銅地獄，又有地獄名為抱柱地獄，又有地獄名為流火地獄，又有地獄名為耕舌地獄，又有地獄名為剉首地獄，又有地獄名為燒腳地獄，又有地獄名為啗眼地獄，又有地獄名為鐵丸地獄，又有地獄名為諍論地獄，又有地獄名為鐵鈇地獄，又有地獄名為多瞋地獄。」

聽到這些地獄的名稱，大家彷彿看見了在酷刑中被支解，哀號不已的眾生。

地藏又說道：「仁者！在鐵圍山之內有這種種的地獄，其數無限，更有叫喚地獄、拔舌地獄、糞尿地獄、銅鎖地獄、火象地獄、火狗地獄、火馬地獄、火牛地獄、火山地獄、火石地獄、火床地獄、火梁地獄、火鷹地獄、鋸牙地獄、剝皮地獄、飲血地獄、燒手地獄、燒腳地獄、倒刺地獄、火屋地獄、鐵屋地獄、火狼地獄，如此等等的地獄，這些地獄又各自擁有各種小地獄，或一座或二座、或三座或四座、乃至於百千座，其中的名號各各不同。」

地藏菩薩告訴普賢菩薩說：「仁者！這些都是因為受到南閻浮提的行惡眾生的業力感應，而現起如是的境界，這些業力甚為廣大堅固，能敵過須彌大山，能深過廣大的巨海，能障礙聖道。

所以，眾生千萬不要輕視小惡，以為無罪，不知道死後實有果報，纖毫都會受報的，這時，就是父子至親，也是歧路各別，縱然相逢，也是無法代受。我現在承著佛陀的威神力，略說地獄罪報的眾事，唯願仁者能聽取這些話語。」

地獄，是眾生自心的煩惱感召所成。

普賢回答說：「我因為久知三惡道的果報，所以希望仁者宣說，以便讓後世末法一切惡行的眾生，在聽聞仁者的說法後，都能皈依於佛。」原來普賢菩薩是為了末世行惡之人，才請地藏菩薩說法。

地藏接著說：「仁者！地獄罪報的眾事就是如此。

有些地獄，是取下罪人的舌頭，驅使牛來耕犁，有的地獄，則是取罪下人心，讓夜叉吃食，有的地獄，則用盛著沸湯的大鑊，來熬煮罪人的身體，有的地獄，則用赤燒銅柱，驅使罪人來抱持，有的地獄，是用各種火燄焚燒，來焚燒罪人。

有的地獄，則一向寒水積滿，有的地獄，有無限的糞尿，有的地獄，是純用飛鏃鏫傷人，有的地獄，擁有許多的攢火槍，有的地獄，唯有撞擊罪人的胸背，有的地獄，只是一直焚燒手足，有的地獄，用鐵蛇盤繳，有的地獄，驅逐鐵狗，有的地獄，盡是駕著鐵騾。

仁者！這種種的果報，各各地獄中，都有百千種業道的刑器，無非是銅、鐵、石、火為主，這四種物品，皆由大眾業行所感，如果廣說地獄的各種罪報，一一的地獄中，更有百千種痛苦，何況是許許多多的地獄呢！我現在承著佛陀威神以及仁者所問，而如此的略說，如果廣大解說的話，則窮劫不盡。」

這時，世尊舉身放出廣大光明，遍照百千萬億恆河沙等的諸佛世界，發出廣大音聲，普告諸佛世界的一切菩薩摩訶薩、天、龍、鬼神、人非人等：

「大眾，你們今天聽我稱揚讚歎地藏菩薩摩訶薩，在十方世界，示現廣大不可思議威神慈悲的力量，救護一切的罪苦之事。我滅度之後，你們這些菩薩大士及天龍鬼神等，應當廣作方便，來衛護這部經典，令一切的眾生證得涅槃之樂。」

2

佛陀宣說了這些話後，在會中有一位菩薩，名曰普廣，他合掌恭敬向佛陀敬白說：「我現在見到世尊讚歎地藏菩薩，有如此不可思議的大威神德，唯願世尊為未來世的末法眾生，宣說地藏菩薩利益人天的因果眾事，使得一切的天龍八部及未來世的眾生，能頂受佛語信奉受持。」

世尊在此時告訴普廣菩薩及四眾弟子們說：「你們諦聽，諦聽！我現在為你們略說地藏菩薩利益人天的福德之事。」

普廣敬白說：「是的，世尊！我們歡喜願樂的聽聞佛陀的教誨。」

佛陀告訴普廣菩薩：「在未來世中，如果有善男子、善女子聽聞地藏菩薩摩訶薩的名號者，不管他是合掌、讚歎、作禮、戀慕，那麼這人都能超越三十劫的重罪。

普廣！如果有善男子、善女人，不管是彩畫地藏的形像，或是用土石膠漆、金銀銅鐵來塑造此菩薩，只要一時瞻仰、禮拜的話，此人就能百次往返出生於三十三天之上，永不墮於惡道之中。假如天福盡故，下生在人間，依然成為國王，不會失去往昔的廣大福報。

普廣，地藏菩薩對生命的關懷濟度，是永無止盡的，特別是對於長久被壓抑的女性，他更發出深切的心願：

「如果有女人，厭棄女人的身相，盡心的供養地藏菩薩畫像，或是用土石、膠漆、銅鐵等塑造的像，每日精進不退的供養，常用香華、飲食、衣服、繒綵、幢旛、金錢、寶物等做供養，如此，這位善女人將是生為女身的最後一身了。

當她盡此一報的女身之後，百千萬劫更不會再生在有女人的世界，何況是再復受女身呢？除非她是因為慈悲願力的緣故，而發心要受女身，來度脫眾生，否則的話，將蒙受供養地藏菩薩的力量及功德力，在百千萬劫中不受女身。」

依此深廣的悲願，普廣！如果有女人，厭棄醜陋並且有著許多疾病的身體者，那麼由於在地藏像前志心的瞻禮，在一食頃之間，此人千萬劫中所受生的身體，將會相貌圓滿，而這醜陋的女人如果不厭棄女身的話，那麼在百千萬億生當中，常為王女，乃至於做王妃、宰輔、大姓、大長者的女兒，她將端正受生，並且諸相圓滿。這是由於志心瞻禮地藏菩薩所獲得的福報。

如果有善男子、善女人能在菩薩像前，用各種的伎樂及歌詠、讚歎、香華來供養，乃至於勸請一人或多人前來供養。那麼這類的人，在現在世及未來世，能常得到百千鬼神的日夜衛護，連惡事都不讓他聽聞到，何況是親受各種的橫逆！」

供養地藏菩薩的功德不可思議，而毀謗、譏笑聖者的罪業更不可思議。

「在未來世中，如果有惡人及惡神、惡鬼，見到有善男子、善女人皈敬供養，讚歎瞻禮地藏菩薩的形像，而妄生譏毀，譏謗這是沒有功德及利益的事，或是露齒而笑，或是背後非難，或是勸使他人共同非難，或是一人非難、或多人非難，乃至於一念中生起譏毀等，這些人，即使在賢劫千佛滅度之後，因為譏毀的果報，將還在阿鼻地獄身受極重的罪業。

經過這長遠時劫在阿鼻地獄受苦之後，再受生為餓鬼，又經過千劫之後，才受生為畜生，又經過這千劫之後，方得人身。可是縱然受生為人身，卻貧窮下賤，諸根不能完具，多被各種的惡業，來夾結其心，不久之後，又會再墮入惡道。」

譏毀他人對聖者的供養，尚且獲得這樣的果報，何況是生起惡見破壞的心呢？

3

對於長久臥病在床，飽受病苦的眾生，如何讓他們此生受苦的業報早日得脫，以及往生善處，也是地藏菩薩所思惟的。

「如果未來世有男子、女人，久處於病榻之上，求生不能，求死不得，或是夜間夢到惡鬼以及親人，或是遊歷險道，或是有許多的魘寐，與鬼神共遊，經過日月年歲，逐漸轉深成病，在睡眠中叫苦連天，慘悽不樂，這些都是因為業道相互糾纏，還未能定其輕重，所以或是難以捨壽往生，或是不能得到痊癒，而男女眾生的俗眼，不能分辨此事。

這時，應當對著諸佛菩薩的像前，高聲讀誦地藏經一遍，或是取著病人喜愛的物品，不管是衣服、寶貝、莊園、舍宅，對著病人，高聲唱說：『我某甲等，為了這個病人，對著經像前施捨這些物品，用來供養經像，或是塑造佛菩薩的形像，或是營造塔寺，或然起油燈，布施常住。』如此三次向病人唱念，讓病人能夠聞知。

假使病人的六識已經分散已至氣盡的話，就接連一日、二日、三日、四日，乃至七日唱念，高聲的告白，高聲的讀經，這人命終之後，就是有著宿殃重罪，甚至做了五無間罪，也能夠永得解脫惡道，將來在所受生處，能夠常知過去的宿命。」

他人代行的功德，都已如此不可思議了，更何況是善男子、善女人，親自書寫此經，或教人書寫，自己塑畫地藏菩薩的形象，乃至教人塑畫，所受到的果報？當然必獲廣大利益。

「所以，普廣！如果見到有人讀誦此經，乃至一念讚歎這本經典，或是恭敬此經的話，你要用百千種方便，來勸進這些人精勤的心千萬莫退，能夠得到未來現在，乃至千萬億不可思議的功德。」佛陀如此殷殷咐囑著。

4

佛陀又告訴普廣菩薩：「如果未來世的眾生，在睡覺或夢中，見到各種的鬼神，他們有著各種形狀，不管是悲傷、或是啼哭、憂愁、歎息、驚恐、怖畏，這些可能是一生、十生、百生、千生過去世的父母、男女、弟妹、夫妻、眷屬在惡趣之中，未能得以出離，也沒有希望獲得其他福德力量的救拔，因此告知宿世的骨肉，請他們尋找方便法門，使他們離於惡道。

普廣！你以神力讓這些眷屬，到諸佛菩薩的像前，志心自行讀誦這部經典，或是請人讀誦，三遍或是七遍，那麼這些惡道眷屬，在讀經的聲音圓滿這些遍數之後，當得解脫，此後，在夢寐之中，就永不復見了。

如果未來世時，有各種下賤的人，不管是奴或婢，乃至各種不自由的人，他們如果覺知宿世的業緣，一心欲脫出此種果報的話，應當志心瞻禮地藏菩薩的形像，深心懺悔，乃至於在一七日中，憶念菩薩的名號滿萬遍，這些人在此生受報盡後，在未來千萬生中，常生尊貴的家中，不會經歷三惡道的痛苦。

普廣！如果未來世中，在閻浮提內，刹帝利、婆羅門、長者、居士一切人，以及異姓的種族，有將要生產的人，在七日之中，日夜讀誦這部不可思議的經典，並憶念菩薩的名號滿萬遍，那麼這新生的孩子，不管是男或女，宿世所擁有的災殃業報，便得以解脫，十分的安樂易養，壽命增長，如果是承著福報而出生者，將能轉增安樂及壽命。」

5

其實，南閻浮提眾生的舉止動念，無不是業障，無不是罪業，何況是恣情的殺害、竊盜、邪婬、妄語、百千種罪狀？而地藏菩薩願深悲切，為此更是廣作方便，祈使一切眾生永脫罪障諸苦。

佛陀告訴普廣菩薩：「普廣，每月的一日、八日、十四日、十五日、十八日、二十三日、二十四日、二十八日、二十九日、三十日等是謂十齋日，在這些日子當中，正是各種罪緣結集，分定輕重的時候。

如果眾生能在上述的十齋日，面對諸佛菩薩諸賢聖像的前面，讀誦這經典一遍，那麼在東西南北的百由旬之內，就沒有各種災難，在這居家之中，不管是長是幼，現在、未來的百千歲中永離惡趣。

能在十齋日中，每轉一遍的經典，現世便能使此居家沒有各種橫逆疾病，而衣食豐溢。

所以，普廣！當知地藏菩薩有如此等不可說百千萬億大威神力的利益之事，閻浮眾生與這位大士有大因緣，這些眾生聽聞菩薩的名號、見到菩薩的像，乃至聽聞這部經典三字五字，或是一偈一句，不但現在能生起殊妙安樂，在未來世，百千萬生之中，也能常得端正的身相，生於尊貴之家。」

這時，普廣菩薩聞佛如來稱揚讚歎地藏菩薩之後，胡跪合掌，又向佛陀敬白說：「世尊！我久知這位大士有如此不可思議的神力，及大誓願力，但是，為了未來眾生能得知此事的利益，所以故意詢問如來，並且一心頂戴受持。世尊！應當如何稱名此部經典？使我等大眾廣為流布呢？」

佛陀告訴普廣菩薩：「此經有三個名字：一名為《地藏本願》，也稱為《地藏本行》，也名為《地藏本誓力經》，這是緣於這位菩薩久遠劫以來，發廣大深重的誓願，來利益眾生，所以你們要依願流布。」普廣聽聞之後，合掌恭敬，作禮而退。

要多麼深厚寬容的大地，才能承受一切的清淨污穢，歡欣悲苦？大地的寶藏，深入了最悲苦的心中，勇猛拔除一切生命最切身的煩惱，讓我們的心也成為福德生長的田地，結出菩提的勝果！

6

閻浮提的眾生，舉心動念無非是罪業，往往在獲得善利之後，就退卻如初的發心，但遇到惡緣，卻又念念增益惡念。

這不正是我們的寫照嗎？這種處境就如同雙腳踏於爛溼的泥沼之上，身上還揹負著重石，愈來愈困頓，也愈來愈沉重，而雙足才欲行步就已深陷在泥中了。

這時，如果能遇到善人來幫我們減輕負重，甚至完全幫我們揹負，我們才不會繼續沉淪下去。來幫助我們的這位善人擁有大力量，一步一步引導我們，先把雙腳站穩牢靠，踏在堅硬的平地上，並且告訴我們，如何繞過壞的路徑，無須再經歷這些惡路。

這個具足大力的善知識，就是地藏王菩薩。

地藏菩薩恭敬合掌敬白佛陀：「世尊！世間的習惡眾生，從纖毫間的惡事，轉念便增至無量。像這樣的眾生，有如此的惡罪習氣，在他們臨命終時，父母眷屬，更應當為他廣設福事，以幫助他們走向善途。

他們可以幫亡者懸掛幡蓋及燃起油燈，或是轉讀經典，或供養佛像及各種的聖像，乃至誦念佛菩薩及辟支佛的名號。當這些一名一號經歷臨終的人的耳根，或在本識中聽聞，這些眾生所造的惡業，本來計算所感的果報，必定會墮惡入惡趣，但是由於這些眷屬，為臨終的人，修習了這些聖因，所以眾罪得以銷滅。

如果能在亡者身死之後，七七日之內，為他廣造眾善，便能使這些眾生永離惡趣，得生於人天之中，受到勝妙的喜樂，而且在世眷屬也有無量的利益。

所以我現在對著佛陀世尊及天龍八部、人非人等，奉勸在閻浮提的眾生，於臨終之日，千萬不要殺害眾生及造下惡緣，用以拜祭鬼神，祈求各種魍魎之屬。為什麼呢？因為殺害眾生乃至拜祭鬼神，並沒有纖毫的力量，來利益亡人，只是結下罪緣而已，使惡業轉增深重。

假使來世，或現在生時，原本能夠獲得聖分，出生於人天之中，但是因為臨終之時，被他們的眷屬造了這些惡因之後，也使這位命終的人，受到殃累，而晚生善處，何況是臨命終的人，他在生時未曾有微少的善根，他們因為各據本業，而將自受惡趣，現在眷屬們何忍更為他增添罪業！

這就譬如有人從遠地而來，已經三天沒吃東西了，但是他肩上所擔的物品，超過百斤，現在忽然遇到鄰人，為他添附少許的物品，因此，他的負擔又更加困重。

世尊！我觀察閻浮提的眾生，如果能在諸佛的教法之中，乃至於善事，行使一毛一渧、或是一沙一塵，這些利益都能自行自得。」

地藏菩薩說此語時，在大會中有一位長者名為大辯長者，這位長者已久證無生法忍的境界，化度十方的眾生，現在示現為長者身，他合掌恭敬的詢問地藏菩薩說：「大士！這南閻浮提的眾生，在命終之後，他的大小眷屬為了修習功德，及至於設齋勤造各種善因，那麼這位命終的人，是不是能得到廣大利益及解脫呢？」

地藏回答說：「長者！我現在為未來、現在的一切眾生，承著佛陀的威神力，而略說此事。長者！未來、現在的眾生，在臨命終日時，如果能夠得聞一佛的名號、一辟支佛的名號，不問他是有罪、無罪都能得到解脫。

如果有男子、女人在生之時，不修善因，多造各種的罪業，在命終之後，蒙眷屬們為他廣造福利，在這一切的聖事當中，七分之一是由亡者獲得，而六分的功德，是由生者自己受利。

因此，未來、現在的善男子善女人等，聽聞佛法而自修，分分都由自己獲得。」

生死無常，無常大鬼是不期而到的，當我們命終之後，神識如同冥冥中的遊神一般，未知罪福，在七七日內如癡如聾，有時在各類有司當中，辯論業果，審定之後據業受生，在前途未測之時都已千愁萬苦，更何況是決定之後，墮在各種惡趣之中！

這些命終的人未得受生，在七七日內，念念之間，切望骨肉眷屬為他們廣造福力來救拔，過此日後，再隨業受報。這些罪人時常動經千百歲中，沒有解脫之日，或由於五無間罪墮入大地獄中，千劫萬劫永受眾苦。

「我們應當如何幫助往生者呢？」大辯長者問。

「這些罪業眾生，在命終之後，眷屬骨肉為他們廣修營齋來資助業道，這時如果還未齋食完畢及營齋之際，這些米泔菜葉，不要棄置於地，乃至於在各種食品未奉獻佛陀僧眾之時，不要先食，如果有違背而先食及不精勤的供養，這些命終的人，終究不能得力，如果能精勤護淨，來奉獻佛陀僧眾，這些命終的人，就能在七分功德之中，獲得一分。

因此，長者！閻浮提的眾生，如果能為他的父母乃至眷屬，在命終之後，設齋供養，志心精勤誠懇，如此的人，會使存亡的人，都獲得利益。」

地藏菩薩說此法門時，忉利天宮有千萬億那由他的閻浮提鬼神，都發起了無量的菩提之心。

閻羅王不解眾生為何不依止善道永取解脫。

第十四話——閻羅王的疑問

當他痛苦的問您：
為什麼還沒有成佛
請您關懷著他破碎的心
不要冷漠
地藏！地藏！您的神力不可思議
但可憐啊！您的願力更不可思議
讓您永遠身處在地獄中
甘之若飴
地藏！地藏！汝之慈悲不可思議
地藏！地藏！汝之智慧不可思議
我們何不約定　您一念翻轉
成佛　我靜待您的消息

說此話時，在大會中有一位主命鬼王，向佛陀敬白道：「世尊！我本來的業緣是主管閻浮提世間的人命……。在我的本願之中，實在很想要利益眾生，只是眾生不能體會我的意旨，所以使得生死之人，都不得相安……。」

1

此時，鐵圍山內有無量的鬼王與閻羅天子都來到了忉利天宮，在佛前安立。這些鬼王是所謂的：惡毒鬼王、多惡鬼王、大諍鬼王、白虎鬼王、血虎鬼王、赤虎鬼王、散殃鬼王、飛身鬼王、電光鬼王、狼牙鬼王、千眼鬼王、噉獸鬼王、負石鬼王、主耗鬼王、主禍鬼王、主食鬼王、主財鬼王、主畜鬼王、主禽鬼王、主獸鬼王、主魅鬼王、主產鬼王、主命鬼王、主疾鬼王、主險鬼王、三目鬼王、四目鬼王、五目鬼王、祁利失王、大祁利失王、祁利叉王、大祁利叉王、阿那吒王、大阿那吒王。

這些大鬼王們，都各自與百千位小鬼王，居住在閻浮提洲內。他們各自有著執事，也各自有所主持的因緣，這些鬼王與閻羅天子承著佛陀的威神及地藏菩薩摩訶薩的力量，都前來忉利天宮，在一旁安立。

此時，閻羅天子就從座位上起身，胡跪合掌向佛陀訊問道：「世尊！我們現在與諸位鬼王，承著佛陀威神及地藏菩薩摩訶薩的力量，方能參與這忉利天宮的大會，這也是我等獲得善利的緣故。我現在有微小的疑問敢請問世尊，唯願世尊慈悲的為我宣說。」

佛陀告訴閻羅天子說：「天子！你就放心的問吧，我會為你解說。」

閻羅天子仰敬地瞻禮世尊，並且尊敬的迴視地藏菩薩之後，說道：「世尊！我觀察地藏菩薩在六道之中，用百千的方便來度脫罪苦的眾生，而不辭疲倦，這位大菩薩有如此不可思議神通妙事。

然而，這些眾生雖然脫離所獲的罪報，但是在未久之間卻又墮入惡道。世尊！地藏菩薩既然有如此不可思議的神力，為何眾生卻仍不依止善道永取解脫？唯願世尊，為我解說。」

佛陀告訴閻羅天子：「南閻浮提眾生，他們的性格十分剛強，十分的難調難伏，所以這位大菩薩雖然在百千劫當中，努力地救拔如此的眾生，要使他們早得解脫，即使是這些受到罪報的人，墮入大惡趣之中，菩薩也以方便的力量，救拔他們脫出根本的業緣，並且令他們了悟宿世的事情。

只是，閻浮提的眾生，結使煩惱惡習深重，所以旋出旋入於惡道之中，因此煩勞地藏菩薩，經過那麼久的時劫還要繼續度脫他們。

這就譬如有人，迷失了回家的方向而誤入險道，在險道之中，有許多的夜叉以及虎狼師子、蚖蛇、蝮蠍等惡獸毒蟲。這些迷失的人在險道之中，隨時都可能遭遇毒害。這時，有一位善知識，他瞭解許多的法術，能夠善巧禁制這些毒蟲猛獸，以及夜叉等。

當他看到迷路的旅人，正要進入險道之中，就告訴他說：『你怎麼會來到這條危險的路？難道你有什麼異術，能夠不受沿路上的各種毒害嗎？』

這位迷路的人聽了，才知道這是險道，於是立即立步，並祈求善知識帶他走出這條險路。這位善知識便牽著他的手，將他引出險道，以免遭到各種惡獸的毒害，並引他到安全正確的路，使他得以安樂，並告誡他說：『你這個癡迷的人！從今以後，不要再踏上這道路。因為進入此路的人，不但難以得出，又會損害性命。』

這位迷路的人，由衷生出萬分感恩的心。在臨別的時候，善知識又叮嚀他：『如果遇見親友以及路人，不管是男是女，都要告訴他們，此路有許多的毒惡猛獸，千萬不要前來，以免自尋死路。』

地藏菩薩具有廣大的慈悲，救拔罪苦的眾生，使他們生於人天之中，使他們受用微妙的喜樂，這些罪業眾生，了知業道的痛苦，而解脫得以出離，永不想再經歷這樣的痛苦。

就宛如迷路的人誤入險道，遇到善知識引接而被救出時，永不願再進入一般，遇見了其他人，也會勸他們不要進入，並且告訴別人自己的經驗：『因為過去的迷惑而失途，現在得以解脫，將來不會再復入了。』

但是當他再走入此路時，還是會迷失，不能察覺這是過去曾迷途的險道，因此乃致於喪失性命，墮於惡趣之中流轉。

雖然地藏菩薩用他的方便力量，暫時使他們得以解脫，出生於人天善道之中，但是由於眾生的無明生命習慣實在太深了，所以往往又再墮入三惡道，而且如果業結煩惱沉重的話，將使他們永處地獄，沒有解脫之時。」佛陀這樣一講解，大家才恍然大悟。

這時，大眾中有一位惡毒鬼王，合掌恭敬對佛說：「世尊！我們這些鬼王的數目有無量，在閻浮提世間中，有的會利益他人，有的則會損害他人，各各隨著心性而有所不同。但是業報的力量，使我們及眷屬等在遊行世界時，所行的總是惡多善少。

佛陀對閻羅王宣說地藏菩薩為了度化眾生，久處生死的事蹟。

現在我們發願：在經過人類所居住之處，不管是城邑、聚落、莊園、房舍，如果有男子、女人，修習宛如毛髮般微細的善事，乃至懸掛一旛一蓋，用少許的香華，供養佛像及菩薩像，或是讀誦尊貴的經典，燒香供養一句一偈的經文，我們這些鬼王決定敬禮這個人。

就如同過去、現在、未來的諸佛，勅命小鬼大眾，各自擁有大力及土地的分屬所司，便令他們護衛，不使惡事、橫逆的事，惡病、橫逆的病，乃至於不如意的事，近於這些房舍等處，何況入於門中！」

佛陀讚嘆鬼王說：「善哉，善哉！你們及閻羅王眾，能如此擁護善男女們，我也將勅命梵天王、帝釋天神等，衛護著你們。」

2

說此話時，在大會中有一位主命鬼王，向佛陀敬白道：「世尊！我本來的業緣是主管閻浮提世間的人命，他們出生的時間及死亡的時間，都是由我負責管理的。

在我的本願之中，實在很想要利益眾生，只是眾生不能體會我的意旨，所以使得生死之人，都不得相安。

為什麼我這麼說？這些閻浮提人在初生的時候，不論男女，都要注意一些事情，就會具足安樂。

如果孩子要出生時，只要勤作善事，增益房舍屋宅，自然會使土地神祇無量歡喜，並且擁護孩子和母親，使他們得到廣大安樂，並且利益眷屬。

如果孩子已生下時，千萬不要去做殺害其他眾生的事，如果好取各種的生鮮之味，來供給母親，或是廣聚眷屬來飲酒、食肉、歌樂、絃管以茲慶祝，都會令孩子與母親不能得到安樂。

為什麼呢？因為在母親生產的時候，有無數的惡鬼、魍魎、精魅等，想要吃食腥血。而原先我早已勅令舍宅、土地的靈祇，來訶護孩子和產母，使她們得到安樂利益。

可是，如果孩子的家人，殺害眾生，以聚集眷屬飲酒等方式來慶祝，不知應該勤加修福，如此，反而犯了災殃，而自受苦惱，使孩子與母親都受到損傷。

此外，閻浮提的人臨命終時，不論是善人惡人都要十分的注意。我的本願是要使一切命終的人不落入惡道之中，更何況是自己修習善根，增加我的力量者，我更會幫助他往生所求國土。

在閻浮提即使是行善的人，臨命終時，也有百千數量的惡道鬼神，有些變作父母乃至眷屬等，來引接亡人，使他們落入惡道，何況是本來就造惡的人！

世尊！這些閻浮提的男子、女人，在臨命終時，由於神識惛昧，所以不辨善惡，乃至於眼耳更無見聞的能力；這些眷屬應當設下廣大供養，並且讀誦經典，念誦佛菩薩的名號，這些善緣能使亡者遠離各類的惡道，諸魔鬼神也都會退散。

世尊！一切的眾生在臨命終時，如果能得聞一佛名、一菩薩名，或是大乘經典的一句一偈，我觀察這些人等，皆能除去五無間的殺害之罪，至於因小小惡業，應當墮入惡趣的人，更能立即解脫。」

佛陀告訴主命鬼王說：「善哉！你因為大慈心的緣故，能發起如此的大願，在生死中守護眾生，如果未來世中，有男子、女人在生死之時，你千萬不要退失此願，要令他們解脫，永遠得到安樂。」

鬼王說：「佛陀！願您不必憂慮，在我窮畢此身形的性命前，我會念念擁護閻浮提眾生，使他們生時死時，都得到安樂，但願眾生不論在生死之時，都能夠信受我的話，那麼就無不解脫，而獲得廣大的利益。」

這時，佛陀告訴地藏菩薩說：「地藏！這位主命，他已曾經在百千生中發願作大鬼王了，並願在生死中擁護眾生。這位大士因為慈悲願力，示現大鬼的身相，但其實並非是鬼。

往後過了一百七十劫之時，他將得以成佛，號為無相如來，成佛的時劫名為安樂，世界名為淨住，無相佛的壽命，有不可計的時劫。地藏！這位大鬼王的事蹟，是如此的不可思議，所度化的天人眾，也是不可限量。」佛陀如此授記這位主命鬼王。

3

這時，地藏菩薩摩訶薩就向佛陀說道：「世尊！我現在為未來眾生演說利益他們的事，讓眾生在生死中得到廣大利益，唯願世尊聽我說明。」

佛陀告訴地藏菩薩說：「你現在興起慈悲的心，以救拔一切罪苦的六道眾生，演說不可思議的事，現在正是時節因緣，應當速速宣說。

我現在即將涅槃，使你早日圓滿這個大願，如此我也不再憂愁現在與未來的一切眾生了。」佛陀安慰地說。

地藏菩薩說道：「世尊！過去無量阿僧祇劫時，有一位佛陀出現於世間，號為無邊身如來，如果有男子、女人聽聞這位佛陀的名號，並且生起恭敬的心，即能超越四十劫的生死重罪，何況是塑畫形像，供養讚歎，此人所獲得的福報，更是無量無邊。

又在過去恆河沙劫前，有一位佛陀出現於世間，號為寶性如來，如果有男子、女人聽聞這位佛陀名號，以一彈指頃的時間發心皈依，此人在無上道中，能夠永不退轉。

又在過去有一位佛陀出現於世間，號為波頭摩勝如來，如果有男子、女人聽聞這位佛陀的名號，經歷於耳根，這人就能千次往返出生於六欲天當中，何況是志心稱念！

又在過去不可說不可說的阿僧祇劫前，有一位佛陀出現於世間，號師子吼如來，如果有男子、女人聽聞此佛的名號，一念生起皈依的心，此人將得遇無量的諸佛摩頂授記。

又在過去，有佛陀出現於世，號為拘留孫佛，如果有男子、女人聽聞此佛的名號，志心瞻禮，或是加以讚歎，此人在賢劫千佛的眾會中將成為大梵天王，得到佛陀授以上記。

在過去時有佛出世，號為毗婆尸如來，如果有男子、女人聽聞此佛的名號，就永遠不會墮入惡道，常生於人天之中，受用殊勝的妙樂。

在過去無量無數恆河沙劫，有佛陀出現於世，號為寶勝如來，如果有男子、女人聽聞此佛的名號，畢竟不會墮入惡道之中，常在天上，受用殊勝的妙樂。

在過去世有佛陀出現於世間，號為寶相如來，如果有男子、女人聽聞此佛的名號，生起恭敬的心，此人不久將得阿羅漢果。

在過去無量阿僧祇劫，有佛陀出現於世，號為袈裟幢如來，如果有男子、女人聽聞此佛的名號，能超越一百大劫的生死之罪。

又在過去世，有佛陀出現於世，號為大通山王如來，如果有男子、女人聽聞此佛的名號，此人將得遇恆河沙佛廣為他們說法，將來必定成就菩提。如是在過去，有淨月佛、山王佛、智勝佛、淨名王佛、智成就佛、無上佛、妙聲佛、滿月佛、月面佛等等不可說的諸佛出現於世。

世尊！現在未來的一切眾生，不管是天或人，是男或女，如果能念得一佛的名號，功德即已無量，何況是多位佛陀的名號呢！這些眾生，在生時與死時，自然能夠得到廣大利益，終不會墮於惡道之中。

如果有臨命終的人，家中的眷屬，即使只有一人，為這病人高聲念一尊佛陀的名號，這位命終的人即能除去五無間罪，其餘業報也會悉得銷滅，這五無間的罪業，雖然至極至重，動輒經歷億劫，而不得出離，但是由於臨命終時，他人為他稱念的佛名，這些罪業，將會逐漸銷滅，何況眾生自稱自念，必能獲得無量的福德，滅除無量的罪業！

4

這時，地藏菩薩摩訶薩承著佛陀的威神，從座位上起身，胡跪合掌而向佛陀恭敬的說道：「世尊！我觀察業道中眾生的布施功德，有輕有重，有的是一生受用福報，有的是十生受用福報，有的是百生千生受用廣大的福利，這些種種狀況分別如何呢？唯願世尊為我說明。」

佛陀告訴地藏菩薩說：「我現在在忉利天宮上的一切大眾集會中，宣說閻浮提中的眾生布施功德的校量輕重，你要諦聽不忘，我現在為你說明。」

地藏菩薩道：「我心中疑惑此事，樂願聽聞佛陀開示。」

佛陀告訴地藏菩薩說：「在南閻浮提中如果有國王、宰輔、大臣、大長者、大剎帝利貴族、大婆羅門等，遇到了最卑下貧窮，乃至於癃殘瘖瘂、聾癡無目，等等諸根都不能完具的人，這些大國王等，如果布施時，是發起大慈悲心，以謙卑的心，含笑著親手普遍布施，或派遣人布施，並且對受施者，用溫婉的言語加以慰喻，這些國王等所獲得的福德利益，如同布施百恆河沙佛的功德利益。

為什麼呢？因為這國王等，對最貧賤的人及諸根不完具的殘廢者，能發起大慈悲心，所以他們的福德利益有如此的果報，在百千生之中常能獲得七寶具足，何況是衣食受用！

地藏！如果未來世，有諸位國王乃至婆羅門等，遇到佛陀的塔寺，或是佛陀的形像，乃至菩薩、聲聞、辟支佛像，親自營辦供養布施，這些國王等，應當獲得三個時劫為帝釋天之身，受用殊勝的妙樂，如果能以此布施的福德利益，迴向法界，這些大國王等在十劫之中，能常為大梵天王。

地藏！如果未來世有諸位國王至婆羅門等，遇到過去先佛的塔廟或是經像，已經毀壞破落了，而能發心加以修補，這些國王等不管是親自營辦，或是勸他人，乃至百千人等共同布施結緣，這些國王等百千生中，能常為轉輪聖王。而那些與他共同布施的人，在百千生中，也常成為小國王。如果他們更能在塔廟之前，發起迴向無上菩提的心，這些國王以及這些人等，都將盡成佛道，因為這個果報是無量無邊的。

地藏！在未來世中有諸位國王及婆羅門等，見到老病的人以及生產的婦女，如果一念之間，具有廣大的慈心，布施醫藥、飲食、臥具，使他們獲得安樂，這些福德利益是最不可思議的，在一百劫中，常為四禪淨居天上的天主，在二百劫中常為六欲天的天主，最後畢竟成佛。當然他們永不墮入惡道，乃至百千生中，耳中不聞苦的聲音。

地藏！如果未來世中，有諸位國王及婆羅門等，能作如此的布施，將獲得無量福德，如果更能夠迴向無上的菩提，不問布施多少，都將畢竟成佛，何況是帝釋天王、大梵天王及轉聖輪王的果報！

所以，地藏！你應當勸眾生如是的修學。

地藏！在未來世中，如果善男子、善女人在佛法中種下少許的善根，甚至如同毛髮、沙塵等那樣的少許，所受用的福德利益，將難以譬喻。

5

地藏！在未來世中，如果有善男子、善女人遇到佛陀的形像、菩薩形像、辟支佛的形像而能布施供養，能得到無量的福份，常在人天中，受用殊勝的妙樂，如果能夠進而迴向法界，此人的福利真是難以比喻了。

地藏！在未來世中，如果有善男子、善女人遇到大乘經典，不管是聽聞一偈一句，發起殷重心，讚歎、恭敬、布施、供養，此人就能獲得無量無邊廣大果報，如果能迴向法界，他的福德更是難以譬喻的。

地藏！如果未來世當中，有善男子、善女人遇到佛陀的塔寺、大乘經典等，若是新的塔寺，則布施供養、瞻禮讚歎、恭敬合掌，如果遇到舊的或是毀壞的，就修補經營管理，不管是獨自發心，或是勸許多人共同發心，這些人在三十生當中，能常為諸小國的國王。若是檀越施主，則常為轉輪聖王，並且還以善法教化各小國國王。

地藏！在未來世中，如果有善男子、善女人在佛法中，所種下的善根，不管是布施供養、或修補塔寺、或整理經典，乃至於用一毛一塵、一沙一渧等布施，這些善事如果能夠迴向一切法界，這人的功德，在百千生中常受上妙喜樂，如果只是迴向自家的眷屬，或自身的利益，這樣的果報，也能使他三生受樂，得到捨一得萬的果報。

地藏！布施因緣的功德校量狀況即是如此。」

佛陀為地藏菩薩宣說布施因緣的功德校量狀況。

第十五話——佛陀的囑咐

一個細胞
化成了一個地藏
一個DNA
化成了一個地藏
一個心念
化成了一個地藏
一個心念
碎成了百千億地藏
地藏！地藏！
汝真大士
一切眾生託囑付汝

「世尊！我一心唯願世尊，不用掛慮，在未來世中如果有善男子、善女人，對於佛法能生一念的恭敬心，我會用百千種方便，來度脫此人，使他在生死中速得解脫……。」

1

由於地藏菩薩的廣大誓願，無數的鬼王、天神、地神，也發願護持。

此時，堅牢地神向佛陀說道：「世尊！我從往昔以來，瞻視頂禮無量的菩薩摩訶薩，都是具有廣大不可思議的神通智慧，廣度眾生。

但是，這位地藏菩薩摩訶薩相對於諸菩薩而言，他的誓願是特別深重的。

世尊！這位地藏菩薩在閻浮提世間有廣大因緣，他如同文殊、普賢、觀音、彌勒等菩薩一般，也是化成百千的身形，在六道中度化眾生，他們的大願還有畢竟窮盡，但是地藏菩薩教化六道的一切眾生，他所發的誓願劫數如同千百億恆河沙一般無法窮盡。

世尊！我觀察未來及現在的眾生，在於所住之處南方的清潔之地，用土、石、竹、木、做成一座龕室，在室中用塑畫，乃至於金銀銅鐵製作地藏菩薩的形像，燒香供養，瞻禮讚歎，這人的居住之處即能獲得十種利益。

這十種利益是：

一、土地豐壤。
二、家宅永安。
三、先亡生天。
四、現存益壽。
五、所求遂意。
六、無水火災。
七、虛耗辟除。

八、杜絕惡夢。
九、出入神護。
十、多遇聖因。
世尊！在未來世中及現在世的眾生，如果能在所居住的處所南方，作如此的供養，將得到如此的利益。」
接著，堅牢地神又說道：「世尊！在未來世中，如果有善男子、善女人，在所住的處所，有地藏的經典及菩薩的聖像，此人更能轉讀經典及供養菩薩，我會經常在日夜之間，以自己的神力來衛護此人，使水火、盜賊、大橫難、小橫難，等一切的惡事都完全銷滅。」
佛陀告訴堅牢地神說：「堅牢，你有廣大的神力，是諸神祇中少有能及的。閻浮提世界的土地都是蒙你守護，乃至於草木、沙石、稻麻、竹葦、穀米、寶貝等，也都是從地而有，這都是因為你的力量。現在你又稱揚地藏菩薩的廣大利益，因此，你的功德及神通力，將百千倍於一般的地神。

如果未來世中有善男子、善女人供養菩薩，或讀誦經典，或只是依照地藏本願經中的一件事來修行者，你以自己本有的神力，要擁護他們，勿使一切的災害及不如意事，聽聞於他們之耳，何況使他們承受呢！非但你要擁護此人，同時也有帝釋天王，大梵天王眷屬、諸天眷屬共同來擁護此人。

為何他們能得到如此的聖賢擁護呢？這些都是由於瞻禮地藏菩薩的形像，及誦讀地藏本願經所致，自然能夠畢竟出離苦海，證得涅槃之樂，所以能夠獲得廣大的擁護。」

這時，世尊從頂門上放出百千萬億的大毫相光，這些毫相的光明，有所謂的白毫相光、大白毫相光、瑞毫相光、大瑞毫相光、玉毫相光、大玉毫相光、紫毫相光、大紫毫相光、青毫相光、大青毫相光、碧毫相光、大碧毫相光、紅毫相光、大紅毫相米、綠毫相光、大綠毫相光、金毫相光、大金毫相光、慶雲毫相光、大慶雲毫相光、千輪毫光、大千輪毫光、寶輪毫光、大寶輪毫光、日輪毫光、大日輪毫光、月輪毫光、大月輪毫光、宮殿毫光、大宮殿毫光、海雲毫光、大海雲毫光等。

佛陀從頂門上自在的放出如此等的毫相光之後，又發出微妙的聲音，告訴大眾及天龍八部、人非人等說：「諦聽！諦聽！我現在在忉利天宮之上，稱揚讚歎地藏菩薩在人天中，對眾生所做的利益的事、不可思議的事、超越聖因的事、證得十地的事、畢竟不退於阿耨多羅三藐三菩提之眾事！」

2

佛陀正說此語時，在大會中有一位菩薩摩訶薩，名為觀世音，就從座位上起身，胡跪合掌，向佛陀說道：「世尊！這位地藏菩薩摩訶薩具有廣大慈悲，所以他憐愍罪苦的眾生，在千萬億世界當中，化現千萬億身，具足所有的功德及不可思議的威神之力。

我聽聞世尊與十方無量的諸佛，異口同音的讚歎地藏菩薩說：『正使過去、現在、未來的諸佛宣說他的功德，猶不能窮盡。』而剛才又承蒙世尊普告大眾，要稱揚地藏菩薩的利益等事。現在唯願世尊，為現在、未來的一切眾生稱揚地藏的不思議事，使天龍八部等瞻禮仰讚，獲得勝福。」

佛陀告訴觀世音菩薩說：「你在娑婆世界當中有廣大的因緣，如果天、龍、男、女、神、鬼，乃至六道中的罪苦眾生，聽聞你的名號、見到你的身形、崇慕於你、讚歎於你，這些眾生在無上道中，必定能得到不退轉，能常生於人天之中，受用妙樂，最後因果將會成熟，而遇佛授記。

你現在具有廣大慈悲，憐愍眾生及天龍八部，聽我宣說地藏菩薩的不可思議利益之事，你應當諦聽，我現在為你宣說。」

觀世音菩薩：「是的，世尊！願樂欲聞。」

佛陀告訴觀世音菩薩：「未來、現在的世界之中，如果有天人受用天福已盡，而有天人五衰的相現起，或是將要墮入惡道，這些天人，不管是男、是女，當衰相現起的時候，如果見到地藏菩薩的形象，或聽聞地藏菩薩的名號，即使是只有一瞻仰一禮拜，這些天人的天福會轉增，而受用大快樂，得到永不墮入三惡道的果報。何況是見聞菩薩之後，用各種香華、衣服、飲食、寶貝、瓔珞來布施供養，所獲得的功德福利，更是無量無邊。」

天人五衰是住在天界天神，在福報將盡，臨命終時，所現出的五種衰相。

另外在《大毗婆沙論》卷七十中舉出小五衰、大五衰的說法，天上諸天子在將命終時，先有五種小衰相現起，接著又有五種大衰相現起。小五衰相現起時，不一定當死，但大五衰相現，必定當死。小五衰相是：

一、衣服莊嚴具皆不出樂聲：因為諸天神在往來轉動時，莊嚴的身會具出五樂之聲。但在即將命終時，這些樂聲就不出了。

二、自身光明忽然變得昧劣暗淡：諸天的身光赫弈，晝夜恆照。但將命終時，身光變得微昧暗淡。

三、在沐浴後水滴會著身：諸天神的皮膚十分的細微，浴後出水，水不會著身，但將命終時，水便會著身。

四、六根囂馳活潑，現在呆滯一境：諸天神的種種境界都是十分的殊妙，諸根宛如旋火輪，十分活潑，從不暫住，但將命終時，諸根會呆滯專著於一境。

五、眼本凝寂，現在常常瞬動不定：諸天神的身力強盛，所以眼睛未嘗稍瞬。但將命終時，由於身力虛劣，眼睛便常瞬動不定。

而天人的大五衰相則是：第一：十分清清的衣服，現在開始有了垢穢。第二：頂上所戴的蒂冠，本來十分的光鮮，而現在開始枯萎。第三：兩腋之下忽然流汗。第四：香潔的身體開始發臭。第五：心中不定不樂於本來所坐的本座。

當天神的大五衰現時，表示他的福報享受完了，即將逝去，而隨著他所造的善惡因緣業力，而投生在其他的生命形象之中，可能是人、修羅或甚至三惡道中，完全由他自己所造的業力決定。這就是天神、人類、阿修羅、餓鬼、畜牲、地獄等六道眾生，相互輪迴的現象。

如果未來、現在的各個世界之中，六道眾生，在臨命終時，得以聽聞地藏菩薩的名號，就算是僅有一聲經歷他的耳根，這些眾生，將永不再經歷三惡道的痛苦。

若是在臨命終時，父母眷屬運用這位臨命終之人的屋舍房宅、財物、寶貝、衣服等，來塑畫地藏菩薩的形像，或是使病人在未命終時，用眼睛、耳朵見聞知道他的眷屬要將屋舍房宅寶貝等，為他自己塑畫地藏菩薩的形像，如此功德更加不可思議！這人如果是因為業報的緣故，而應受重病者，因為承受這功德，所以能立即痊癒，壽命增長。

如果此人是業報而命盡，應有的一切罪障、業障，會讓他墮入惡趣，現在承受這功德，在命終之後，即出生於人天之中，受用勝妙的喜樂，一切的罪障，也都銷滅了。

3

佛陀告訴觀世音菩薩：「如果未來世，有男子、女人，不管是在乳哺時，或是三歲、五歲、十歲已下，亡失了父母或亡失兄、弟、姊、妹，這人在年長之後，思憶父母及眷屬，不知他們生在何趣？生在何種世界？生在何種天中？

此人如果能塑畫地藏菩薩的形像，乃至聽聞名號，一瞻仰一敬禮，在一日至於七日之中，不退初始的發心，聽聞名號，見形瞻禮供養地藏菩薩，如此這人的眷屬如果是因為業力而墮入惡趣的話，那麼承受他的兒女或兄弟姊妹塑畫地藏菩薩形像的瞻禮功德，能立即解脫，出生在人天中受用勝妙的喜樂，並能承受這功德而轉增聖因，受用無量的喜樂。

如果此人更能在三七日中，一心瞻禮地藏菩薩的形像，憶念他的名號，滿一萬遍以上，就能夠得到菩薩示現無邊的身相，並且具告此人眷屬的出生世界。或是在夢中，菩薩現起大神通力，親領此人，在各個世界中，見到他的眷屬。

如果能在每日之中憶念菩薩的名號千遍，至於一千日，這人能夠獲得菩薩派遣所在地方的土地鬼神，終身衛護，使他現世衣食豐溢，沒有各種疾苦，乃至於橫逆的事不會入其家門，更何況及於身體！此人畢竟會得到菩薩的摩頂授記。

「世尊！未來若有發大心的眾生，要修無上菩提，應如何憶念地藏菩薩？」觀世音菩薩問。

「觀世音菩薩！如果未來世有善男子、善女人要發廣大的慈心，救度一切的眾生，要修無上的菩提，要出離三界，這些人見到地藏菩薩的形像及聽聞他的名號，至心皈依。或是以香華、衣服、寶貝、飲食來供養瞻禮，這些善男子、善女人等的所願，會疾速成就，永無障礙。

觀世音！如果未來世有善男子、善女人想要求取現在、未來百千萬億等的心願，百千萬億等的事情，應當皈依瞻禮、供養讚歎地藏菩薩的形像，這些所願所求，都能成就。如果此人又願地藏菩薩具有廣大慈悲，永遠擁護於我，此人在睡夢中即能得到菩薩的摩頂授記。」

4

「世尊！如果未來世的眾生，有發大乘意者，但對大乘經典仍是旋讀旋忘，這是為什麼呢？」觀世音菩薩問。

「如果未來世的善男子、善女人，對大乘經典深生珍重的心，發起不思議心，而歡喜讀誦，但是如果縱遇明師，教他熟習研讀，還是旋得旋忘，就是經由長年累月，還是不能讀誦，那麼這些善男子等，必定是因為有著宿世的業障，未能銷除，所以對於大乘經典沒有讀誦之性，無法熟記。

如此的眾生，如果聽聞地藏菩薩的名號，見到地藏菩薩的聖像，完全以本心，恭敬的陳白，更用香華、衣服、飲食、一切的供具供養菩薩，並且以淨水一盞，一日一夜之間安置在菩薩像前，然後合掌請賜服用，迴首身向南方，在淨水臨入口時，至心鄭重的祈請。

而服水完畢後，要慎防吃食蔥蒜等五辛、酒肉，及不要從事邪婬、妄語及殺害眾生。經過一七日或三七日中，這位善男子、善女人在睡夢中，會見到地藏菩薩現出無邊的身相，在此人所住之處所授下灌頂之水，此人在夢覺之後立即獲得聰明，這些經典一經歷他的耳根，就能永得記憶，更不會忘失一句一偈。」

佛陀又告訴觀世音菩薩：「如果未來世有人的衣食不足，所求的心願不能成就，或是疾病眾多，或有許多的凶厄衰耗，家宅不安，眷屬分散，各種的橫逆之事不斷出現，睡夢之時即有驚怖的事，這些人如果聽聞地藏菩薩的名號、見到地藏的形像，至心恭敬，念滿一萬遍名號，這些不如意事，會漸漸消滅，而能獲得安樂，衣食豐溢，乃至於在睡夢之中，也能得到安樂。

觀世音菩薩！如果未來世有善男子、善女人，因為治生職業、或因公因私、因生、因死、或因為急事，入於山林之中，過河渡海及大水等，或是經歷險道，這人應當先念地藏菩薩名號萬遍，如此他所經過的土地鬼神就會加以衛護，使他在行、住、坐、臥之間，永保安樂，乃至遭逢到虎狼師子，一切的毒害，也不能損害。」

5

佛陀又讚歎地說：「這位地藏菩薩，在閻浮提世界中有大因緣，如果宣說他對於眾生的見聞利益等事，百千劫中，也不能窮盡。所以，觀世音！你要以神力來流布這部地藏本願經，使娑婆世界的眾生，在百千萬劫中，永受安樂。」

這時，世尊就宣說偈頌道：

「我觀察地藏菩薩的威神力，恆河沙劫說難盡，
見聞瞻禮一念間，　利益人天無量事。
若男若女若龍神，　報盡應當墮惡道，
至心皈依大士身，　壽命轉增除罪障。
少失父母恩愛者，　未知魂神在何趣，
兄弟姊妹及諸親，　生長以來皆不識。
或塑或畫大士身，　悲戀瞻禮不暫捨，

三七日中念其名，菩薩當現無邊體。
示其眷屬所生界，縱墮惡趣尋出離，
若能不退是初心，即獲摩頂受聖記。
欲修無上菩提者，乃至出離三界苦，
是人既發大悲心，先當瞻禮大士像，
一切諸願速成就，永無業障能遮止。
有人發心念經典，欲度羣迷超彼岸，
雖立是願不思議，旋讀旋忘多廢失，
斯人有業障惑故，於大乘經不能記。
供養地藏以香華，衣服飲食諸玩具，
以淨水安大士前，一日一夜求服之。
發殷重心慎五辛，酒肉邪淫及妄語，
三七日內勿殺害，至心思念大士名。

即於夢中見無邊，覺來便得利根耳，
應是經教歷耳聞，千萬生中永不忘，
以是大士不思議，能使斯人獲此慧。
貧窮眾生及疾病，家宅凶衰眷屬離，
睡夢之中悉不安，求者乖違無稱遂，
至心瞻禮地藏像，一切惡事皆消滅，
至於夢中盡得安，衣食豐饒神鬼護。
欲入山林及渡海，毒惡禽獸及惡人，
惡神惡鬼并惡風，一切諸難諸苦惱，
但當瞻禮及供養，地藏菩薩大士像，
如是山林大海中，應是諸惡皆消滅。
觀音至心聽吾說，地藏無盡不思議，
百千萬劫說不周，廣宣大士如是力，

地藏名字人若聞，　乃至見像瞻禮者，
香華衣服飲食奉，　供養百千受妙樂。
若能以此迴法界，　畢竟成佛超生死，
是故觀音汝當知，　普告恆沙諸國土。」

6

這時，世尊舉起金色的手臂，撫摩地藏菩薩摩訶薩的頭頂說：

「地藏！地藏！
你的神力不可思議，
你的慈悲不可思議，
你的智慧不可思議，
你的辯才不可思議，

正使十方的諸佛讚歎宣說你的不可思議事，
在千萬劫中，也不能得盡啊！
地藏！地藏！
你要記得，今日我在忉利天中，
在百千萬億不可說、不可說的一切諸佛、菩薩、天龍八部大會之中，
再以人天的眾生，所有還未出離三界，
而身在火宅中的有情眾生，付囑於你，
你不要使這些眾生墮入惡趣中一日一夜，
更何況是墮落在五無間及阿鼻地獄之中，
動輒經歷千萬億劫，而無有出期！」
佛陀將無依無怙的眾生，交付給地藏菩薩。
「地藏！這些南閻浮提的眾生，他們的心志體性無定，而習惡者較多，縱然
發起善心，也是須臾即退，如果遇到惡緣，卻念念增長，因此，我分化身形為

百千億而予以化度，隨著他們的根性而救度解脫。

地藏！我現在殷勤的將天人大眾付囑於你。

在未來之世，如果有天人及善男子、善女人，在佛法中種下少許的善根，就是只有一毛一塵、一沙一渧，你都要以道力來擁護此人，使他們漸次修學無上的佛道，勿使他們退失。

地藏！未來世中，不管是天神或人類隨著業報，應當墮落在惡趣，在將臨墮入惡趣中時，或是到達了惡道的門首，這些眾生如果能念得一佛陀的名號、一菩薩名號、一句一偈的大乘經典，這些眾生，你要以神力來方便救拔，在是人所在之處現起無邊身，為他摧碎地獄，遣使他們生於天上，受用勝妙的喜樂。」

這時世尊就宣說偈頌說：

「現在及未來的天人大眾，我現在殷勤的付囑於你，

以廣大神通與方便度脫，勿使他們墮諸惡趣之中。」

佛陀將無佛世界的眾生，囑咐給地藏菩薩。

這時，地藏菩薩摩訶薩，合掌胡跪在佛前說道：「世尊！我一心唯願世尊，不用掛慮，在未來世中如果有善男子、善女人，對於佛法能生一念的恭敬心，我會用百千種方便，來度脫此人，使他在生死中速得解脫，何況是聽聞各種善事，而念念修行，自然在無上道中，永不退轉。」

說此語的時候，大會中有一位菩薩名為虛空藏，向佛陀敬白道：「世尊！自從我來到忉利天，聽聞如來讚歎地藏菩薩的威神勢力不可思議。

世尊，在未來世中，如果有善男子、善女人，乃至於一切天龍，聽聞這部經典及地藏菩薩的名號，或瞻禮形像，得到幾種福報利益？唯願世尊為未來、現在的一切眾生，略為宣說。」

佛陀告訴虛空藏菩薩說：「諦聽！諦聽！我現在為你分別宣說。如果未來世有善男子、善女人見到地藏菩薩形像及聽聞此經，乃至讀誦，並以香華、飲食、衣服、珍寶，布施供養，讚歎瞻禮，會得到二十八種利益：

一者天龍護念。

二者善果日增。
三者集聖上因。
四者菩提不退。
五者衣食豐足。
六者疾疫不臨。
七者離水火災。
八者無盜賊厄。
九者人見欽敬。
十者神鬼助持。
十一者女轉男身。
十二者為王臣女。
十三者端正相好。
十四者多生天上。

十五者或為帝王。
十六者宿智命通。
十七者有求皆從。
十八者眷屬歡樂。
十九者諸橫銷滅。
二十者業道永除。
二十一者去處盡通。
二十二者夜夢安樂。
二十三者先亡離苦。
二十四者宿福受生。
二十五者諸聖讚歎。
二十六者聰明利根。
二十七者饒慈愍心。

二十八者畢竟成佛。

虛空藏菩薩，如果現在、未來的天龍鬼神，聽聞地藏菩薩的名號，禮拜地藏的形像，或聽聞地藏的本願事行，讚歎瞻禮，能得到七種利益：

一者速超聖地。

二者惡業銷滅。

三者諸佛護臨。

四者菩提不退。

五者增長本力。

六者宿命皆通。

七者畢竟成佛。」

十方一切大眾來到法會中，不可說不可說的諸佛如來及大菩薩、天龍八部，聽聞釋迦牟尼佛稱揚讚歎地藏菩薩大威神力的不可思議，都歎未曾有。

這時，忉利天上雨下無量的香華、天衣、珠瓔，來供養釋迦牟尼佛及地藏菩薩，一切大眾又再瞻禮之後，合掌而退。

第十六話——金地藏

從法界到印度到新羅到中國到九華山
到我們的心中
這是地藏菩薩大願的最短行程
金地藏在化城中
留下了大悲的影痕
寫了無邊的傳奇
活在你的呼吸之間
你的身內　你的心裏
我用生命銘刻這無畏的證言
眾生度盡　方證菩提
地獄不空　誓不成佛

「噢！」大眾不禁一驚：「上人，你從開元七年前來此山，讓我算算……，豈不是到山上三十九年了嗎？」

「諸位大德！人間的歲月計較他做什麼呢？隨他去吧！」金地藏笑說道。

1

時輪如幻地轉動，地藏菩薩的悲願，從古印度映現在東土中國。

九華山位於安徽青陽縣西南四十里處，原名為九子山，發源於黃山西脈，經過太平、石埭，蜿蜒進入青陽縣的南境，方圓一百餘平方公里。

此山傳有九十九峯，其中以天台、蓮華、天柱及十五峯等九峯最為雄偉。其中十五峯為主峯，海拔一千三百四十二公尺，由於相對的高差十分的大，因此更顯得氣勢磅礴，上梯日月，下瞰雲霞。其中清泉逆石，碧霧凝空，更是奇麗無比。

《太平禦覽》記載：「此山奇秀，高出雲表，峰巒異狀其數有九，故名九十山。」而唐代詩人李白的〈望九華贈青陽童韋仲堪〉一詩中說：

「昔在九江上，遙望九華峯，
天河挂綠水，秀出九芙蓉。
我欲一揮手，誰人可相從，
君為東道主，於此臥雲松。」

九華山的山名，從此之後，九子山便改名為九華山了。而他另一首詩中云：「妙有分二氣，靈山開九華。」更顯露了九華山的靈秀氣魄。

九華山中多泉溪瀑布，怪石古洞、古松參天，而其間翠竹如海，山光水色，無比的獨特別緻，所以古往今來，天下名人奇士，慕名而來者，絡繹不絕。

唐代詩人劉禹錫，曾在〈九華山歌〉中讚歎九華山：

「奇峯一見驚魂魄，意想洪鑪始開闢。
疑是九龍天矯欲攀天，忽逢霹靂一聲化為石……」

可見此山的奇絕。

九華山素有「東南第一山」的稱譽，而山上群峯窈秀，景色清幽，確是理想的清修地方。

九華山上最早的寺庵，據傳建於東晉。相傳東晉安帝隆安五年（公元四〇一年）神僧杯渡禪師，曾在此山傳經，始創茅庵。但使此山與山西五台山、四川峨嵋山、浙江普陀山，合稱為中國佛教的四大名山的，則是唐朝的金喬覺。

九華山傳為地藏菩薩應化道場的因緣，是來自金喬覺，相傳他是地藏菩薩的化身，而在殊勝的因緣中，駐錫在中國的九華山中，開啟了地藏菩薩與中華的勝緣。

2

地藏菩薩的無盡大願，在每個時空因緣中，宛轉流化。在佛滅後的一千三百年後，地藏的無邊化形，如水映月一般，相應到了中華。

唐代的中國佛教，如同日麗中天一般，吸收了印度佛法的精華，而開創了自身無比的因緣。在這個大乘的國度裏，偉大的地藏菩薩，是否應分身來加入這盛大的法會道場呢？

中國佛教這時東傳到了日本、韓國，日、韓等國不少的僧人，也前來中國求法。而當時的韓國，分成了新羅、高句麗與百濟三國。

這時，新羅有一位王子，名為金喬覺，天然穎悟，身高七尺，頂上頭骨聳起，面貌十分的高奇。

金喬覺才力特高，文武雙全，一人可敵十位壯漢，雖然如此，但是他心中慈愍，對於人間的政治與俗事，並沒有太大的興趣。

這一天，金喬覺眼注著天邊大地，心中有了了悟，他自己誡誨道：「在整個法界人間當中，只有第一義的佛法，才與我的方寸之心相合吧！」

於是，他下了決定，就棄絕了王子的身分，離俗出家落髮了。他看著無邊大海，遠觀大唐的大乘氣象，心中不覺嚮往，於是就帶著白犬善聽，渡海前來中國。

開元七年（西元七一九年），金喬覺二十四歲時，前來中國，接著捨舟徒步，隨處參訪，最後來到了安徽池州東方青陽縣的九華山。

這時，出家為僧的金喬覺，看到了青陽縣西南的九子山，煙雲縹緲，奇峯無數，彷彿在雲端的淨土一般，心中不覺一暢，就決定安止在這一座山中。

金地藏從青陽縣城出發，向西前進，沿路上看到了雨瀑布，披崖而下，宛如白練一般，他在此稍事休息之後，經過了大約十五里路的路程，就來到了西洪嶺下。

金地藏開啟了地藏菩薩在中國化現的因緣。

這時，整座九子山中，九十九峯的天地神祇精靈，彷彿都已覺察到這一位偉大的大士，將常駐在這一座靈山一般，天上的雲彩，開出了晴空的明路，而吉祥的山色，也更顯得寂靜翠綠了。

金地藏從西嶺上入山，信步徐行，經過了虎虎泉、石龍口，來到了虎跑嶺。由於這裏的地勢稍高，他眺望著雙峯與九子巖，感覺十分的奇絕。

雙峯遠望宛如兩把利劍一般，插入天際，兩峯並峙，相互藐秀，真是天下的奇景。而他先前所見的九十峯，巖頂如九個嬰兒列峙，迴環向背，團聚而嬉戲，真是可愛。

這時，他已離開青陽縣城二十五里了；他一心尋找適合止住的因緣，繼續沿著山路而行，只見到真人峯、幘峯、翠蓋峯及五老峯等綿延在前。

這時，他迴首仰視著蓮華峯，亂峯層矗，宛如蓮華一般。其中又分為上、中、下三處，又以上蓮華最勝，只見石瓣嵌空，如同蓮花初舒，顏色青紫而欲浮。

蓮華峯在九華山中，並非最高，但是登於其上，常常覺得又高於最高的天台峯。全山宛若蓮華一般，抽蕊分瓣，宛若天工琢成。這時，忽然之間，雲海從蓮峯中出生了。這雲海，似雲非雲、似煙非煙、似霧非霧，忽然間猝起山降，如平水湧出，將蓮峯分成兩半，青峯在上，蒼翠如初，而其下氣勢磅礴瀰漫，宛若波濤洶湧一般。

「這是蓮峯雲海吧，看它如此變幻多端，而生命畢竟也是如此的如幻啊！」金地藏眼觀著奇麗的雲海，將這天邊的美景，也視作法界自身的幻化教程了。

他信步的走上了雪潭，如屏的翠蓋峯，仰視在前。從石門注下的烈水，將峭壁削成天然懸瀑十丈，怒濤駭浪，驚奔而下，不下於三峽的氣勢。

水結凝空，或是裂為深淵、水渚，或成為奔雷，驚湍電掣，都使人忘卻塵憂。水奔二百餘步，合為下雪潭，其間有許多的大石，其中平布者多有數丈寬廣。

3

金地藏掬了清泉，漉水而飲，真是清涼澈心，好不暢快。

這時，忽然水中躍出了石斑魚，向金地藏打著招呼。這石斑鱗具五色，在光景的相映之下，幻化如虹。

「這大地是歡迎我的！」金地藏也感受到了石斑魚兒的欣喜。

而濤泉又在一旁，結為一潭，在這水潭之中，泉跳石上，莊嚴的宛如霓虹珠串金剛寶鍊一般，十分的奇絕，令人宛若瓔珞隨身一般。

「這是瓔珞之泉吧！」金地藏心想著。

其實，這三座水潭都來自舒姑泉，這舒姑泉則在翠蓋峯旁。翠蓋峯又名蓋山，山勢高絕。峯旁的舒姑泉，則有一個美麗的傳說。

相傳舒姑泉是舒姑所化成的，而舒姑雅好音樂，當有弦歌樂音響起時，則有朱鯉會側耳出聽，這就是舒姑化成魚兒聽樂了。這泉水流出後，匯成三個清潭，就是上述的上雪潭、下雪潭跟理路潭。而當明月臨空時，一月印水，三潭夜明，這舒潭印月，不正如同地藏菩薩在有緣的世間，宛如千江水月般的應化嗎？

金地藏延著舒溪向西行走，延路四山環抱，野鳥亂鳴。忽然之間，從山間竄出羚羊、蒼鹿，一路相迎。

這時，忽然有念佛的聲音，從天際傳出，音韻清滑可喜。原來是念佛鳥在空中相伴而行。這念佛鳥形大如鳩，有著黃褐色的羽毛，其間翠碧相間成文，真是吉祥之兆。

李三世曾有一首詩，談到九華山的念佛鳥，其詩如下：

「蓮華九瓣坐中央，欄楯重重樹幾行；

是處海潮音不斷，人禽同說往西方。」

詩中的情境，或許正是金地藏身處九華的化城，引導眾生往生西方極樂世界的密緣吧！

金地藏從舒溪南岸，過了浮桃澗，再往南行過了縹溪。其間澗水奔流，衝激石磯，宛如轟雷一般。接著，他越過了龍溪之後，只見前方亂山環合，山路陡峻難行，只見山間修竹、古柏，好不明麗。而一路回望，諸峯自然層出，實在暢快心田。

這時，前方兩崖壁立，旁臨深淵，只有一徑中通，他再往向前。忽然之間，前方豁然開朗，竟然是一片平原。這片山中的平原，土地是肥沃的黑壤，泉水十分的甘滑。「這裏是化城吧！」金地藏心想著。

這九華山的化城，竟然以山為城，宛如天然所化，周圍群山環繞，東峯西嶺四週群山，環抱如城。九華山的九十九峯中，獨有此處，在山頂上有著平地，並且有溪有田，真是靈山異地。

他由此又向東南上行，登上了東巖的山頂。這裏高於化城三里，橫截如屏，只見群峯都歷歷向內，宛如朝禮一般。

金地藏在崖北找到了一座山巖，深覆如屋。

「這裏真是上妙的居所啊！」於是金地藏就常身處其中，安然宴坐了。所以，這裏又稱為宴坐巖了。

金地藏在東巖過著餐風飲澗的生活，一心修行著。有一天，他突然受到了毒螫，但心中並不以為意，仍然端坐無念，寂然無事。

這時，忽然有一位美麗的婦人，前來頂禮，並且奉上了藥品說：「由於小兒無知，所以傷害了大士，請大士切莫見怪，現在我願從地上出泉來彌補這個過錯。」

說完之後，這位婦人就不見了。

金地藏這時，看著所端坐的岩石，在石間竟潺潺的流出了泉水。當時，大家都認為這位美婦就是九子山的山神，特別現身為大士湧泉，以資為用的。

4

金地藏在山中一心的苦修。

傳說，他來到九華山時，曾從新羅國中，帶來了稻種，稱為黃粒稻。這黃粒稻、稻實肥厚香軟，色澤赤黑，與一般的稻子不大相同。為了紀念這個因緣，李三世有一首詩說：

「金粟原來是佛糧，僧云移植自殊方；
山禽未敢銜遺粒，香鉢先擎供法王。」

另外有金地茶，梗空如篠（小竹），傳說也是金地藏攜來的品種。李三世也形容此茶說：

「碧芽抽穎一叢叢，摘取清芳悟苦空；
不信西來禪味別，醍醐灌頂雪山中。」

在東巖的日子，雖然十分清幽，也有九子山神所獻的泉水可用，但有時到巖下時，要汲水還是不太方便。

某日，有一位龍女就現身引導金地藏到泉源的石頭之處，告訴金地藏說：「大士，在這石頭之下，就是發泉之處了。」

龍女說完之後，忽然不見了。於是金地藏將石頭挖開，就得到了一處活泉，所以這裏又稱為龍女泉。

龍女泉的泉水十分甘美，千年之後，依然如此。清朝的張惣就有一首描寫龍女泉的詩。詩中說：

「棲託先依水，泉從龍女開；
空明飛鏡下，皎潔弄珠來。
洗茗寒香出，燒鐺活水催，
素磁方外話，斟酌勝春醅。」

天台峯是九華群峯的最高峯，峯脈從黃山而來，而入於青陽的南境。天台峯突兀雲表，環迴九十九峯，而且在天台峯以北，又分為兩脈。從天台右行，東北的諸山，都是石峯。而從天台左行，西北的諸山，則是土山。

天台峯危聳高峻，十分難以登頂。而每當磴石躡空時，俯瞰九十九峯，如同兒孫繞膝一般。而清晨五更的紅日躍出，更如同泰山觀日一般。

在這海拔一千三百多公尺的陡峭石峯上，金地藏隱修之時，十分歡喜居住這個地方，曾在此處結茅為庵，因此，此處後來又稱為地藏禪林。

天台峯地藏禪林的殿後山崗之上，有一個巨岩，岩上有一個凹形的巨足印，傳說是金地藏所留下的足跡。金地藏也常沿著山路來到天台峯的最高處雲峽，又稱為一線天處，在此觀看日出與雲海，無比的瑰麗壯觀，這就是天台曉日的真正勝景之處了。

天台峯西的一處平臺，金地藏恆常在此禮拜佛經，所以又稱為拜經台。在拜經台後有大石亭，大有六丈許，俗稱為大鵬聽經石，或許是當初金地藏說法，而大鵬聽經之處吧！

宋代開啟看話禪的禪宗大師大慧宗杲，曾詠「地藏禪林」說：

「踢徧天台不作聲，清鐘一杵萬山鳴；
五釵松擁仙壇蓋，九朵蓮開佛國城。
南戒俯窺江影白，東巖坐待夕陽明；
夕山笑我生天晚，一首唐詩早擅名。」

五釵松是九華山的松，這種松有五葉如釵，因有五股，所以名為五釵松。或許對金地藏而言，這些五股的松葉，正如五股的金剛杵一般，代表佛陀的五智。五釵松的松子如栗一般，長成三角形，松仁十分的香美，金地藏在九華山中，應常食用這中國古仙人的食品吧！

在九華山西側的香林峯，長有許多的藥草。在峯下有一座洞穴，名為金光洞，相傳金地藏曾在洞中居住。金光洞可望不可入，進入時則金色的神光，充塞洞口，如果有禮敬的人，則彷彿見到金人之像。

這深祕的古洞，或許流傳著金地藏為眾生苦修的痕跡，明朝的陳懋達曾有詩來描寫這一座金光古洞與金地藏的因緣：

「卓錫歸何處，金光古洞幽；
涯存千歲柏，瀑落萬年秋。
兩細松濤緩，嵐清竹韻柔；
老僧無所住，時共白雲遊。」

無所住於一切的地藏大士，或許會在法性與我們相應的一剎那中，浮現在我們的眼前吧！

5

金地藏在山中的苦修，感動了九華山的一位長者。這一位長者，姓閔名為讓和，是青陽縣的人，九子山的土地，有極大部分屬於他。

閔讓和素懷善念，瞭解金地藏的妙德。因此，每次設齋供養一百位僧眾時，必定虛讓一個位置，以迎請洞僧來圓滿一百位僧數。而這位洞僧就是金地藏。

相傳金地藏為了弘法的因緣，有一次就向閔公長老乞一袈裟的地。閔公當然歡喜的應允了。

這時只見金地藏將袈裟展開，投於虛空，這衣服竟徧覆了九華，於是閔公就全部喜捨了。

金地藏此時有一個重要的心願，就是希望能抄寫四大部的經典。於是，他觀察因緣之後，就下了九華山，來到了南陵。

南陵人俞蕩知道了他的心願之後，就為他抄寫了四大部經，心願滿足之後，金地藏就帶著這四部經典，回到九華山上，繼續苦修了。

6

天寶十四年（公元七五五年）十一月，安祿山造反，他以討伐楊國忠為名，發兵十五萬，自范陽南下，掀起了震撼全國的大叛亂。

接著，次年七月，太子李亨在靈武即位，成為肅宗，紀元也改為至德了。在至德二年（公元七五七年），有一位青陽人士，名為諸葛節，與縣中的群老，從九華山麓登峯。這時，只見山深無人，雲月鮮明，風光極為妙秀。他們在山中行走時，來到了金地藏所居住的石室，就好奇走近，探探究竟。只見一位僧人，法相莊嚴的在石室中宴坐修禪。

整座石室空無所有，只見到有一座折足的鼎，傾壞在一旁。而鼎中還有一些白土與少許的米。

「這僧人平常怎麼過活呢？」諸葛節與其餘的人疑惑的討論著。

「我們是否請其出定，然後問他呢？」諸葛節如此的詢問大家，大家也都點頭稱是了。

不待他們喚起，金地藏已睜目出定了，並向他們問道：「諸位大德，遠來深山之中，有何教示呢？」

「不敢，敢問上人一向在此修行嗎？」

「是的！」

「不知上人從何而來？在山中修行已有多少年了？」

「我從新羅國浮海前來此處，看到此山與我因緣相契，就留住此山了。我也不知在山中經過多少歲月了，只記得是在開元七年（公元七一九年）遠離故國，而後來到此山修行。」

「噢！」大眾不禁一驚：「上人，你從開元七年前來此山，讓我算算……，豈不是到山上三十九年了嗎？」

「諸位大德！人間的歲月計較他做什麼呢？隨他去吧！」金地藏微笑著說道。

「不知上人的道號上下？」

「噢！貧僧號為地藏！」

「敢問上人，在這石室中，除了這一座鼎中還有一些白土與少許白米之外，都一無所有，不知平常您是以何資生養命呢？」

「我平常就是將這些白土和米，混合烹煮來吃啊！這米土滋味鮮美，確能養生活命，增長道業。」

這時，諸葛節與群老，確定了心中的疑惑，想不到這位高僧竟然苦修若此，不禁投地而號泣，驚悔萬端。

他們雙手合十的向金地藏說：「上人如此的苦行，實在令人驚嘆！而我們居於山下，卻不知您的高行，真是慚愧，實在是極大的過咎啊！」

於是，大眾發心要建設寺廟，並堅請金地藏住持。金地藏感於他們的誠心，並見到因緣已至，就答應了。

7

原來，早在開元末年，有一位僧人，名為檀號，俗姓為張，當時為鄉老胡彥請住於此，廣度大眾。

但是，由於信眾極多，而被土豪所嫉，就報官加以陷害。而當地官員沒有明察此事，就在焚其居所之後，廢止其傳道。

於是，諸葛節等就買下檀號的舊地，準備建寺。而傳說此地，也是東晉隆安五年（公元四〇一年）神僧杯渡築寺為庵的地方。

諸葛節等要為金地藏建寺，一時轟動了九華山附近的地方。近山的人，都紛紛回集於化城，大家伐木取石，建築叢林寺院。慢慢的，整座寺宇，就逐漸成形了。

其中有一位勝瑜法師，是金地藏的首座弟子，他一心建設台殿，安立佛像，並且開墾土地，務使九華山上的一切所需，能自給自足，不必求於其他地方。

於是，勝瑜就開鑿溪澗，以資灌溉，因而稻田就盡滿九華的化城，而黃粒稻也在山上長展著風姿。

在大殿上，金地藏安置了釋迦牟尼佛的聖像，並於佛壇安立著種種的妙飾，並在寺前建立樓台山門，增加化城寺的莊嚴。最後寺院終於在大家努力的鬮建下完成了，首座勝瑜法師，應居首功。

化城寺建成了，整座寺院依著山間腹地的北側而建，寺院坐北朝南，軸線對稱，由南向北逐漸升高，依著山勢而立，真是匠心獨具。寺宇層層倚空，丹素紅白交彩，山巒起伏於前，而松檜橫陳在後嶺之中，在日月明晦之中，更增顯其莊嚴。當雲霞聚散變化之際，松聲猿嘯，相與斷續，更顯造化的珍奇，所以被唐朝費冠卿稱為「都非人間也」。

在化城寺前約十餘畝的廣場上，金地藏引水鑿了一座放生池。這座放生池，東西長約二十五公尺，形如偃月一般，所以又稱為偃月池。

有一天，在偃月池中，竟然生出了蓮華，十分的靈異。後來在偃月池中，游魚自適，蓮實堅結，真是祥瑞的吉兆。

對於這個因緣，宋朝的隱士九華山人陳巖有一首詩詠偃月池說：

「簇簇青蓮滿意開，老僧誇說舊栽培；
塵埃不染花心性，淨容原從淨土來。」

看來，這蓮華或許真從淨土移植而來呢！

這時，閔公讓和的兒子，也求取出家。金地藏攝受他之後，為他剃度，法號為道明。相傳道明剛出家時，還不能適應山上苦修的生活，十分的想家，於是曾一度向金地藏告假下山返家。

金地藏後來同意了道明的請求，允許他下山返家。但他心中也了知道明是法器，終將會歸山修行，而有廣大成就。在道明下山的時候，金地藏親自送別，並為他寫下了一首詩，顯示了師弟之間的情懷，這一首詩名為「送童子下山」，詩云：

「空門寂寞爾思家，禮別雲房下九華；
愛向竹欄騎竹馬，懶於金地聚金沙。
瓶添澗底休拈月，鉢洗池中罷弄花；
好去不須頻下淚，老僧相伴有煙霞。」

詩中所說的金沙，乃謂九華山上的金沙泉，位於化城寺西方約一公里處的南台（後稱神山嶺）上，清泉四時不竭，池中以金沙為底。

由這首詩看來，金地藏不只修行功深，並且文采莊嚴，令人仰敬。詩中對於道明，有勸戒、有安慰，真是兼具著嚴師慈父的圓滿。

8

當安史之亂開始時，天下形勢急劇惡化，李白暫時避居於廬山。後來，永王李璘，派人到廬山的屏風疊請他出山，當他相從而出時，曾為永王寫下了「永王東巡歌」十一首。

在永王兵敗後，這一件事，雖然讓他被唐肅宗流放到夜郎。但由於中途遇赦東歸，讓他也與九華山結下了深緣。

在九華山上，有一座李太白書堂，傳說建於唐天寶末年，是李白居於九華的寓所。而李白在江中望九子山，而以詩改名九華，也正是此時。

當時，他遇赦東返，原本在長江沿岸各地放浪行旅。最後投寄於在安徽的族人，當塗令李湯冰。這時，應在唐肅宗上元年間。

因此，當化城寺建設完成之時，李太白也正好與金地藏做了鄰居。因為李太白書房，就在化城寺的東方，龍女泉的側旁，東巖的下方。

李白在九華山時，生命已近於尾聲，他一生好山好佛，不知道他是否曾藉著生命中最後的機緣，向金地藏叩問佛法，而使他的生命更加的圓滿，超越那坎坷的奇絕的一生？

心中不禁浮現出他們相會的情景。在九華山的主峯，天台峯上，五更時分，曉日初起，普照著九華山的九十九峯。

這時，老僧金地藏與六十歲的老詩人李白，漫步在九華的群山中，滿山的群松、妙竹，正無比平和的甦醒著。而金地藏也喜悅的吟出〈山中漫興〉一詩：「

攜節小步踏蒼苔，遙指青山雲正開；

澗水松風聽不絕，又教童子抱琴來。」

而李白也呵呵一笑，向這優雅的苦行老僧，叩問生命中最深密的真諦。

不是嗎？他們兩人真是有緣啊！既同時安住在九華的化城之中為鄰；而且九子山也因李白而改名為九華山，成為聞名天下的地藏道場，與峨嵋山的普賢道場、五台山的文殊道場，普陀山的觀音道場，成為中國佛教的四大名山。

或許王陽明先生的一首〈太白祠〉能道出李白的一些心事吧：

「謫仙棲隱地，千載為高雲；

雲散九風雨，巖飛百丈虹。

僧傳舊時事，詞客弔遺踪；

回首蒼茫外，青山感慨中。」

但仔細觀來，這首詩也未免微帶著無奈與酸氣。而清代陳泉的一首〈太白書堂〉，雖然俗了一些，但是情境或許更恰當吧！這一首詩是：

「閒向山中寄一枝，僧龕松老裏藤碑；

研殘香露茶煙紙，坐隱冰湖鶴語遲。

怪石出雲朝壑變，遠泉經雨夜窗知；

蓮華消息真難覓，龍女池邊向導師。」

身為李白的仰慕者，我真期望見到李白，在龍女池邊叩問導師金地藏，問一問真正的蓮華消息，究竟得到解脫。

9

金地藏的高行，逐漸為大眾所知。

唐德宗建中二年（公元七八一年），邵守張嚴，仰慕金地藏的高風，所以施捨甚厚。接著更奏請闢建此處為地藏道場，並欽賜了「化城寺」的扁額，成為望重大唐的名寺。而由於金地藏的高德，無論是宰官賢士、過往的商旅、當地的豪族，都以崇敬的心供養禮拜，祈佑吉祥，這都是他的道德感召。

這些事蹟，名聞天下後，也流傳到海外，他的新羅本國人聽聞他的行止之後，也都相約渡海，前來九華。再加上慕名而來的修行人，在山上的大眾，愈來愈多，山上的糧食也愈來愈難以供應了。

這時，金地藏想起他往時苦修時，曾經用白土和米烹煮而食，也可度日。於是就在他以前所居的宴坐巖下，取出白土來做為大眾的糧食。這些土的顏色青白，甘滑如麵，與米合煮而食，大眾因此不再缺糧。而取土之處，則稱為白墡穴（或白硼穴），取用無盡。

在九華山上的修行大眾，食物以白土與米合煮，而冬天的寒衣也僅夠蔽體，大家身無長物，耕田採薪自給，一心苦修。

由於這些徒眾們，專心請法修行，只重視心靈的增長，而不重視飲食養命等事，所以江南的大眾，都稱呼他們為「枯槁眾」，贏得大眾的景仰。

金地藏與一位侍者，常年在南台居住。他自縫麻衣，室中的物品，就只有在睡榻之上而已。他在南台苦修，並在金沙池邊建台，供奉俞蕩所抄寫的四大部經，終日焚香禮拜，獨味禪悅深旨。

一天金地藏在南台經行時，剛好有花落鉢中。金地藏看著這樣的因緣，也十分的歡喜，這種花後來就叫鉢囊花了。鉢囊花高有一丈餘，葉子十分的綿長，而且色澤青翠，花朵就生在葉上。花萼宛如黃葵一樣，香聞數里。

德宗貞元十年（公元七九四年）的夏天時，金地藏已經九十九歲了。他忽然召集從眾告別，大家面面相覷，不知他要前往何方。

這時，大地悲號起來了，山鳴石隕，感動著無情的天地；他即時示滅了。忽然寺中的扣鐘，無聲而墮地，堂上的樑椽也毀壞了。侍者到室中時，只見金地藏顏貌如生，但實際上卻已趺坐入滅了。

大眾將他的全身舍利，依著建立舍利塔的方法，安置坐缸。經過了三年，大眾開缸，準備入塔時，只見他的容貌宛若活著的時候，而舉動他的骨節時，卻發覺如同撼動金鎖一般。這與經中所傳，菩薩身骨如同鉤鎖一般，移動身體，百骸俱鳴之記載相合。

後來，大眾將他的全身，安放在南台的肉身塔。而在塔基的地方，時常發光如火，因此又號為神光嶺了。

地藏菩薩永遠在法界中，為救度所有的眾生努力著，他更是無佛世界的永恆依怙。在我們人間娑婆世界中的任何時代，任何角落，不管我們知道不知道，他永遠伴隨著我們，超越黑暗，走向光明。

地藏菩薩種子字

地藏菩薩真言

地藏旗真言咒輪

梵字書寫 洪啟嵩

白話小說4

地藏菩薩大傳

地獄救度之王

作　　者　洪啟嵩
梵字墨寶　洪啟嵩
佛像畫作　洪啟嵩
發 行 人　龔玲慧
總 編 輯　彭婉甄
執行編輯　莊慕嫺
梵字校正　劉詠沛
校對協力　蔣靜靜
美術編輯　張育甄
封面設計　張育甄
出　　版　全佛文化事業有限公司
大量訂購：(02)2913-2199　傳真專線：(02)2913-3693
匯款帳號：3199717004240 合作金庫銀行大坪林分行
戶名／全佛文化事業有限公司
網路購書：www.buddhall.com（搜尋全佛文化）
全佛門市：覺性會館・心茶堂／新北市新店區民權路 88-3 號 8 樓
門市專線：(02)2219-8189
行銷代理　紅螞蟻圖書有限公司
台北市內湖區舊宗路二段 121 巷 19 號（紅螞蟻資訊大樓）
電話：(02)2795-3656　傳真：(02)2795-4100

初　　版　一九九八年九月
二版一刷　二〇二四年八月
定　　價　新台幣四八〇元
ISBN 978-626-98421-2-4（平裝）

版權所有・請勿翻印

國家圖書館出版品預行編目(CIP)資料

地藏菩薩大傳：地獄救度之王／洪啟嵩著. -- 二版.
-- 新北市：全佛文化事業有限公司, 2024.08
面；　公分. --（白話小說；4）
ISBN 978-626-98421-2-4(平裝)

857.7　　　　113010758

All Rights Reserved. Printed in Taiwan.

Published by BuddhAll Cultural Enterprise Co.,Ltd

BuddhAll

BuddhAll.

All is Buddha.

BuddhAll